JN419234

죽은 건 아니고 일시정지

▶ 죽은 건 아니고
⏸ **일시정지**

이재문 장편소설

✳
ORIGINALS

차례

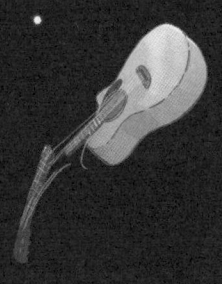

입
학

유일해

29세

목숨처럼 아끼는 기타가 부서졌다.

군대 첫 외박 때 선임의 손에 이끌려 멋모르고 방문한 점집에서 '정성을 다한 인생에 복이 깃든다'는 점괘를 보고는 욕을 끊었다. 벌써 7년 전 일이다. 그런데도 일해는 자기도 모르게 거친 욕설을 터트렸다.

"씨발, 미치겠네. 얼마짜리인데……."

실은, 욕이라기보다는 간절함과 애타는 심정이 실린 한탄이었다. 깨진 무르팍보다 망가진 기타를 보는 게 더 고통스러웠다. 이 와중에도 제일 먼저 떠오른 건 기타 가격이었다. 제대로 해보겠답시고 아르바이트에 몸과 시간을 갈아 넣어 마련한 기타 명가 마틴의 수제 기타였다. 자그마치 오백만 원이 훌쩍 넘는 일해의 전 재산.

하필 전날 내린 눈 때문에 경계석이 미끄러웠던 탓일까. 그도 아니면 밥값을 아끼느라 식사를 건너뛰었더니 다리가 후들거려서일까. 뛰다가 기타를 내던지듯 자빠지고 말았다. 차게 식은 손으로 부서진 기타 보디를 살피고 또 살폈다. 수리할 수 있을까? 언뜻 봐서는 도무지 복구가 안될 것 같은데…… 콘크리트 바닥에 내동댕이쳐놓고는 무사하길 바란 게 잘못이었다. 차라리 어린아이였다면 목 놓아 울면서 도와줄 누구라도 찾을 텐데. 하지만 일해는 혼자였고, 어느새 훌쩍 커버린 스물아홉이었다.

사람들이 지나가면서 힐끔거렸다. 다 큰 남자가 왜바닥에 주저앉아 울먹거리냐는 시선이었다. 부서진 기타잔해는 여기저기 흩어져 있지, 웬 콩나물 대가리를 잔뜩 그려놓은 종이는 사방팔방 날아다니지. 도대체 무슨 이유인가 궁금할 법했다. 지나가던 자전거가 악보를 밟고 갔다. 일해가 쏘아보았지만, 자전거는 뒤도 돌아보지 않고 쌩하니 멀어졌다.

"저기, 좀 도와드릴까요?"

한 남자가 일해에게 떨어져 나간 기타 조각을 주워 내밀었다. 일해 또래로 보이는 그는 멋진 정장을 차려입고 서류 가방을 손에 들었다.

"아, 괘, 괜찮습니다……."

요즘 따라 정장 입은 사람만 보면 기가 죽었다. 정장까지는 아니어도 번듯한 직장 로고가 새겨진 유니폼 점퍼 정도는 입어야 했다. 일해는 왠지 걸치고 있는 파란색 배달 알바 조끼를 숨기고 싶었다.

손등으로 눈물을 훔치며 자리에서 일어났다. 부서진 기타를 어깨에 멘 뒤, 피가 빨갛게 배어 나오는 무릎을 일으켰다. 남자는 절뚝대는 일해를 바라보다 고개를 갸웃하고는 발길을 돌렸다.

방금까지 이곳에서 목청 높여 노래를 불렀건만, 그때는 아무도 자신을 봐주지 않았다. 꼴사납게 넘어져 기타가 망가지자 그제야 사람들의 이목이 집중됐다. 사람들은 멀쩡한 무언가보다 잔뜩 구겨진 것에 눈길을 더 주었다. 그것은 안쓰러움의 눈빛이 아닌 '나보다 못한 사람'을 보며 느끼는 안도의 눈빛이겠지. 적어도 내가 저 사람보다는 낫다는.

일해는 자신이 비교 대상의 밑바닥에 있다는 것이 몹시 견디기 힘들었다. 하지만 이게 바로 현실이었다.

마침 주머니에서 휴대폰이 요란하게 울려댔다. 욱신거리는 무릎 때문에 신음이 나왔지만, 일해는 입술을 깨물며 전화를 받았다. 어디냐며 독촉하는 전화였다.

"네, 금방 갑니다. 거의 다 왔어요!"

거의 다는 무슨. 아직 한참 남았는데. 뛰어야 했다. 뛰지 않으면 배달 일마저 놓칠지도 모르니까. 음악에 마음 놓고 매진할 수 있는 시간은 지났다. 한 푼이라도 벌어야 음악을 계속할 수 있다. 아니, 이 혹독한 서울살이를 버틸 수 있다. 월세는 밀렸고, 끼니는 삼각 김밥과 물 한 잔으로 때운 지 오래여도, 기타만큼은 고가를 고집할 수 있다. 관객이 고작 한 줌일지라도 최고의 음악을 들려주고 싶은 마음. 그게 일해의 진심이니까.

음악은 내 삶의 이유, 내 모든 것. 음악만 있으면 나는 어떤 것도 바라지 않아.

한때 휴대폰 바탕화면에 띄워놓은 문구였다. 어느 순간, 바탕화면만 봐도 한숨이 나와 지워버렸다.

기타를 들고 수리점에 갔더니, 보디 전체를 뜯어고치는 데 이백만 원 가까이 든다고 했다. 수리점 주인에게 따졌다. 무슨 기타 수리에 이백이나 드느냐고. 그는 '싫으면 말든가' 하는 표정이었다. 본체도 비싸지만, 수리비 또한 만만치 않다는 걸 모른 것은 아니었다. 그걸 알면서도 이 기타를 골랐다. 잘만 관리하면 간혹 드는 수리비쯤이야 감수할 수 있을 거라 생각했다. 이제야 오만 후회가 몰려왔다. 값비싼 기타를 사는 게 아니었는데. 버스킹을 하는 게 아니었는데.

아니, 차라리 음악을 시작하지 말걸 그랬나?

돈을 구하기 위해 여기저기 전화를 넣었다.

"어, 정윤아, 잘 지내냐! 나, 일해!"

"수혁 선배, 어어, 내 목소리 기억하네? 그간 너무 연락이 뜸했지?"

"지연아, 건강하니? 그래, 그래, 이게 얼마 만이냐!"

대학 밴드 동아리 선후배, 군대 동기, 한때 팀을 꾸려 음악 생활을 함께했던 멤버들까지. 몇 년 만에 통화하는 친구도 있었고, 뜻이 맞지 않아 얼굴 붉히며 절교했던 선배도 있었다. 그중에는 꽤 긴 시간 사랑했던 전 여친도 포함되어 있었다. 자존심이고 부끄러움이고 다 내려놓고 전화를 걸었지만 돌아오는 대답은.

"미안, 나도 요즘 빠듯하네. 너도 알잖아. 지방러가 여윳돈이 어디 있겠어."

하소연을 가장한 거절이거나.

"일해야, 나 다음 주에 결혼해. 축의금은 십만 원만 해. 많이 안 바란다."

오히려 무언가를 바라거나.

"나보다 음악이 좋다는 새끼가 이제는 기타 수리비 빌리려고 전화했어? 야, 이 미친 쓰레기 새─."

쌍욕 한 바가지였다.

전화를 급하게 끊고 일해는 한동안 멍해 있었다. 곡을 쓰고, 데모 파일을 만들고, 메일을 보내고……. 음악에 미쳐 산 시간들이 주마등처럼 지나갔다. 골방에 틀어박혔던 지난날이 실낱같은 인맥조차 전부 끊어놓은 듯했다.

도움 구할 곳이 마땅치 않았다. 그렇다고 차마 고향에 계신 아버지에게 연락하고 싶지도 않았다. 성공하겠다고 큰소리 떵떵 치며 상경할 땐 언제고 아쉬우니 전화하느냐며, 아버지는 당장 고향으로 내려오라고 할 것이다. 고민하던 일해는 주소록을 스크롤하다가 손가락을 멈추었다.

유한해.

사촌 형의 이름이 눈에 띄었다.

형과도 연락 없이 지낸 지 오래였다. 하지만 형은 누구보다 일해의 마음을 잘 알아주었다. 일해를 음악의 세계로 이끌어준 장본인이기도 했고. 무엇보다 형은 지금 아주 '잘나가는' 상황이라고 들었으니……. 한번 연락해볼까?

일해는 바삐 손가락을 움직였다.

형, 나 일해! 오랜만이야. 잘 지내지? 형수님이랑 조카들도 잘 있고?

저 차가 벤츠S클래스란 말이지?

일해는 카페 창가에 앉아 바깥에 주차된 검은색 세단을 물끄러미 보았다. 도로에 외제차가 아무리 굴러다녀도 자신과는 무관한 것들. 세상엔 그런 것들이 많아도 너무 많았다. 벤츠의 빛나는 삼각별을 보고 있으니 문득 내 삶이 벤츠보다 못하다는 생각이 들었다. 지금의 일해는 전혀 반짝이지 않으니까.

맞은편에 앉은 사촌 형 유한해는 요란스럽게 통화 중이었다.

"그렇다니까? 무조건 지금 들어가야 해."

한해는 열 배 백 배 레버리지를 언급하며 인생 뭐 있냐고, 한 방이라고 말했다. 일해는 그런 한해의 위아래를 슬쩍 훑었다. 포마드로 정리한 머리, 다듬어진 몸매에 톰 브라운 정장을 걸쳤다. 자신과는 전혀 다른 세상에 속한 듯했다. 시청 세무과 공무원인 줄 알았는데, 지금 보니 꼭 투자 자문 회사 CEO 같았다.

한해는 일해의 시선을 눈치채고 전화를 마무리했다. 휴대폰을 뒤집어 테이블 위 차 키 옆에 내려놓더니, 손목을 탁 터는 것도 잊지 않았다. 일해의 눈길이 옮겨 가자, 그가 손목을 천천히 돌리며 시계를 돋보이게 했다.

"재테크용이야. 시계도 돈이 되거든."

한해의 입가에 걸린 미소는 좀처럼 사라지지 않았다.

"혹시나 해서 하는 말인데, 우리 사이에 자격지심 갖고 그러지 마. 나도 돈 없어. 찐 부자는 리차드밀 차지. 이건 롤렉스 중에서도 저렴한 모델이야."

뭐야. 부러워하라는 거야, 말라는 거야? 부럽다는 말은 1도 꺼내지 않았는데, 김칫국부터 마신 건 형 아닌가? 그깟 시계 하나도 부럽지 않다고, 모 가수의 노래처럼 자랑할 거 있으면 얼마든지 하라고 말하고 싶었다. 하지만 입술은 차마 떨어지지 않았다. 한해는 일해의 마음을 아는지 모르는지 피식 웃음을 흘리며 커피를 한 모금 마셨다. 재수 없는 것과는 별개로 그 모습이 어쩐지 '있어' 보였다. 가진 자의 여유라는 말이 눈앞에서 인간화한 것처럼.

어릴 때는 스스럼없이 어울리던 사촌 형이 낯설게만 느껴졌다. 형 말마따나 자격지심 때문일까? 일해는 참을 수 없는 한숨을 삼키기 위해 아이스 아메리카노를 벌컥벌컥 들이켰다. 입술을 한껏 끌어올리며 형에게 물었다.

"형, 근데 전에 내가 전화로 물어봤던 건……."

"아, 이백? 잠시만."

형은 무언가를 찾듯 서류 가방을 뒤졌다. 곧 손가락을 튀기며 가방을 내려놓았다.

"돈 뽑아온다는 걸 깜빡했네. 내가 좀 이따 이체해줄게. 그나저나 이게 진짜 얼마 만이냐? 너 왜 그동안 연락 안 했어?"

연락? 그러게. 나는 왜 누구와도 연결되지 않고 살았을까. 일해는 스스로에게 물었지만, 이내 고개를 저었다. 가뜩이나 머리가 무거웠다. 고민을 더 하고 싶지는 않았다.

"형이야말로 진짜 성공했네. 딱 봐도 부티가 좔좔 흘러."

기분 좋으라고 한 소리에 한해는 크게 웃음을 터트렸다.

"나라고 처음부터 잘됐겠냐. 한 푼 한 푼 모으고, 굴리고, 불리고. 여튼 형도 우여곡절이 많았다. 그래서 말인데. 너, 그 기타 꼭 고쳐야겠어? 수리비만 이백? 와, 나 진짜 심장 떨리는 줄 알았어."

차라리 그 돈으로 금을 사라고 했다. 형은 아까부터 자꾸만 돈 얘기를 했다. 급기야 "일해야" 하고 낮게 깔리는 목소리로 부르더니.

"너도 이제 현실을 직시해야 하지 않겠니? 삼촌이 걱정이 많으시더라."

"우리 아버지랑 통화했어?"

"그래, 인마. 너 좀 챙겨달라고 하시더라."

갑작스러운 아버지의 등장에 일해는 머리를 헝클었다. 아버지에 관해서라면 더 말하고 싶지 않다는 뜻을 내비친 것이었다. 그런데도 형은 멈추지 않았다.

"삼촌, 일평생 과수원 말고는 아무것도 모르고 사셨잖아. 그러니 지푸라기라도 잡는 심정이시겠지. 나한테 연락해서 너 좀 잘 봐달라고 하시는데, 나라고 별수 있냐. 그래봤자 시청 공무원인데."

일해는 컵을 들어 남은 아메리카노를 비워버리고 얼음까지 하나 와그작 깨물었다.

"공무원 준비 해보라는 말을 하는 거면 사양할게."

"에이, 내가 너를 아는데. 그런 말 안 하지. 공무원 시험이 쉬운 게 아니에요."

얼음을 두 개째 씹어 먹던 일해는 한해의 말에 기가 차서 꿀떡 삼켰다. 나는 아무리 준비해도 안 된다는 말인가? 울컥 솟구친 반감은 엉뚱한 소리가 되어 불쑥 튀어 올랐다.

"나 취직했어."

한해는 반색하며 어디에 취직했느냐고 물어왔다. 일해는 좀 전의 자신만만한 태도와는 달리 대답할 말이 궁색했다. 차마 소소하게 배달 알바라는 말은 할 수가 없었으니까. 아직은 자리를 잡는 중이라 좀 더 있다 공개하겠다며 얼버무렸다. 아버지에게는 당분간 비밀로 해달라고 부탁하자, 한해가 고개를 끄덕였다.

"삼촌이라면 너 좀 잘 봐달라며 회사에 떡 돌리러 가실 분이니까. 네가 좀 부담스럽긴 하겠다. 야, 아무튼 잘됐다."

형은 건배라도 하자는 듯 잔을 내밀었다.

"축하해, 유일해! 이제 네 이름처럼 유일한 인생을 살아야지!"

속에서 쓴 물이 올라왔지만, 일해는 억지웃음을 지으며 형의 잔에 자기 잔을 부딪쳤다. 짠 소리와 함께 형이 호쾌하게 웃었다. 하지만 형의 웃음소리와 달리, 일해의 표정은 딱딱하게 굳었다. 내 이름처럼 유일한 인생이라.

그건 차라리 세상 어디에도 속하지 못했다는 고립감에 가까웠다.

한해는 빌려달라는 돈은 주지 않고, 조언을 가장한 잔소리만 해댔다. 일해는 고개를 끄덕이며 듣는 척했지만,

들으면 들을수록 속이 쓰렸다.

"음악이 밥 먹여주는 건 아니잖아. 그럴 줄 알고 난 애초에 음악 접고 공무원 시험 본 거야. 덕분에 시드를 모을 수 있었지."

일해와 열 살 차이 나는 형은 공무원이 되자마자 신용대출과 공제회 대출을 풀로 끌어다 집을 샀고, 다음 해그 집은 폭등했다. 때마침 코인에도 투자했다. 연이은 투자의 성공으로 마침내 강남에 입성하고 결혼에 성공. 현재 여덟 살 희준은 국제학교에, 여섯 살 희윤은 영어 유치원에 보내며 해마다 해외여행도 다녔다. 티끌 모아 태산을 만들 게 아니라 티끌을 투자해서 태산으로 튀겨야 한다는 둥, 시드 머니만 좀 모으면 자기가 좋은 투자처를 알려주겠다는 둥, 악착같이 아끼고 모아보라는 둥. 아무리그래도 음악적 취향과 관련해서는 선을 넘으면 안 되는거였다.

"음악 한다고 고생하는 건 알겠는데, 솔직히 네 스타일은 좀 올드해."

일해는 불쾌한 심기를 숨기지 못했다. 미간을 잔뜩 찌푸리는데도 한해는 멈추지 않았다. 요즘 누가 정통 메탈을 듣느냐고, 레트로도 정도껏이지 대중성이 없어도 너무 없지 않느냐고.

"7080도 아니고 헤비메탈이니 스래시메탈이니 다 한물갔어."

그가 말을 이었다.

"일해야, 나니까 이런 말 해주는 거야. 자존심 내세울게 아니라, 좀 냉철해져야 해. 너 이제 스물아홉이야. 적은 나이 아니다?"

형은 슬쩍 일해 눈치를 보며 말을 이었다. 삼촌에게 듣고 유튜브에 올린 일해의 자작곡을 찾아 들었다고. 얼굴이 화끈거렸다. 형이 올드스쿨이냐며 비아냥댈 때만 해도 반박하고 싶은 말이 한가득이었다. 지금은 말문이 콱 막히고 가슴까지 두근거렸다.

"요즘 누가 그런 거 듣나 싶다. 트렌드를 좀 따라가야지."

형은 누구나 알 만한 가수들을 줄줄이 읊었다. '테일러 스위프트'니 '에드 시런'이니. 자긴 요즘 케이팝에 꽂혀서 아이돌 음악을 듣는다는데, 하나도 귀에 들어오지 않았다. 어서 빨리 집으로 돌아가고만 싶었다.

한해는 집까지 차로 데려다주겠다고 했다. 사양했지만 형은 극구 일해를 붙잡았다.

"이런 날 아니면 언제 벤츠 타보겠어? 너도 한번 만끽

해봐. 생각이 바뀔 거다."

한해가 능글맞게 웃으며 조수석 문을 열어주었다. 일해는 표정을 구기며 자리에 앉았다. 자동으로 닫히는 차 문이며, 안락한 좌석이며. 차 안을 은은하게 비춰주는 엠비언트 무드등의 빛깔도 고급스럽긴 했다.

"이런 차는 얼마나 하려나?"

일해가 자기도 모르게 뱉은 말에 한해가 귀엽다는 듯 코웃음을 쳤다.

'뭐야, 재수 없어. 내가 다시는 연락하나 봐라.'

일해는 기분이 나빠서 가는 내내 한마디도 하지 않았다. 한해는 일해 속도 모르고 요즘 음악 좀 들어보라며 음량을 한껏 키웠다. '지드래곤'의 최신곡. 고급 우퍼 때문인지 어쩐지 일해는 심장이 쿵쿵 울렸다.

벤츠는 일해가 자취하는 동네 길목에서 멈추었다. 내리기 직전, 안전벨트를 풀며 일해가 물었다.

"저기 돈은……."

"알았어, 알았어. 바로 입금해줄게. 성질 급하기는. 이거나 가져가."

형은 안주머니에서 고급 가죽 지갑을 꺼내더니 용돈으로 쓰라며 흰 봉투를 내밀었다. 멀어지는 벤츠의 뒷모습이 날렵하고 세련되어 보였다.

"이백만 원이나 빌려줄 것이지."

그래도 자랑값 좀 넣었으려나? 일해는 흰 봉투를 물끄러미 바라보다가 입구를 열었다.

삼만 원.

일해는 눈을 의심했다. 에이 설마. 봉투를 후 불어 안을 꼼꼼히 살폈다. 설마 벤츠 타는 형이 용돈으로 삼만 원만 넣었으려고? 요즘은 초등학생 세뱃돈도 기본 오만 원부터라던데? 잠깐 그런 생각을 하다가 쓴웃음을 흘렸다. 어쩌다 공짜만 밝히는 인생이 되었는지. 삼만 원이 어디랴. 일해는 봉투에서 돈을 꺼내 고이 반으로 접어 주머니에 넣었다. 이 돈을 어디에 쓰면 좋을까? 형은 티끌을 모아 투자하라 했지만, 삼만 원 투자한다고 인생이 달라질까? 그러다 문득 자신이 패배자 같다는 생각이 들었다. 유일해, 그러니 네가 돈을 못 모으지. 스스로를 힐난하면서도 배에서 나는 꼬르륵 소리는 숨기지 못했다. 형이 밥이라도 살 줄 알았는데 커피만 마셨더니 속도 쓰렸고. 이것도 거지 근성이려나.

마침 골목에서 치킨 냄새가 솔솔 풍겼다. 그래, 어차피 망한 인생. 먹다 죽으면 때깔도 곱다는데. 이런 생각밖에 할 줄 모르는 스스로가 싫었지만, 오늘은 치킨 한 조각과 맥주 한 잔에 고달픔을 다 잊어버리고 싶었다. 사는 게 왜 이리도 쉽지 않은지. 일해는 그길로 순살 치킨 한 마리를 샀다. 치킨이 나오길 기다리며 일해는 한해에게 메시지를 보냈다.

고마워, 형. 치킨 잘 먹을게.

좋으니 싫으니 해도 한해가 준 돈으로 치킨 한 마리는 뜯을 수 있으니, 이렇게나마 감사 인사를 하고 싶었다.

벌써 밤 9시 30분이었다. 일해는 편의점에 들러 맥주도 사고 남은 돈으로는 로또를 샀다. 일해 나름 투자를 한, 일말의 양심적인 행위였다. 일해는 로또를 붙잡고 간절히 기도를 올렸다. 신이여, 계시다면 제발 한번만 기회를 주소서.

로또만 되면 기타 수리비는 물론이고, 돈 걱정 없이 음악을 할 수 있을 텐데. 한편으로는 요즘 시대에 맞지 않는 올드한 음악을 계속해서 뭐 하겠나 하는 생각도 들었다. 어쩌면 한해가 뼈 때리는 조언을 해준 걸지도. 지금이라도 한해 말처럼 정신 차려야 할까?

그때 머릿속에서 또 다른 음성이 울렸다.

'이번 생은 망했는데, 로또가 되겠니? 차라리 다음 생에서 기대해.'

너무나 또렷하게 들려와서 일해는 급히 주변을 살폈다. 하지만 말을 걸 만한 사람은 아무도 없었다. 일해는 고개를 갸웃하며 머리를 툭툭 쳤다. 스트레스를 너무 받아서 환청이라도 들리는 걸까?

그런데 그 말이 일리가 있었다. 차라리 다음 생에서 다시 시작하는 게 나을지도 모른다. 한해 형 말대로 아무도 알아주지 않는 음악 따위 집어치우고 다른 걸 해보는 게 어떨까? 예를 들면……

로또 말고 재벌 집 막내아들로 태어나게 해주소서. 아니, 재벌 집 반려견도 좋을 것 같습니다. 나도 좀 떵떵거리며 살아보고 싶네요!

아늑한 보금자리라기에는 좁고 어두운 세 평 남짓 반지하 셋방. 가장 먼저 반기는 건 코끝을 자극하는 곰팡내였다. 노란 테이프가 덕지덕지 붙은 장판은 발을 내디딜 때마다 모래 알갱이인지 작은 곤충의 시체인지 모를 것들이 밟혔다. 양말을 벗어 아무렇게나 던진 뒤, 일해는 싱크대 위에 치킨과 맥주를 올려놓았다. 그러곤 컴퓨터부터 켰다. 모니터에 겨울 하늘 같은 냉랭한 빛이 들어왔다. 형광등을 켜자 좁고 허름한 공간에 조촐한 살림살이들이 드러났다.

책상 위엔 음료수 캔과 커피 자국이 남아 있고 사시사철 덮고 자는 극세사 이불은 대충 접힌 채 한쪽 구석에 쌓아둔 채였다. 작은 옷걸이엔 계절을 가리지 않고 겹쳐진 옷들이, 중고로 업어 온 냉장고에는 어제 널어놓은 빨래들이 시체처럼 널브러져 있었다.

　그것들을 제외하면 일해의 공간을 차지하는 대부분은 음악과 관련된 것들이었다. 방 한구석에는 오래된 LP와 CD부터 시작하여 중학생 때부터 모아온 오선보 공책이 무더기로 쌓여 있었다. 그 위에는 찢어진 자작곡 악보와 숱하게 넣었다 떨어진 오디션 신청서들로 어지러웠다. 낡은 기타와 앰프, 키보드까지 이곳은 일해의 휴식처이자 작업실이자, 일해 그 자체였다. 더 이상 빛나지 않는 무덤 같은 공간.

　일해는 습관처럼 컴퓨터 앞에 앉아 유튜브 채널부터 확인했다. 일주일 전에 올린 따끈한 신곡의 조회 수는?

　1이었다.

　쓴웃음이 나왔다. 그 1조차 일해가 클릭한 것이었다.

　— 네 음악은 너무 올드해.

　일해는 한숨을 내쉬며 의자를 뒤로 젖혔다.

　"하아, 모르겠다…… 아악!"

　삐걱거리던 의자가 뒤로 우당탕 넘어갔다. 머리를 바

닥에 찧은 일해는 끅끅 숨죽여 고통을 발산한 뒤, 씩씩거리며 자리에서 일어났다. 되는 일이 없다며 신경질적으로 의자를 발로 걷어차자, 이번에는 엄지발가락이 부러진 듯 아팠다.

형의 목소리가 머릿속에서 가시질 않았다.

— 악착같이 살아봐.

악착같이? 나는 누구보다 악착같이 음악에 몰두했다고……. 일해는 맥주 캔을 따서 단번에 들이켰다.

더러운 인생.

성실하게 일하고 돈 벌어 잘 먹고 잘 살아야 한다는 걸 모르지 않았다. 알아도 안 되는 걸 뭐 어쩌라고.

한해 형이 잘못한 것도 아닌데 원망스러웠다. 일해 자신이 잘못한 것도 아닌데 스스로가 원망스러웠다. 아니, 잘못한 게 맞나? 아버지 말 듣고 열심히 과수원 일이나 배울 걸 그랬다는 후회가 찾아왔다. 그도 아니면 한해를 따라 공무원 시험이라도 준비해야 했는데…….

일해는 맥주 캔을 다시 입으로 가져갔지만, 한 방울도 남아 있지 않았다. 텅 빈 캔이 꼭 자기 모습 같았다. 캔을 구겨 컴퓨터 앞에 던져놓고 일해는 치킨을 꺼냈다. 그래, 먹자. 먹는 게 남는 거다. 제일 큰 조각을 들어 한입 가득 밀어 넣었다. 입안에 고소한 치킨의 풍미가 퍼져나가자

도파민이라도 터진 듯 한결 기분이 나아졌다. 얼마 만에 먹는 음식다운 음식이냐. 씹는 둥 마는 둥 하며 고픈 배를 채우기 위해 허겁지겁 치킨을 목구멍으로 넘길 때였다.

목 안쪽에 무언가 이질감이 느껴졌다. 뭔가 걸린 듯한 거북한 느낌. 설마 닭뼈일까? 분명 순살을 시켰는데? 치킨 상자를 다시 보니 순살이 아니었다. 일해는 손을 멈추고 잠깐 숨을 골랐다. 숨이 쉬어지지 않았다. 억억 소리를 내보려 해도 목소리조차 나오지 않았다. 온몸에 힘이 쭉 빠지는 것 같아, 저도 모르게 양손으로 목을 움켜쥐었다. 물을 찾았지만 테이블 위엔 빈 맥주 캔만 덩그러니 놓여 있었다. 엎친 데 덮친 격으로 싱크대에서 물도 나오지 않았다. 그러고 보니 오늘 단수랬지?

이런 닭뼈다구 같은…….

예비군에서 배운 하임리히법을 얼른 시도했다. 힘껏 의자 모서리에 배를 부딪쳤지만 숨만 턱 막히고 목에 걸린 닭뼈는 튀어나오지 않았다. 힘을 내어 또 한 번 시도하려는데 눈앞이 캄캄해져 의자 위로 쓰러지고 말았다. 모서리에 명치라도 찍혔는지 극심한 고통이 몰려왔다. 점점 의식이 흐려지고 귀는 먹먹해졌다. 둥둥둥, 저 멀리서 고동 소리가 들리는 것 같았다.

이렇게 죽는 건가.

가물가물한 눈앞에 아까 구입한 로또가 보였다. 일해는 마지막 힘을 끌어모아 로또로 손을 뻗었다. 로또의 숫자가 커지더니 뻥 터지며 눈부신 빛이 터져 나왔다. 세상에, 이제는 헛것까지 보이는 걸까. 문득 책에서 읽은 니체의 문구가 떠올랐다. 신은 죽었다는 그 문장 말이다.

당신…… 정말로 죽었어? 만약 살아 있다면, 내 손에 죽어……. 로또 되게 해달랬더니 조또…….

일해의 손이 툭 떨어졌다. 의식이 완전히 끊어지려는 찰나.

"조또? 조또 인생 꽝이면서 로또 당첨을 바라다니. 그거야말로 너무 욕심 아닌가?"

낯선 목소리가 들려왔다.

환생학교

"하지만 환생 학교에선 또 모르지. 인생을 다시 돌릴 로또를 맞을지."

무슨 말일까? 환생 학교라니, 꿈이라도 꾸는 걸까? 분명 숨이 콱 막혀 죽어가고 있었는데? 그러고 보니 어느새 숨이 잘 쉬어졌다. 일해는 두어 번 심호흡을 한 뒤, 천천히 눈을 떴다. 눈앞에 웬 검은 정장 차림의 낯선 남자가 서 있었다. 험상궂은 외모와 커다란 덩치의 남자는 손에 든 태블릿을 응시하고 있었다. 그의 시선이 일해에게로 향했다.

"그런데 말이야, 넌 신을 욕했어. 아주 중범죄라고. 신성 모독, 알지?"

"제, 제가요?"

"네 손에 신이 죽을 거라며. 어떻게 그런 망언을 할 수 있지? 지 인생 지가 꼬아놓고 누구에게 책임을 전가하는 거야? 아무튼 검은 머리 동물들은 딱 질색이야."

그는 진저리가 난다는 듯 고개를 저었다.

"그나저나 너, 이름이 유일해 맞아?"

일해는 엉거주춤 일어나 무릎을 꿇었다. 왠지 그래야 할 것 같았다. 그가 태블릿에 눈길을 둔 채 읊었다. 나이는 29세. 과수원 하시는 부모님 밑에서 외동으로 자랐고, 지방의 어느 이름 모를 4년제 대학에 입학했다가 1학년을 채 끝내기 전에 해병으로 입대, 제대 후 음악 하겠다고 자퇴하고 상경, 인디 헤비메탈 밴드를 만들었지만 멤버들 다 탈퇴하고 해체, 이후 여러 오디션에도 참가하고 기획사의 문도 두드려보았지만, 탈락 거절 실패.

"현재 직업은 백수 맞나?"

"그…… 백수는 아니고, 취업 준비생 정도로……."

남자가 코웃음을 흘렸다.

"배달 알바 하면서 음악 하는 게 취업 준비생인가?"

짧게 요약된 자기 인생을 남의 입으로 들으니 기분이

참 뭣 같았다. 그런데 남자는 어떻게 나에 대해 빠삭하게 알지? 뒷조사라도 했나? 왜? 설마 나…… 범죄에 연루된 건가? 오만 생각이 일해의 머릿속을 어지럽히는 사이, 그의 말이 이어졌다.

"오지게 운 없는 인생이다. 그치? 나 같으면 벌써 입학 생각했어. 용케 여태 버텼네."

아까부터 입학이니 학교니, 남자가 하는 말을 당최 알아들을 수 없었다. 조폭 같아 보이는 저 포스로 보았을 때 아무래도 어둠의 일을 배우는 곳이 아닐까?

"혹시 학교라는 게 그…… 교도소, 그런 건가요?"

일해는 허둥지둥 말을 주워섬겼다.

"조폭끼리는 은어로 학교 간다 학교 간다 하던데……. 아, 물론 선생님이 조폭이라는 말은 아니고요. 다만 제가 생긴 건 좀 일진 같아도 나쁜 짓은 잘 안 하거든요."

남자가 물끄러미 일해를 보았다. 일해는 절로 고개가 숙여졌다.

"일진 같은 소리 하네. 키만 멀대처럼 크고 비쩍 말라서 샌님 같은 게. 쓸데없는 소리 그만하고 일어나."

일해는 무릎을 주무르며 몸을 일으켰다. 남자는 밖으로 향했지만 무턱대고 따라갈 수는 없었다. 일해는 떨리는 목소리로 다시 한번 남자를 불렀다.

"정신이 없어서 그러는데요, 설마 제가 죽은 건……
아니겠죠? 아까 숨이 막혀서 쓰러지긴 했지만, 그렇다고
사람이 그렇게 쉽게 죽을 리는 없잖아요."

남자가 눈을 가늘게 떴다. 일해는 어색한 침묵이 견
디기 힘들어 멋쩍게 웃어 보였다.

"죽은 건 아니고, 일시정지."

"일시정지요?"

"상황에 따라 죽을 수도 있다는 얘기지."

"죽, 죽어…… 설마 선생님 주먹에 죽는 건 아니겠지
요? 하하, 하하……."

일해는 솥뚜껑만 한 그의 손을 바라보며 재미없는 농
담을 던졌다. 그렇게라도 해야 이 난데없는 상황을 받아들
일 수 있을 것 같았다. 하지만 그것도 잠시, 남자의 굳은 표
정을 보고 있으니 뒷골이 서늘해서 침만 꿀꺽 삼키게 됐다.

"차라리 죽는 게 낫겠다며? 다른 인생을 바라더니?
한번 해보라고. 환생 학교에서."

"그…… 환생 학교가 뭐 하는 학교일까요?"

"그건 찬찬히 알려줄 테니 일단 가자. 입학식 맞춰 가
려면 시간 없어."

그는 우악스러운 팔을 일해의 목에 두르더니 연행하
듯 끌고 갔다.

"서, 선생님, 잠깐만요! 아, 어딜 가는지는 알려주고 가셔야지요. 서, 선생님? 선생니임……!"

남자는 노란색 스쿨버스로 일해를 안내했다. 일해는 텅 빈 버스를 둘러보며 잠시 어디에 앉을지 고민했다. 뒤로 가면 남자의 불호령이 떨어질 것 같고, 앞에 앉자니 남자에게서 뿜어져 나오는 기세가 부담스러웠다. 고민 끝에 일해는 어정쩡한 가운데 좌석에 엉덩이를 붙이며 불안한 마음을 달랬다.

버스는 빠르게 골목을 빠져나갔다. 금요일 밤거리는 늦게까지 차가 많았다. 차 한 대가 깜빡이도 없이 앞으로 끼어들자 남자는 신경질적으로 경적을 울렸다.

"이래서 서울 출장은 딱 질색이라니까."

그는 차선을 바꿔 끼어든 차 옆으로 빠르게 붙더니 눈에 불을 켜고 운전자를 노려보았다.

"운전 똑바로 해! 그러다 지금 당장이라도 입학하는 수가 있어!"

남자는 험악한 욕설을 덧붙이는 것도 잊지 않았다. 상대 차량 운전자는 흥얼거리며 노래만 따라 불렀다. 왠지 남자의 존재를 모르는 눈치였다.

환생 학교인지 뭔지로 곧바로 가는 줄 알았는데 버스

는 일해를 태운 뒤로도 여러 곳에 들렀다. 주택가에서 잠시 버스가 고장나자 웬 노인이 고쳐주더니 공구통을 손에 든 채 버스에 올랐다. 어느 초등학교에서는 정수리가 헐빈한 남자를 태웠고, 부동산 중개사무소에 들러 40대 초반으로 보이는 여자를 데리고 나오기도 했다. 중학교 교복을 입고 기타를 멘 여학생을 마지막으로 태우고 나서야 버스는 도심을 벗어났다.

외곽순환도로에 올라탄 버스는 북쪽으로 향했다. 일해는 차에 탄 사람들을 힐끔 훑었다. 다들 말없이 창밖만 내다보았다. 어떤 사연이 있는 사람들일까? 말을 붙이고 싶었지만 다들 얼음장 같은 얼굴이라 그럴 수가 없었다.

쉬지 않고 달리던 버스가 이윽고 붉은색 다리를 건넜다. 이름을 알지 못하는, 꽤나 폭이 넓고 깊은 강이 눈에 들어왔다. 잔잔한 물결을 바라보고 있자니 왠지 몽롱해졌다. 하늘에 걸린 커다란 보름달은 수면에서 일렁거렸다. 이러다 월북하는 게 아닌가 싶을 때쯤 차가 멈추었다. 남자는 사이드브레이크를 채우더니 안전벨트를 풀고 일어났다.

"오시느라 수고 많으셨습니다. 자, 이제 저를 따라 입학식장으로 가시죠."

남자가 문을 열고 내렸다. 승객들도 주춤주춤 따라나섰다. 일해를 포함하여 총 다섯 명이 남자 앞에 모였다.

남자는 인원을 확인하고는 걸음을 돌렸다. 일해는 주변을 둘러보았다. 어둑한 밤하늘 아래로 잡초가 무성한 빈터와 오래된 건물들만 보였다. 꼭 전염병이라도 돌아 폐허가 된 마을 같았다.

건물과 건물 사이로 난 길을 걸었다. 또 다른 장소가 펼쳐졌다. 가장 먼저 눈에 들어온 것은 크고 굵은 홍살문이었다. 홍살문 양옆으로 붉은 벽돌 담장이 위세를 드러냈다. 담장 너머로 학교처럼 보이는 건물이 우뚝 솟았다. 담벼락에는 흰 눈이 쌓였는데, 그로부터 조금 떨어진 곳에서는 훈풍이 불어왔다. 어디선가 매미와 개구리가 울자, 귀뚜라미가 기어코 이겨보겠다는 듯 소리를 키웠다. 봄, 여름, 가을, 겨울이 뒤섞인 기묘한 풍경이 펼쳐졌다.

일행은 홍살문을 지나 운동장을 가로질렀다. 교정은 꽤 넓었다. 5층짜리 본관과 2층짜리 별관이 있었고, 그 뒤로는 기숙사로 보이는 건물 두 동이 나란했다. 건물 지붕은 기와를 얹은 한옥 형태였다. 기숙사 옆으로 꽤 큰 규모의 텃밭과 온실도 보였다. 그곳에서 풍겨오는지 향긋한 꽃향기가 났다. 어지럽던 마음이 진정제라도 놓은 듯 차분해졌다.

남자는 별관 2층으로 사람들을 안내했다. 천장이 높은 체육관이었다. 나름 신경을 썼는지 붉은색 풍선으로 만든 아치가 입구를 장식했다. 초등학교에서나 볼 법한 풍경이었다. 뒤따라오던 머리숱이 없는 남자는 이곳이 불쾌한 듯 신음을 흘렸다.

이미 꽤 많은 사람들이 체육관 좌석을 차지하고 있었다. 남자가 향한 왼쪽 제일 앞줄에는 다섯 자리가 비어 있었다. 그는 일행을 그곳에 앉혔다. 잠시만 기다리라더니 또 다른 정장 입은 사람들과 두런두런 인사를 나누었다. 그동안 잘 지냈냐, 못 보던 사이에 살이 좀 쪘냐며 안부를 묻기도 하고 입학생 픽업 업무는 늘 피곤하다며 하소연하기도 했다.

시선을 돌려 일해는 체육관에 모인 사람들을 둘러보았다. 썩은 표정이 있는가 하면, 잔뜩 기대한 얼굴도 있었고, 훌쩍이는 면면도 보였다.

그때 무대에 빨간 불이 팡 하고 켜지더니 어디선가 구슬픈 피리 소리가 들렸다.

"아이, 뭐 하는 거야? 꺼, 끄라고."

탁한 목소리가 들리더니, 피리 소리가 그쳤다. 조명도 빨간색에서 평범한 백색으로 바뀌었다.

"아아, 마이크 테스트."

무대 왼쪽에서 누군가가 등장했다. 사람들이 놀란 듯 웅성거렸다. 정장은 정장인데, 사극에서나 볼 법한 황금색

곤룡포 무늬로 수놓여 있었다. 가슴께까지 기른 흰 수염은
검은 정장과 대비를 이루었다. 노인은 짐짓 권위 있게 보
이려 애쓰며 걸어 나왔다. 일해 눈에는 민속촌에서 일하는
아르바이트생처럼 보였다. 노인은 무대 가운데에 마련된
단상에 서더니 들고 있던 마이크를 입으로 가져갔다.

"안녕하십니까, 입학생 여러분. 환생 학교에 오신 걸
환영합니다. 저는 환생 학교의 교장 염라입니다."

일순간, 장내가 조용해졌다. 그래서 일해와 같은 버
스에 탔던 중학생의 중얼거림이 도드라졌다.

"열라?"

노인이 눈살을 찌푸렸다.

"열라가 아니라 염라라니까."

"염라가 뭔데요?"

이번에는 공구통을 든 노인이 손을 들었다.

"뭐 하나 물어봅시다. 도대체 우리를 왜 이곳으로 데
려온 거요?"

염라가 중학생과 공구통 노인, 덩달아 그 옆에 앉은
일해를 바라보며 인상을 썼다. 고개를 돌려 덩치남을 노려
보았다.

"강림, 너 입학 설명 안 했어?"

강림이라 불린 남자는 귀찮다는 듯 툴툴거렸다.

"누가 불금에 출장 보내래요? 팝콘이나 먹으면서 영화나 한 편 때리려고 했더니."

"너 이 자식, 말 꼬락서니가 그게 뭐야? 저승사자라는 놈이!"

마이크가 두 사람의 대화를 생중계해주었다. 일해를 비롯한 사람들이 벙찐 얼굴을 하자 염라는 한숨을 쉬었다.

"그래, 다 내가 널 잘못 가르친 탓이다. 이 짬밥에 오티 한번 하지 뭐. 사자들은 전원 위치로!"

총 열두 명. 검은 정장을 입은 사람들의 숫자였다. 그들이 무대 바로 아래에 일렬로 늘어섰다. 염라가 입학생들을 둘러보며 입을 열었다.

"오는 길에 들어 아시겠지만……아, 설명을 못 들은 분들도 계시겠죠? 조금이라도 빨리 진행하기 위해 미리 설명하라고 그렇게 일렀건만, 말을 귓등으로도 안 듣는 사자도 있네요. 양해해주십시오."

강림은 구시렁거릴 뿐이었다.

"이 앞의 검은 옷 입은 인원들은 여러분을 이곳까지 안내한 사자이자 이곳에서 머무는 동안 여러분과 함께 할 담임교사입니다. 교사 한 명당 학생 다섯 명. 그리하여 이 자리에는 총 예순 명의 학생이 모였습니다."

염라는 잠시 말을 멈추고 학생들의 반응을 살폈다.

모두 숨죽이고 염라의 목소리에 귀를 기울이고 있었다. 염라가 말을 이었다.

"자의든 타의든, 다들 입학에 동의하신 줄 압니다. 죽음을 맞이하는 순간에 마지막 기회가 찾아오는 거니까요. 이제 여러분은 이곳에서 또 다른 삶을 준비할 겁니다. 환생이요."

환생.

다시 살아남.

일해가 알기로 환생은 인생을 처음부터 새롭게 시작하는 것이다. 완전히 다른 환경에서 완전히 다른 모습으로. 그게 가능한가? 어리둥절한 말이었지만, 일해는 계속 귀를 기울였다. 환생 학교 입학생은 아직 죽은 것도 아니고, 그렇다고 살아 있는 상태도 아니라고 했다. 선택에 따라 영원한 죽음으로 향할 수도 있다. 반면 새로운 인생을 얻을 기회도 있는 것이다.

"물론, 원래 인생으로 돌아갈 수도 있구요."

그 말에 일해는 자기도 모르게 헛웃음을 흘렸다. 아니, 로또 맞을 기회를 코앞에 두고 왜 시궁창으로 돌아간단 말인가? 한 여자가 의심쩍은 목소리로 물었다.

"말장난하는 겁니까? 그런 헛소리나 듣고 있을 만큼 한가한 사람이 아니라고."

"그럴 리가요. 여러분은 다들 이번 생에 만족하지 못하고 있죠. 누군가는 고통스러워서, 누군가는 허무해서, 누군가는 잘못 산 것 같아서, 누군가는 현타가 와서. 그래서 한강 다리 위에 오르거나, 방문을 걸어 잠그거나, 술에 진탕 취한 것 아닙니까? 죽기를 바라며, 지난 시간을 후회하며, 또는 새 삶을 바라며 기도했던 것 아닙니까? 그 마음이 여러분에게 입학 기회를 준 겁니다."

그러고 보니 부동산에서 탑승한 여자의 안색이 빨갰고, 술 냄새가 심했다. 현타라는 말에 일해는 가슴이 쿡쿡 쑤셨다. 돌이켜보니 허무함에 몸서리치던 밤이 길었다. 정말로 환생한다면 지난 삶의 고달픔은 씻은 듯 지울 수 있을까? 어쩌면 농담 반 진담 반으로 기도했던 '재벌 집 2세'가 현실이 될지도 모를 일 아닌가? 왠지 의욕이 생겼다.

염라가 환생의 조건을 설명했다. 이곳에서 총 네 번의 수업에 참여하게 될 거라고. 패스 오어 페일. 네 번의 수업 중 세 번의 수업을 통과하면 된다. 수업마다 기준이 있지만 주어진 시간은 무한하다고 했다. 이곳은 이승과는 시간의 흐름이 달라서, 각자가 체감하는 시간 또한 다를 거라고 했다.

"그러니 충분한 시간을 들여 수업에 임하십시오. 아니면 그냥 포기해도 됩니다. 물론 환생도 포기하는 거죠."

끔찍한 말을 웃으면서 하다니. 일해는 염라 또한 강림만큼이나 무서워졌다.

다음 순서로 입학증서 수여식이 진행됐다. 차례로 이름이 불렸다. 사람들은 한 명 한 명 앞으로 나가 입학증서를 받았다.

"70세 최성식."

주택가에서 탑승한 할아버지가 일어섰다. 성식이 앞으로 나가 입학증서를 받자 멋쩍게 있던 사람들이 가볍게 박수를 쳐주었다. 다음으로는 초등학교에서 탑승한 아저씨 54세 문영수. 중학생은 15세 고은비였고, 부동산에서 탔던 여자는 41세 송지혜였다.

일해는 설레는 가슴을 안고 호명되길 기다렸다. 하지만 마지막 입학증서가 주어질 때까지 일해의 이름은 불리지 않았다. 일해는 더는 기다릴 수 없어서 번쩍 손을 들었다.

"저는 입학증서 안 주시나요?"

사람들의 시선이 일해에게 향했다. 염라가 흰 눈썹을 들어 올리며 대꾸했다.

"응? 다 줬는데?"

"전 못 받았는데요?"

염라의 표정이 굳었다. 그가 눈짓을 하자 사자들이

무언가를 찾아 무대 위를 이리저리 살폈다. 사자들이 하나둘 고개를 젓자 염라는 미간을 찌푸렸다.

"그럴 리가 없는데……. 강림아, 너 혹시 실수한 거 아니냐? 명부 한 번 더 확인해볼래?"

"저 아시면서. 실수는 무슨, 아까 분명 명부에 있었다고요."

당당한 태도와 달리, 태블릿을 살피던 강림의 눈빛은 일순 당황으로 물들었다.

"어? 바뀌었네?"

"뭐? 어디 줘봐."

"이, 이름이 비슷해서……."

강림에게서 태블릿을 받아 살피던 염라는 깊은 빡침을 한숨으로 토하며 벌컥 화를 냈다.

"비슷하긴 개뿔! 너 일 똑바로 안 할래? 또 게임하면서 명부 봤지? 어?"

염라는 혈압이 오르는지 뒷목을 문지르며 태블릿을 강림에게 넘겼다.

"명계에 질서와 법도가 있거늘, 제대로 확인도 안 하고 산 자를 데려와? 빨리 현생으로 데려다주고 와! 네 반 학생들은 내가 기숙사로 안내할 테니. 아무튼 승진을 해도 현장 업무를 놓을 수가 없어요."

두 사람의 대화를 듣는 내내, 일해는 입술이 바짝 말랐다.

"왜요? 무슨 일인데요? 제가 왜 돌아가요?"

강림이 머리를 긁적이며 다가왔다. 아까 그 당당한 태도는 온데간데없었다.

"내가 명부를 잘못 봤나 봐. 미안하다."

"그럼 원래는 누가 오는 건데요? 제 이름일 수도 있잖아요!"

강림이 머리를 절레절레 저었다.

"너 아니야."

"그럼 누구냐니까요? 명부 좀 보여줘봐요! 확인 좀 하게!"

"기밀을 보여줄 수는 없지. 여튼 돌아가서 주어진 수명 동안 잘……."

일해는 강림의 손에서 태블릿을 가로챘다. 이대로 돌아가라고? 잠깐이지만 희망을 맛본 일해였다. 로또 번호가 틀릴지라도 확인도 없이 걸음을 돌릴 수는 없었다. 일해는 태블릿을 들고 냅다 달아났다. 태블릿을 열고 '명부'라고 적힌 앱을 열었다. 페이지를 넘겨 이름을 확인한 일해는 절로 눈이 커졌다. 너무 놀라서 입을 다물지 못하던 그 순간.

퍼억.

어느새 나타난 강림이 휘두른 주먹이 일해의 관자놀이에 정확히 꽂혔다. 어떻게든 눈을 부릅뜨려 했건만 스르르 눈도 풀리고, 입도 헤벌어졌다.

"도, 돌아가기 싫어요……."

"뭐래, 이 인간이. 식겁했잖아!"

강림이 손을 뻗어 태블릿을 가져갔다. 일해는 정신을 잃고 축 늘어졌다.

근로 장학생

　일해는 신음을 흘리며 눈을 떴다. 아직 눈앞이 흐렸다. 하얀 천장이 보였다. 눈을 돌리자 천장까지 닿은 붉은 책장과 까만 벽지가 보였다. 일해가 누운 자리는 폭신한 이불이 깔린 고급 침대였다. 호텔인가? 잠깐 그런 생각을 하다가 픽 웃음을 흘렸다. 내가 호텔에 갈 돈이 어디 있다고…….

　그럼 여긴 어디?

　"정신이 들어요?"

누군가의 목소리에 일해는 어깨를 움찔했다. 천천히 고개를 돌리니, 허연 수염을 기른 노인이 자신을 바라보고 있었다. 갑자기 머리가 깨질 듯 아파 와 일해는 머리에 손을 가져다 댔다. 그제야 서서히 기억이 돌아왔다. 여긴 환생 학교다. 그리고 저 사람은 환생 학교의 교장 염라. 검은 정장은 벗고 가벼운 스웨터 차림이었다.

"괜찮다면, 여기 좀 앉아볼래요?"

집무용으로 보이는 커다란 책상 앞의 의자였다. 일해는 지끈거리는 고통을 참으며 느릿느릿 다가가 앉았다. 교장도 책상 앞에 앉았다. 그의 등 뒤로 거대한 현판이 벽에 걸려 있었다.

人生無常

인생무상. 인생은 덧없다는 뜻이었다. 그래, 이 덧없는 인생. 이렇게 죽으나 저렇게 죽으나 어차피 무無로 돌아갈 인생. 음악계에 무슨 대단한 획을 긋겠다고 온 열정을 바쳤을까. 환생 한번 제대로 해서 신명 나게 즐겨보기라도 해야 덜 억울할 것 같았다.

벽마다 가득한 책장에는 책이 빽빽했다. 가만 보니 책등에 사람 이름이 씌어 있었다. 두꺼운 책, 얇은 책, 길고 짧은 책. 크기가 다양한 책들을 보고 있으니 사람마다 왜 책의 크기가 다른 건지, 혹시 죽어서도 인생이 차별받는 것은 아닌지 싶어 착잡했다.

염라가 따뜻한 차를 끓여 와 일해 앞에 내려놓았다.
향이 좋을 거라는 염라의 말에 차를 한 모금 마신 일해의
눈이 번쩍 뜨였다. 달콤한 꿀맛이 은은한 듯하면서도 꼭
소프트 아이스크림을 먹는 것 같았다. 아팠던 머리가 맑아
지기도 했다. 염라는 일해가 차 마시는 걸 힐끔 훔쳐보고
는 의미심장한 미소를 지었다.

"우리 학교에서 재배한 꽃으로 만든 겁니다. 일종의
허브차라고 보면 돼요."

"꽃차군요? 와, 이거 대학가에서 팔면 장사 좀 되겠는
데요?"

염라는 가져가서 먹으라며 꽃차 티백을 작은 상자에
담아주었다. 일해의 표정이 밝아지자 염라가 책장에서 책
한 권을 가져왔다. 염라는 그것을 하나하나 넘겼는데, 페
이지마다 그림이 그려져 있었다.

"이 책은 생사부라고도 하고, 명부라고도 합니다. 아
까 일해 씨가 보려고 했던 태블릿에 이 책의 내용을 데이
터로 저장해요."

태블릿 얘기에 일해는 가슴이 뜨끔했다.

"죄송합니다. 저도 모르게 그만……."

"그럴 수도 있지 뭐. 그만큼 절박하다는 얘기니까. 게

다가 일해 씨는 그 대가를 치렀잖습니까."

염라가 자기 관자놀이를 톡톡 두드렸다. 덩달아 일해
는 머리가 지끈거려 눈살을 찌푸렸다. 염라는 하하 웃으며
강림이 한 성깔 한다고, 그만하면 다행인 줄 알라고 했다.

"우리는 이 책을 살펴보다가 환생 학교 입학 조건이
되는 학생들을 이리로 데려오고 있습니다."

염라는 페이지를 몇 장 더 넘겼다. 아까 버스에 같이
탑승한 사람들의 그림이 나왔다. 그들 삶의 한 부분을 그
려놓은 것 같았다. 표정들이 한결같이 어두웠다. 그중 한
페이지의 그림이 반쯤 지워져 있었다. 특히 등장인물의 얼
굴은 누가 지운 듯 뭉개져 있었다. 염라가 검지로 그 인물
을 짚었다. 체크무늬 남방과 무릎이 나온 카키 면바지. 많
이 본 옷차림이었다. 설마 나인가?

"닭뼈가 목에 걸려서 분명 기도가 폐쇄됐습니다. 이
상태라면 골로 가는 게 정상인데…… 희한하게 살아난 걸
로 되어 있네요. 그래서 강림도 헷갈렸나 봅니다. 정작 데
려올 사람은 못 데려왔죠. 이름이 비슷해서 착오가 있었다
고 하기엔……."

"잠깐만요. 그 이름 말이죠……!"

어라? 일해는 분명 이름을 보았다. 그런데 왜 갑자기
전혀 생각나지 않는 걸까? 기억에 모자이크 처리라도 한

것처럼 흐렸다. 아무리 떠올리려 해도 혀끝에서 맴돌 뿐, 그 이름이 툭 튀어나오지 않았다. 일해는 인상을 쓰며 발을 동동 굴렸다. 아, 기억이 날 듯 말 듯한데. 누구지, 누구지. 하나 확실한 건 이름이 '해'로 끝난다는 것이었다. 내 이름이 맞는 것 같은데…….

염라가 그 마음을 읽기라도 한 듯 고개를 저었다.

"그만 돌아가는 게 어떻겠습니까? 가서 다시 한번 치열하게 살아봐요. 꽃차를 팔아도 되고."

'치열'이라는 단어를 듣는 순간, 뜨거운 무엇이 울컥 올라왔다.

"치열하게 살았어요."

하루라도 치열하지 않았던 날이 있었던가? 음악에 재능이 있다고 믿었다. 조금만 더 버티면 좋은 날이 올 거라고 생각했다. 그래서 알바를 전전하며 매달렸던 건데, 실은 이룰 수 없는 꿈이었을까? 어리석었던 걸지도 모른다. 세상을 너무 만만하게 봤다고 욕을 먹어도 싸다. 한해 형 말이 틀린 게 하나 없을지도. 하지만 아무리 뼈 때리는 조언을 들어도, 마음만은 여전히 불가능할 꿈이라도 붙잡고 싶어 했다.

그런데 이젠 그마저도 한 줌 재처럼 날아가버렸다. 환생 학교에 도착한 이상, 지난 삶에 미련 두고 싶지 않았다. 이런 기회가 어디 있다고. 다만, 엄마가 돌아가신 후 시골에 홀로 계신 아버지가 마음에 걸릴 뿐이었다.

자식이라고 해봐야 일해 하나 있는데, 먼저 세상을 뜨면 홀로 적적해하지는 않으실까. 상심하지는 않으실까. 아버지는 자식을 걱정하는 한편으로 못마땅하게 여기신다. 지금도 연락 없이 지내는데, 없는 자식이라고 생각하시라고 한다면……. 너무 불효일까.

그렇다고 현생을 꾸역꾸역 살아낼 자신도 없었다. 아버지는 당신 나름 노후 준비를 해놓았다. 엄마가 돌아가시면서 남긴 보험금과 약간의 농지를 연금으로 돌렸고, 팔리진 않겠지만 시골에 기거할 거처도 있었다. 소정의 여윳돈과 생업을 이어갈 과수원, 그리고 작지만 든든한 자가. 그것이 아버지가 일해에게 당당할 수 있는 이유이기도 했다. 되지도 않는 음악에 그만 목매고 고향으로 내려와 따뜻한 밥 먹으며 과수원 일을 배우라는 것도 다 그것들이 뒷배가 되어주기 때문이었다.

어쩌면 일해는 아버지를 최후의 보루로 여기는 걸지도 모른다. 그래서 서울살이를 못 접고 희망 고문을 택한 걸지도 모른다. 여차하면 고향으로 내려가 아버지 곁에서 사는 것. 아버지 말마따나 과수원을 가꾸는 일은 충분히 의미 있는 일이었다. 그러나 잠깐이라도 그 생각을 떠올릴 때면 일해는 숨구멍이 조여왔다. 의미를 찾고 못 찾고를 떠나서, 일해는 해충처럼 아버지의 연금을 빨아먹고 싶지 않았다.

한번쯤은 모든 게 술술 풀려 원하는 모든 목표를 이루는 삶을 살고 싶었다. 음악으로 왕창 성공해서 잔소리하는 아버지에게 큰돈도 척척 드리고, 멋진 차도 타고, 결혼도 하고, 집도 사는 그런 삶. 그러나……

일해는 간절한 눈으로 말했다.

"아무리 해도, 이번 생은 답이 없어요. 저 그냥 여기 입학하면 안 될까요?"

염라는 명계의 법도를 운운하며 곤란하다는 표정을 했다. 일해는 염라 앞에 무릎을 꿇었다. 입학 조건이 맞지 않는다는 그에게 딱 한 번만 기회를 달라고, 기준을 맞추겠다고 애원했다. 하지만 염라는 그리 간단한 일이 아니라며 덧붙였다.

"환생 학교에 입학하려면 죽음을 목전에 두고 있어야 해요."

일해는 자리에서 벌떡 일어나 교장실을 나가려 했다. 염라가 어딜 가느냐며 그를 불러 세웠다. 일해가 주먹으로 자기 관자놀이를 쳤다.

"강림 선생님에게 몇 대 더 맞으면 완전히 갈 것 같거든요. 그럼 저 입학할 수 있는 거죠?"

염라가 혀를 내둘렀다.

"환생 학교는 저승과 이승 경계에 있습니다. 이곳에서는 모든 죽음이 멈춰 있죠. 강림한테 백 대를 맞아도 머리만 아프고 기절만 할 뿐, 죽진 않아요."

"그럼 이승으로 가서 죽으면 되겠군요?"

염라는 좀처럼 물러서지 않는 일해를 물끄러미 보다가 천천히 입을 열었다.

"뭐, 꼭 신체적 죽음만 입학 조건에 부합하는 건 아닙니다. 보아하니 일해 씨는 마음의 죽음을 코앞에 두고 있군요."

염라는 자리에 앉아 명부를 뒤적였다.

"한 기수당 입학생은 예순 명이 정원이에요. 일해 씨를 돌려보내고 원래 입학해야 할 학생을 데려오려 했지만, 이번에는 특별 입학 규정을 적용하죠. 일해 씨 또한 마음이 죽어가고 있으니까요. 원래 입학생에겐 또 다른 기회를 주면 되니……."

명부에 무언가를 써 내려가던 염라는 대신 한 가지 조건이 있다고 했다. 염라의 눈빛이 일변했기에 일해는 뒷목이 뻣뻣해질 수밖에 없었다. 영혼의 일부라도 내어놓으라는 걸까? 악마와 계약을 맺는 이야기는 클리셰의 정석이라지만, 막상 환생 학교 교장 염라와 조건부 입학을 협상해야 한다고 생각하니 덜컥 겁이 났다. 환생을 담보로 더 큰 희생을 치러야 한다면 마냥 기쁘지만은 않은 제안이니까.

"근로 장학생이라고 들어봤나요?"

일해는 오래전 잠깐 몸 담았던 대학을 떠올렸다. 근로 장학생이라면 장학금을 지원받는 대신 학과 사무실의 잔심부름 등을 해주는 학생을 일컫는 말 아니었나? 염라는 근로 장학생으로 일한다는 조건으로 환생 학교 입학을 허가하겠다고 했다.

"할게요! 뭐가 되도 좋으니 다 할게요!"

일해의 대답에 염라가 만족한 얼굴로 다가왔다. 일해의 머리카락을 한 올 뽑더니 입학이 허가됐다며 머리카락을 꿀꺽 삼켰다. 일해가 놀란 눈을 뜨건 말건 염라는 갑자기 반말로 말을 이었다.

"자네에겐 임무가 있네. 실패 시, 환생의 기회를 박탈하고 곧장 지옥으로 데려가겠네."

희번덕거리며 눈알을 굴리는 염라는 방금 일해에게 특별한 기회를 주겠다고 선심 쓰듯 말하던 염라와는 완전히 다른 사람이었다. 지옥이라……. 그래 그 정도 각오는 해야겠지. 일해는 서늘해진 목덜미를 주무르며 물었다.

"앞으로 제가 뭘 하면 될까요?"

"간단해. 자네 모둠 학생들이 학교를 잘 졸업할 수 있도록 돕는 것. 그게 자네 일이야. 근로 장학생 유일해. 잘 부탁하네."

염라는 한쪽 눈을 찡긋하고 콧노래를 부르며 교장실을 빠져나갔다. 강림이 기다렸다는 듯이 나타나 일해의 어깨에 두꺼운 팔을 두르고 끌고 나갔다.

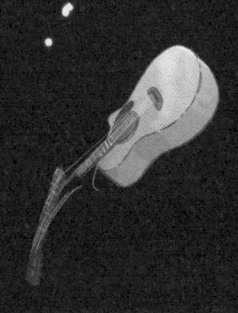

1 교시

마른 땅 위에 꽃 피우기

문영수

54세

영수는 학교라면 지긋지긋해서 신물이 났다.

도대체 학교에서 무얼 배울 수 있단 말인가? 국민학교 6년, 중학교 3년, 고등학교 3년. 도합 12년을 학생으로 지냈다. 대학생이 되고 싶은 마음은 추호도 없었지만 부모님의 권유로 입학하게 된 교육대학교. 현실을 도피하듯 군대에 다녀왔지만 종국엔 교편을 잡았다. 그리고 쉰넷이 된 지금까지 학교 학교 또 학교. 그의 인생 전부가 학교에서 시작되고 학교에서 끝났다고 해도 과언이 아니었다. 그런데 또 학교라니. 그것도 환생 학교라고?

자신을 염라라 칭하는 흰 수염 노인의 말에 따르면 이곳은 이승과 저승의 경계였다. 새 삶을 준비할지 다시 원래의 삶으로 돌아갈지 결정하는 곳마저 학교여야 한다니. 문득 동태눈처럼 멍한 눈으로 허공 어딘가를 바라보던 학생들이 생각났다. 초등학생이 벌써부터 의욕이 없어서 어디다 써먹나 싶다가도, 날이 좋은 날이면 교실에 콕 박혀 앉아 있는 아이들이 불쌍했다. 나도 훌쩍 떠나고 싶은데, 저 애들은 얼마나 갑갑할까?

가끔 자신이 못 가르쳐서 수업이 재미없나 싶을 때면 스스로에게 환멸을 느꼈다. 옆 반 선생님들은 아이들이랑 이걸 했노라, 저걸 했노라, 수업 시간에 진행한 활동들을 자랑처럼 떠벌리곤 했다. 그때마다 영수는 얼굴이 화끈거리고 어디론가 숨고만 싶었다. 슬금슬금 연구실 출입을 피하길 몇 년. 이제는 동료 교사들 사이에서도 교실에만 처박힌 은둔형 외톨이 취급을 받고 있었다.

그런 그가 늦은 저녁 교실에서 정신을 잃고 쓰러졌다. 누가 보면 수업 연구에 매진하다 변을 당했다고 생각할까 봐 민망했다. 한때는 열정으로 가르쳤으나, 이제는 그 불꽃도 사그라들었다.

석 달의 병가를 끝내고 학교로 돌아온 직후였다. 사

실 석 달이면 그리 긴 시간은 아닐지도 모른다. 교직에 몸 담아온 평생의 시간을 생각해본다면 말이다. 그럼에도 영수가 이토록 길게 쉰 것은 처음이었다.

수업이 끝나고 아이들이 돌아간 교실은 낯설기만 했다. 먼저 담임을 맡았던 교사가 꾸며놓은 게시판은 영수의 스타일이 아니었다. 높이가 맞지 않는 의자는 높이면 금세 꺼졌다. 다시는 교직에 돌아오지 않겠다 다짐하며, 쓰던 사무용품은 병가에 들어갈 때 몽땅 버렸다. 복직하며 새로 산 스테이플러도 마우스와 키보드도, 컴퓨터의 바탕화면 모습마저 모두 다 내 자리가 아닌 것만 같았다.

퇴근 시간이 지나도록 멍하니 자리에 앉아 있었다. 돌아가봐야 기다리는 가족도 없었다. 텅 빈 냉장고에는 식은 밥조차 없었다. 집에 가는 길에 편의점에서 대충 때워야겠다고 생각하며, 한때 들락거리던 인터넷 카페에 접속했다. 승진을 준비하는 교사들이 모인 커뮤니티. 영수는 카페 스태프로 일했었다. 그만큼이나 승진에 자신 있었는데.

사람들의 질문에 답을 달아주기도 하고, 고민하는 후배 교사에게 위로 섞인 댓글을 남기기도 했다. 자기 효능감을 주는 행위들이었지만, 한편으로는 씁쓸했다. 나는 아무리 해도 승진은 물 건너간 몸인데, 이게 다 무슨 소용일까. 그때, 모니터에 영수를 찾는 알림이 울렸다.

　문영수 선생님, 아직도 학교에 계신가요? 교감입니다. 요즘 어떠세요? 잠깐 대화 좀 나눌까요?

　순간, 영수는 심장이 철렁 내려앉았다.

　별일 아닐 거야. 그냥 얘기 좀 나누자는 거겠지. 복직한 지 일주일밖에 되지 않았고, 애들한테도 싫은 소리는 한마디도 안 했는걸. 그런데도 맥박은 사정없이 빨라졌다. 숨이 가빠지고 식은땀이 흘렀다. 메시지에 답을 해야 하는데, 도무지 손이 움직이질 않았다.

　괜찮아진 줄 알았다. 다 나은 줄 알았다. 하지만 짧은 메시지 하나에 영수는 석 달 전 그 순간으로 돌아갔다. 자신을 향해 소리치던 그 입술이, 잔뜩 부라린 두 눈동자가, 죽일 듯 다가오는 발소리가 되살아났다. 쟁그랑, 화분 깨지는 소리도. 누군가 심장을 꽉 그러쥐는 듯한 통증이 찾아왔다. 다음 순간 그는 속절없이 고꾸라졌다. 천장의 LED 등이 깜빡거렸다. 아니, 시야가 사라졌다 돌아오기를 반복하는 것이었다. 불현듯 죽음의 공포가 엄습했다. 어떻게든 정신을 부여잡아보았지만 몸에 힘이 들어가지 않았다. 정신이 가물가물해지던 그 순간, 머리맡에서 낮고 차가운 목소리가 들려왔다.

　"문영수 씨죠?"

검은 정장을 입은 덩치 큰 사내였다.

놀랍게도 그의 손길이 닿자 몸이 가벼워졌다. 터질 듯 조여오던 가슴도 한결 나아지고 숨결도 편안해졌다. 영수는 눈을 끔뻑거리며 멋쩍게 자리에서 일어났다. 선뜩한 느낌이 등줄기를 타고 흘렀지만, 잠깐 쓰러진 탓이겠거니 짐작했다. 얼른 병원에 가봐야겠다고 생각하며 남자에게 감사 인사를 건네려던 참이었다. 그때, 바닥에 쓰러진 존재가 시야에 들어왔다. 또 다른 의미로 숨이 턱 막히고 심장이 철렁했다.

자신이 바닥에 쓰러져 있었으니까.

"뭘 그리 봐요? 사람 몸뚱이 처음 봅니까?"

"몸, 몸뚱이? 말씀을 왜 그렇게……. 그보다 그 문제가 아니잖아요. 저기 누워 있는 사람은……."

"문영수 씨의 육체지요."

'유체 이탈'이라는 단어가 떠올랐다. 아니면 꿈? 영수가 생각을 정리할 틈도 없이, 남자가 어서 가자고 했다. 119도 아니고, 다짜고짜 가자는 수상한 사람을 뭘 믿고 따라가겠는가. 영수는 말도 안 되는 소리 하지 말라며 당직실로 뛰어갔다. 당직 기사에게 도움을 요청할 생각이었다. 하지만 당직 기사는 영수를 알아보지 못했다. 아니, 알아보지 못한 정도가 아니라 마치 없는 사람 취급했다.

당직 기사의 어깨에 손을 올리려던 영수는 화들짝 놀랐다. 손이 그의 어깨를 뚫고 지나갔기 때문이다. 뒤따라온 남자가 그에게 말했다.

"계속 그러고 있으면 환생할 수 있는 기회마저 사라져요. 서두릅시다. 영혼이 소멸하기 전에 학교에 입학하는 게 우선이니."

환생 학교라니, 이 남자가 도대체 무슨 헛소리를 하는 걸까? 그때 문득 어린 시절 티브이에서 보았던 〈전설의 고향〉이 생각났다. 갓을 쓴 저승사자가 죽은 이에게 손짓하던 그 장면 말이다. 설마 때가 온 걸까? 지난 석 달, 이렇게 살아서 뭐 하나 한숨 짓던 시간이 얼마나 길었던가.

"저승사자십니까? 저, 죽은 건가요?"

남자가 설명하기 귀찮다는 얼굴로 고개를 저었다.

"죽은 건 아니고요. 자세한 설명은 다른 분이 해주실 겁니다. 저는 픽업 담당이라서요."

믿기 힘든 말에 저항감이 들었지만, 그렇다고 달리 도리가 없었다. 당직 기사의 어깨를 스치던 느낌이 소름 돋게 생생했다. 영문을 알 수 없었지만, 영수는 우선 그를 따라나서기로 했다.

그리고 지금 여기, 환생 학교 교실에 앉아 1교시가 시작되길 기다리고 있다.

수업은 9시에 시작한다고 했다. 이곳은 시간이 다르게 흐른다더니, 정말로 그랬다. 영수가 남자, 그러니까 강림을 만난 시각은 초저녁이었는데, 벌써 아침 9시가 가까워졌다. 게다가 잠을 자지 않았는데도 전혀 졸리지 않았다. 하긴 죽은 사람에게 잠이 필요할 리 없을 테지. 엄밀히 말해 아직 죽은 건 아니지만, 그와 비슷한 상태이니.

벽에 걸린 시계는 8시 55분을 가리키고 있었다. 교실은 여느 학교의 교실과 다를 바가 없었다. 강당에 모였던 예순 명의 학생들은 같은 버스를 탄 사람끼리 5인 한 개 조를 이루었고, 교실에는 네 개의 조, 즉 스무 명이 자리했다. 영수와 같은 조 사람들도 모두 책상에 앉아 있었다. 딱 한 사람만 빼고.

이윽고 9시가 되었다. 띠로리리 띠로로로. 너무나도 익숙한 멜로디가 울려 퍼져서 소름이 돋을 지경이었다. 그때 교실 문이 빼꼼 열렸다. 강림의 한 방에 정신을 잃었던 남자였다. 유일해라고 했던가? 이름이 좀 특이하면서도 어딘가 귀에 익었다.

첫날부터 지각이라니. 영수는 시간 약속에 민감했다. 예전에는 학생들이 8시 30분까지 등교해서 1교시 수업을 준비했다. 하지만 요즘은 수면을 보장해줘야 한다며 9시까지 등교가 미뤄졌다. 문제는 등교 시간의 연기가 아이들의 충분한 수면을 보장하지 않는다는 데 있었다. 유튜브니 게임이니, 그런 것들에 빠져 새벽까지 깨어 있는 아이들이 부지기수다. 차라리 휴대폰을 없애는 게 잠을 자는 데 도움이 될 것이다. 그런데 옆 반 선생님은 그것이 너무 꼰대 같은 생각이라고 했다. 그 뒤로 영수는 어디 가서 자기 생각을 입 밖으로 내지 않았다.

지각생은 교실을 두리번거리다가 남은 빈자리로 엉거주춤 다가왔다. 영수의 옆자리였다. 그가 작게 인사를 건넸다.

"안녕하세요."

그러곤 붙임성이 좋은 건지 말이 많은 건지, 그는 영수가 원하지도 않은 얘기를 떠벌렸다. 교장실에 다녀오느라 좀 늦었어요, 그나저나 입학식 끝나자마자 1교시 시작이라니 여긴 시간개념이 없나 봐요, 휴대폰이 안 터져서 시계도 보기 힘들고. 영수는 벽에 걸린 벽시계를 가리켰다. 학교 곳곳에 시계가 걸려 있던데 못 본 걸까? 더는 말을 붙이지 않길 바라는 마음으로 고개를 돌리려던 때였다.

"무슨 안 좋은 일이라도 있으신가 봐요."

"네?"

"표정이 좀 어두워 보이셔서요."

일해가 딴에는 위로한답시고 부드러운 미소를 지어
보였다.

문득 영수는 저도 모르게 지각생들에게 보이던 얼굴
을 하고 있었나 싶었다. 딱히 지각의 이유를 캐묻지도 않
았고, 늦지 말라고 훈계하지도 않았다. 그런데도 표정은
굳었다. 무언의 언어로 학생들을 지도하고 싶었던 걸지도
모르겠고, 옆 반 선생님 말처럼 꼰대라서일지도 모르겠다.
이곳에서는 선생님이 아닌데도 입매가 딱딱해졌다. 이래
서 직업병이 무섭다고 하는 걸까. 아무 데서나 가르치려
들면 안 되는데. 영수는 쓴웃음을 흘렸다.

"그런가요? 좋을 일도 없죠, 뭐. 그러니 환생 학교에
왔겠고. 앞으로는 좋은 일만 있었으면 좋겠네요."

"맞아요. 저도 같은 생각이에요. 열심히 해서 환생해
봐요!"

환생? 그걸 하면 무사히 승진할 수 있을까? 그렇게
생각하는 한편, 다음 생에서 또 승진을 준비하고 싶지 않
은 마음도 있었다. 그냥 콱 끝내버릴까 싶기도 하고. 영수
와 달리 일해는 의욕이 넘쳐 보였다. 젊음이 부럽기도 하
고 불쌍하기도 했다. 그래봤자 이 남자도 환생 학교 학생
이었다. 당신이라고 다음 생인들 드라마틱하게 달라질까?

영수가 바뀌어도, 사람들은 바뀌지 않을 것이다. 갑질은 영원할 테고, 진심은 통하지 않을 것이다.

"좋은 아침입니다!"

교실을 깨우듯 경쾌한 목소리가 날아들었다. 머리를 짧게 자른 여성을 필두로 총 네 명의 교사들이 교실 문을 열고 들어왔다. 그중에는 강림도 있었다. 아마도 각 조를 담당하는 교사이리라. 여자가 교실을 둘러보더니 눈이 초승달이 되도록 웃었다. 이번 기수는 표정이 밝아보인다고, 만나서 반갑다고 했다.

영수가 보기에 이곳에 모인 학생들은 다들 부정적인 감정을 얼굴에 드러내고 있었다. 불안, 초조, 염려, 상심, 또는 다시 살고 싶다는 간절함. 긍정적인 기운은 느껴지지 않았다.

"잘 살고 있는 사람, 갑자기 이리 불러놓고 표정이 밝기는. 다들 똥 씹은 표정인 게 안 보이오?"

최성식 할아버지가 동의를 구하듯 주변을 돌아보며 목에 핏대를 세웠다.

"우리가 죽음과 삶의 경계에 선 사람들이라고? 그럼 다시 살아 나갈 수 있다는 말 아니오. 나는 당장 돌아가고 싶으니 어서 돌려보내주시오!"

성식이 역정을 내자 강림이 나섰다.

"얼마든지 돌려보내드립니다, 어르신. 단, 환생 학교 수업을 잘 마치신다면요."

"애초에 나를 왜 데려왔느냐는 말이오!"

"말씀드렸잖습니까. 죽음이 코앞에 있었다고요."

"난 멀쩡했어! 죽을 일 전혀 없었다고! 그리고 이 학생은? 아직 어린 이 학생이 벌써 죽을 때가 됐단 말이오?"

고은비 학생은 할아버지가 자길 가리키자 얼굴을 붉히며 고개를 돌렸다. 엮이고 싶지 않다는 뜻 같았다. 강림이 답답하다는 듯 한숨을 쉬었다.

"할아버지나 저 학생은 건강상으로는 아무런 문제가 없었습니다. 다만, 마음이 죽어가는 중이었지요."

영수는 아까 염라에게서 들은 말이 떠올랐다. 신체적 죽음이든, 심리적 죽임이든, 죽음의 기로에서 이곳에 입학하게 된다는 말. 그렇다면 자신은 신체적 죽음을 앞두고 있었던 걸까? 공황장애 약을 아무리 먹고 혈압약을 제때 복용해도, 갑자기 심장이 두근거리고 죽을 것처럼 숨이 막힌 적이 여러 번이었으니까.

여자 교사가 강림을 말리며 앞으로 나섰다.

"할아버지, 너무 어렵게 생각하지는 마시고요. 쉼 없이 흐르는 인생길에서 잠시 쉴 틈을 가진다고 생각해주세요."

"다 늙은 노인네가 쉴 틈은 무슨."

성식은 구시렁거렸지만, 여자가 방긋방긋 웃자 입을 꾹 다물었다.

"이곳에서 수업을 모두 끝내고 나면, 아마 생각이 달라질지도 몰라요. 여긴 환생 학교잖아요. 여러분에게 기회가 될 수 있답니다. 자, 일단 1교시를 시작해야겠지요? 놀라지 마세요. 첫 수업은 야외 수업이랍니다! 어때요? 재밌겠죠?"

그녀의 밝은 목소리에도 따라 웃는 이는 없었다. 재밌고 즐거운 사람은 오직 그녀뿐이었다. 아, 또 한 사람이 있었다.

"뭐, 뭘까요? 너무 기대된다. 아하하하⋯⋯!"

일해가 과장된 몸짓으로 박수를 짝짝 쳤다. 마치 화가 난 교사의 기분을 맞추려는 반장처럼 보였다. 요즘엔 그런 학생들이 사라진 지 오래였다. 눈치껏 선생님 말씀을 따르려는 아이들은 보기 드물었다. 죄다 자기 감정, 자기 생각만 늘어놓느라 학교의 방침이라든가 수업을 따르지 않는 아이들이 부쩍 늘었다.

영수는 갑자기 미안해졌다. 그래도 명색이 교사인데, 수업에 이렇게 비협조적이어서야. 협박이든 아니든 내 발로 이 학교에 왔으니, 그들이 말하는 환생 수업을 들어나

보는 게 예의 아닐까. 그런 생각을 하다가 영수는 허탈한 웃음을 흘렸다. 까라면 까는 집단, 하면 어떻게든 해내는 집단, 그게 교사 집단이라고 자조적으로 말하곤 했는데. 여기서도 순응하고 보려는 습성은 사라지지 않았다. 그래도 영수는 자세를 고쳐 앉아 여자의 말에 귀를 기울이려 애썼다.

"소개가 늦었습니다. 저는 1교시 수업을 진행할 원예 교사 할락궁이입니다. 짧게 궁쌤이라고 불러주세요. 만나서 반가워요!"

이번에도 반응이 없는 가운데 일해만 박수를 쳤다. 눈치를 보고 있던 영수도 슬쩍 두어 번 박수를 치자 성식이 못마땅한 눈빛을 던졌다. 영수는 그 시선을 슬쩍 피했다. 노려보긴 뭘 또 노려보시나.

할락궁이가 수업을 주도하고, 나머지 세 명의 교사는 보조하는 듯했다. 강림은 귀찮아죽겠다는 표정으로 영수네 모둠이 모여 있는 곳으로 다가왔다.

네 명의 교사와 스무 명의 학생들이 교실을 나섰다. 그들이 향한 곳은 기숙사 옆에 위치한 텃밭과 온실이었다. 가까이서 보니 텃밭이라고 하기에는 밭이 꽤 넓었다. 다양한 색깔을 가진 꽃들이 군락을 이루고 피어 있었다.

"텃밭이 아니라 꽃밭이네요."

일해의 감탄에 할락궁이는 흐뭇한 얼굴로 꽃들을 바라보았다.

"정확히 보셨어요. 이곳은 서천꽃밭이라고 합니다. 놀라운 효능을 지닌 꽃들이 만개한 곳이죠. 저 연분홍 꽃 보이세요? 두 개의 이파리가 마치 나비의 날개 같죠? 바람이 불면 당장이라도 나풀나풀 날아갈 것처럼 흔들려요. 저 꽃의 이름이 뭘까요?"

아무도 대답이 없었다. 그럴 때마다 나서는 이는 일해였다.

"글쎄요. 혹시 힌트라도 주실 수 있나요?"

"적극적인 자세 좋아요. 힌트를 드리죠. '살'로 시작해요."

살구꽃, 살갈퀴, 살비아. 또 뭐 없나⋯⋯. 사람들이 이 런저런 이름들을 억지스럽게 동원해보았지만, 전부 다 땡이었다. 다들 모르겠다는 듯 고개를 갸웃했다. 그때 잠자코 있던 은비가 퉁명스러운 목소리를 냈다.

"살살이꽃."

할락궁이는 무척 반가운 듯 눈을 크게 떴다. 반면 은비는 심드렁한 얼굴로 그녀의 시선을 피했다.

"서천꽃밭, 할락궁이⋯⋯ 이거 우리나라 신화에 나오

는 건데……. 살살이꽃도 서천꽃밭에서 피는 꽃이잖아요. 책에서 봤어요."

은비의 대답이 마음에 들었는지 할락궁이는 활짝 핀 꽃같이 웃었다.

"맞아요. 서천꽃밭의 메인 플라워, 살살이꽃은 죽은 사람의 살을 되살리는 효능이 있죠. 살살이꽃의 자매꽃으로는 피살이꽃, 뼈살이꽃, 혼살이꽃이 있는데……."

그녀의 설명이 이어졌다. 뼈와 살, 피를 되살리고 마침내는 혼을 되살려 죽은 이를 다시 살게 하는 생명꽃들. 영수는 자기가 과연 맞게 들은 건지 의심스러웠다.

은비는 생명꽃에 관심이 많은 듯 이것저것 질문을 던졌다. 정말로 사람을 살릴 수 있느냐는 물음에 할락궁이는 당연하다고 대답했고, 일순 은비의 눈빛이 반짝였다. 그 반짝임은 학구열이 아니라, 오히려 사고를 치기 직전의 불길한 스파크 같았다. 오랜 교사 생활로 다져진 영수의 본능이 그 점을 경고해왔다.

할락궁이는 오늘 수행할 과제를 알려주겠다며 한곳을 가리켰다. 영수는 노안으로 침침한 눈을 비비며 할락궁이의 손끝을 따라 시선을 돌렸다. 보이는 거라곤 돌무더기가 잔뜩 쌓인 공터뿐이었다. 할락궁이는 공터로 사람들을 데려갔다.

"우리는 이곳 가득 꽃을 피울 거예요."

사람들 사이에서 불편한 신음이 흘러나왔다. 꽃이라면 이미 충분했다. 그런데 또 무슨 꽃? 게다가 공터는 꽃을 키우기에 적절한 토양이 아니었다. 한때 학교에서 텃밭 사업을 담당했던 영수는 땅이 너무 척박하다는 것을 한눈에 알아보았다. 나서고 싶진 않았지만, 한마디 보태지 않을 수 없었다.

"어렵습니다. 땅을 오래 묵혀서 관리가 제대로 안 됐어요. 완전 다 뒤엎지 않고서야……."

"그런가요? 그래도 뭐, 돌만 좀 골라내면 괜찮지 않을까요?"

"돌이 문제가 아니에요. 이미 버린 땅인데……."

"공들여서 하면 못 할 일은 없을 거예요."

할락궁이의 대책 없는 긍정에 영수는 입을 꾹 다물었다. 하기야, 내가 이 학교 선생도 아니고, 참견해서 좋을 게 뭐가 있을까. 다만 괜히 삽질만 반복하는 일은 없기를. 해도 안 될 일에 공들이다가 시간 낭비, 체력 낭비 하고 싶지는 않았다.

1교시 수업의 목표는 돌무더기로 황폐한 땅에 꽃을 심고 가꾸는 것. 할락궁이는 공터를 4등분하여 각 모둠에게 할당했다. 즉, 이번 수업은 협동 과제였고 모둠별로 꽃밭을 잘 가꾸면 전원 통과였다.

모든 것이 뒤죽박죽인 이곳은 일관적이게도 시정표 또한 요상하기 짝이 없었다. 40분이면 40분, 50분이면 50분, 정해진 시간을 채우면 다음 교시가 진행되는 게 학교 일진대, 이곳의 시정표는 1교시가 끝나고 나서야 2교시가 시작된다고 했다. 교사들은 학생들에게 몇 가지 용품을 던져주고는 제 할 일을 다 했다는 듯 온실로 들어가버렸다. 남은 학생들은 공터 근처를 서성였다. 몇몇은 의욕 없는 눈빛을 서로 나누고는 어슬렁어슬렁 흩어졌다. 막막한 얼굴을 하면서도 돌을 줍기 시작하는 사람도 있었다.

일해가 어색한 미소로 말을 걸었다.

"같이 돌 치우실래요?"

"천천히 해요. 교사라는 사람들도 별 관심 없잖아요."

"그래도 환생하려면 열심히 해야 하잖아요."

그 말에 영수는 절로 코웃음이 나왔다.

"열심히 한다고 다 되는 거 아니에요. 그 열심, 아무도 안 알아줘."

학교를 위해 자신을 바쳐왔던 그였다. 돌아온 대가는 허무했고, 열정으로 일하던 마음은 싸늘하게 식었다. 내가 아니면 누군가는 하겠지. 교실에 짱 박혀서 있는 듯 없는 듯 사는 게 맞다. 나서서 해봐야 알아주는 이는 없고, 열심히 가르쳐봐야 돌아오는 건 불평불만뿐이다. 조금이라도 열심인 이에겐 업무 폭탄이, 어떻게든 안 하려고 하는 자에겐 안식이 주어지는 게 이승의 법칙이었다. 저승에서조차 그 법칙이 적용되는 거라면, 영수는 두말 않고 후자를 선택할 작정이었다.

만약 환생할 수 있다면, 그때는 딱 필요한 일만 할 것이다. 그 뭐라더라? 워라밸? 그것을 실천할 것이다. 학교는 학교고, 나는 나다. 무엇보다 내가 우선. 남이 어렵건 말건, 내 알 바 아니다. 각자도생의 시대 아닌가. 내 것만 잘 챙기고 사는 삶을 살아볼 것이다. 영수는 기숙사로 발길을 돌렸다.

등 뒤로 탁탁 소리가 들렸다. 힐끗 돌아보니 일해와 몇몇 사람들이 돌을 골라 공터 밖으로 던져내고 있었다. 잠시 마음이 쓰였지만, 그는 애써 고개를 돌렸다. 마치 예전의 자신을 보는 것만 같아 영수는 일해가 탐탁잖았다.

잡초의 이름

"어우, 이놈의 돌밭."

일해는 돌을 골라내다 말고 허리를 쭉 폈다. 앓는 소리가 절로 나왔다. 목 어깨 허리 팔다리, 온몸에 안 아픈 데가 없었다. 심지어 손톱도 여럿 깨져 있었다. 일해는 흐르는 땀을 닦으며 하늘을 올려다보았다. 이곳의 태양 또한 이승의 태양만큼이나 뜨겁게 내리쬐었다. 도대체 날이 저물긴 한단 말인가?

못해도 몇 시간은 돌을 고르고 또 고른 듯했다. 이놈

의 돌밭은 아무리 돌을 던져내도 나오고 또 나왔다. 같이 돌을 골라내던 서너 명 학생들마저 더는 못 하겠다고 포기했다. 참으로 이상하게도, 시계는 여전히 오전 9시에 머물러 있었다. 영원히 끝날 것 같지 않은 1교시였다.

만약 학창 시절에 이같은 1교시를 마주했다면 교실 문을 박차고 뛰어나가지 않았을까. 그러나 이곳에서는 그럴 수 없다. 다른 입학생들을 무사히 졸업시키지 않고서는 일해 자신에게도 기회가 없다. 그러니 다들 맥 빠진 얼굴로 손을 놓고 있어도 일해만큼은 소처럼 일해야 했다. 그래도 한숨이 나오는 건 어쩔 수 없었다. 이 넓은 밭을 언제다 정리한담.

처음 돌밭을 보았을 때만 해도 이리 넓지는 않았다. 하지만 돌을 골라내고 허리를 펴면 어느새 한 평이 더해진 듯했다. 또 허리를 굽혔다 펴면 어느새 밭은 저만치 영역을 넓힌 후였다. 이제는 웬만한 놀이터 하나 정도는 되어 보였다.

늦은 밤이 되어서야 일해는 돌을 모조리 골라냈다. 쟁기로 밭도 싹 다 뒤집었다. 일해는 두 팔을 높이 치켜들며 소리쳤다.

"끝났다!"

그는 숨을 크게 들이쉬며 불어오는 바람에 땀을 식혔다. 날아갈 것만 같은 기분이었다. 어느새 나타난 강림이 의외라는 듯 말했다.

"진짜 했네. 허허. 고생했어."

강림이 무언가를 내밀었다.

"자, 이제 이 씨앗들을 밭에 골고루 뿌리고 물을 듬뿍 주면 돼. 특별히 이 특제 비료를 빌려줄게. 다음 날이면 꽃이 무럭무럭 자라나 있을 거야."

조금씩 희망이 보이고 고생한 보람이 느껴졌다. 조금만 더 하면 1교시 수업을 끝낼 수 있겠구나! 그런 마음으로 콧노래를 흥얼거리며 씨앗을 뿌리고, 비료를 덮고, 물을 주었다. 일해는 고단한 몸을 이끌고 기숙사로 향했다. 깨끗이 씻고 기숙사 침대에 누워 다음 날을 기다렸다. 꽃이 활짝 핀 꽃밭을 보면 얼마나 뿌듯할까?

다음 날 아침, 일찍부터 밭에 나간 일해는 말도 안 되는 풍경에 눈이 튀어나올 것 같았다. 그 땅을 꽃이 아닌 다른 생명체가 뒤덮고 있었으니까.

"웬 잡초야……?"

황망한 표정의 일해 곁으로 강림이 아침 인사를 하며 다가왔다. 일해는 속상한 나머지 인사도 제대로 못 하고 꽃밭만 멍하니 바라보았다. 강림도 꽃밭으로 시선을 돌리더니 쩝 입맛을 다셨다.

"와아, 이게 다 뭐냐?"

일해는 어쩐지 강림이 원망스러웠다.

"선생님, 혹시 저 힘들게 하려고 잡초 씨앗 주신 거 아니에요?"

강림은 어이가 없다는 듯 웃음을 터뜨렸다.

"왜 웃으세요? 저는 엄청 심각한데."

일해가 이맛살을 찌푸리든 말든 강림은 쪼그려 앉아 잡초의 이파리를 만졌다.

"누구 탓을 해? 꽃을 키우랬더니 잡초를 키운 건 너잖아."

"제 잘못이 아니라고요."

"난 분명 할락궁이에게 받은 꽃씨를 줬어. 내 잘못도 아니지."

일해는 강림의 뒤통수를 노려보았다. 말을 말자. 무슨 위로를 얻겠다고. 일해는 자리에 앉아 장갑을 끼고 모종삽으로 잡초를 뽑기 시작했다.

"그런데 이거 정말 잡초 맞아?"

강림이 손을 탁탁 털며 일어났다.

"무슨 말씀이세요? 딱 봐도 잡초인데."

"모르지. 잡초일지, 아니면 진짜 꽃일지."

일해는 도대체 나한테 왜 이러나 하는 눈으로 강림을 흘겨보았다. 대꾸해봤자 입만 아플 것이다. 작은 한숨으로 답답한 속을 풀고 잡초 뽑기를 이어갔다. 그러다 문득 손에 든 풀뿌리에 시선이 멈추었다.

정말로 이 잡초들이 꽃일까?

일해는 꽃을 잘 모른다. 그러니 지금 이 땅을 덮은 풀들이 잡초인지 풀꽃인지, 개나리인지, 무궁화인지 알 길이 없었다. 이렇게 무턱대고 뽑기보단 일단 이 풀들이 어떤 꽃들인지부터 알아봐야 하지 않을까? 만약 잡초가 아닌 꽃이라면 이렇게 함부로 뽑아서는 안 된다. 먼저 물어봐야 한다. 일해는 뽑아 든 풀을 무심결에 강림에게 내밀었다.

"이 풀, 이름이 뭐예요?"

강림이 휘파람을 불며 풀을 손에 들었다. 뿌리와 이 파리를 유심히 살피더니.

"나도 몰라. 식물은 할락궁이가 전문이지."

"아, 궁쌤이요? 어디 계세요? 온실에 계신가?"

강림은 환생 학교 본관 건물을 가리켰다.

"5층 도서실에 가봐. 독서가 취미라나 뭐라나."

도서실도 있다니. 학교는 학교였다. 일해는 고개를 들어 본관 건물을 살폈다. 손에 쥔 풀을 조심히 들고 발길을 옮겼다.

다른 층과 달리 5층에는 수업용 교실이 없었다. 대신 명패가 붙은, 반투명하고 작은 창문이 난 방들이 다다다닥 붙어 있었다. 용도를 알 수 없는 방들을 지나치며, 도서실을 찾아 주변을 둘러볼 때였다.

익숙한 멜로디, 일해가 최근 자신의 유튜브에 올렸던 자작곡이었다. 환청인가?

소리가 잦아들길 기다려봤지만, 오히려 또렷해졌다. 출처는 복도를 따라 빼곡히 들어선 수많은 방 중 하나였다. 도무지 그냥 지나칠 수 없었다. 일해는 방 하나하나 가까이 다가가 소리를 찾았다. 그렇게 조금씩 좁혀가던 중, 어느 방 앞에서 멈춰 섰다. 그 방에서 소리가 흘러나오고 있엇다.

일해는 호기심 반 놀라움 반으로 방을 기웃거렸다. 문손잡이를 슬쩍 돌려보았는데, 아쉽게도 방문은 잠겨 있었다. 안에 뭐가 있는지 보고 싶어서 창문을 들여다보았지만, 반투명해서인지 안이 보이지 않았다. 일해는 창문 가까이 눈을 대보기도 했다. 한참 인상을 쓰고 안을 들여다봐도 소득은 없었다. 그사이, 멜로디도 그쳤다. 아쉬운 마음을 뒤로하고 걸음을 옮기자, 바로 앞에 유리문 하나가 보였다. 도서실이었다.

안으로 들어서자 낡은 책 냄새가 물씬 풍겨왔다. 꽤 넓은 공간이 책으로 꽉 차 있었다. 학창 시절에는 거의 방문하지 않던 도서실을 이곳에서 찾게 될 줄이야.

책상에 앉은 한 사람이 눈에 들어왔다. 그는 고풍스러운 흰색 포의를 입고 유건을 쓴 채 책을 읽고 있었다. 마치 한 폭의 수묵화를 보는 듯했다. 일해가 가까이 다가가도 그는 기척을 느끼지 못할 만큼 책에 빠져 있었다. 일해는 책상을 두 번 똑똑 두드려 그의 독서를 잠깐 방해해야 했다.

궁쌤을 찾는다는 말에 말간 얼굴의 사서는 눈만 끔뻑끔뻑할 뿐 말이 없었다. 그러고는 다시 책에 고개를 파묻었다. 일해가 급히 말을 덧붙이려던 때였다.

"527가15식."

일해는 고개를 갸웃했지만, 책 삼매경에 빠진 그는 더 설명할 마음이 없어 보였다. 하는 수 없이 그의 손끝을 따라 서가로 걸음을 옮겼다. 할락궁이는 보이지 않았다. 강림이 자신을 골탕 먹이려던 것 아닌가 싶을 때쯤, 문득 책마다 적힌 숫자가 눈에 들어왔다. 808나11이, 411하08노. 가만 보니 어떤 법칙이 있는 듯했다. 527가15식이라고 했지?

일해는 헤맨 끝에 책 하나를 찾을 수 있었다.

세상에 없는 모든 식물도감, 저자 할락궁이.

할락궁이가 벽돌보다도 두꺼운 식물도감을 썼다니 왠지 대단해 보였다. 그녀를 찾진 못했지만, 그녀의 책은 찾았다. 일해는 식물도감을 들고 사서에게 다가갔다. 책을 빌리고 싶은데, 대출증이 없다고 하자 그는 그냥 가져가라고 했다.

"방황하는 모든 이에게 이곳은 언제나 열려 있어요. 읽고 또 읽으면 책 속에서 길을 찾을 수 있을 거예요."

일해는 책을 들고 도서실을 나섰다. 아까 그 음악 소리는 더는 들리지 않았다. 그러나 일해는 그 방이 어디인지 똑똑히 기억했다. 그 앞을 지나칠 때는 살짝 발걸음이 느려지기도 했다. 방 안에 뭐가 있을지 여전히 궁금했다. 하지만 아쉬운 마음과는 잠시 안녕. 우선은 텃밭으로 돌아가야 한다. 손에 든 식물도감이 해답을 줄 수 있을까?

일해는 부푼 마음을 가득 안고 걸음을 재촉했다.

무명화

영수는 밤새 잠을 못 자고 뒤척였다.

꿈속에서 무거운 돌무더기가 자신을 내리눌렀다. 식은땀을 흘리며 잠에서 깬 영수는 그 꿈을 꾼 이유가 꽃밭의 돌을 골라내지 않아서일 거라고 생각했다.

맡은 일을 제대로 마무리하지 않으면 집에 왔다가도 다시 학교로 돌아가 야근을 하던 그였다. 지나고 보니 그런 그의 행동이야말로 노비의 습관이었다. 그의 인생은 학교라는 주인집을 위해 애써온 노비 인생이 아니었을까. 이곳에서까지 끝내지 못한 일 때문에 밤잠을 설치는 자신이 한심했다. 누가 알아주는 것도 아닌데.

다음 날 아침 일찍 일어난 영수는 이불을 고이 개고 밖으로 나와 공터로 발길을 옮겼다. 개 버릇 누구 못 준다고 하더니. 절로 한숨이 나왔다.

텃밭에 사람이 없었다. 일해라고 했던가? 어제 그 청년도 보이지 않았다. 그럼 그렇지. 포기하고 돌아갔겠지. 그런 생각을 하며 공터 가까이 다가간 그는 눈앞의 풍경에 두 눈을 의심했다. 공터를 채우던 그 많던 돌들은 한쪽에 무덤처럼 쌓여 있었다. 대신 공터를 차지한 존재는 정체를 알 수 없는 숱한 잡초들이었다.

절로 미간이 좁아졌다. 꽃을 키우랬더니 잡초를 키워 놓았다. 그것도 하룻밤 사이에. 아니다. 환생 학교에서의 시간은 이승에서의 시간과 다르게 흐른다. 하룻밤이 지났다고는 하나 이승의 시간으로 며칠 몇 달이 흐른 걸지도 모른다. 아니면 그 반대일지도. 여하튼 텃밭을 가득 채운 잡초를 보고 있으니 영수는 헛웃음이 나왔다.

역시 그랬다. 돌을 골라내고 밭을 일구고, 갖은 고생을 해서 씨앗을 뿌려도, 운 없는 종자들에겐 늘 이런 식의 결말이 기다릴 뿐이다.

잡초밭이라니. 이 꼴을 보려고 그 고생을 했나?

사실, 영수는 어제 기숙사로 들어왔다가 몰래 공터에 나와보았다. 한참이 지났는데도 일해는 돌을 고르고 있었다. 도와줘야 하나 생각했다가도 고개를 저었다. 저러다 포기하겠지 했는데 밭을 다 일군 것이다. 그런데 이런 식의 결말을 목도하니 맥이 빠졌다.

삶이란, 운명이란 짓궂기 그지없었다. 고생고생 다 했는데, 뭘 더 어쩌라는 말인가? 또 잡초를 뽑으라는 말인가? 1교시 수업을 마치긴 글렀군. 영수는 괜히 화도 나고 막막하기도 했다.

그때, 일해가 알은척을 하며 다가왔다.

"선생님, 나오셨어요?"

영수는 반가운 마음이 들면서도 퉁명스레 대꾸했다.

"누가 선생님이래? 나 당신 선생님 아니에요."

"현생에서 선생님 아니셨나요? 버스 탈 때도 초등학교에서 타신 걸로 아는데……."

말끝마다 선생님, 선생님. 존대하는 말투도, 싹싹하게 인사하는 태도도 실은 마음에 들었다. 그런데도 영수는 선을 그었다. 마음을 주면 돌아오는 건 상처뿐이다.

"개인적인 질문은 받지 않겠습니다."

"제가 쓸데없는 질문을 했나 보네요. 그런데 혹시 강림 쌤 못 보셨어요?"

"못 봤는데요."

뭐라고 말을 이을까. 저 많은 돌들을 혼자 다 치웠느냐고 물을까? 고민하던 영수는 일해 손에 든 두꺼운 책을 보았다. 세상에 없는 모든 식물도감? 제목이 조금 특이했다.

"그 책은 어디서 났어요?"

"아, 이거요? 도서실에서 빌려 왔어요. 여기 있는 식물들 이름을 좀 알아볼까 해서요."

영수는 기가 찼다. 딱 봐도 잡초인데 이름까지 알아야 하나? 또 강림인지 뭔지가 시킨 걸까? 괜한 고생 말고 들어가서 쉬라고 말해주고 싶었다. 한편으로는 환생 학교의 책이라니 슬쩍 궁금해졌다.

"좀 봐도 됩니까?"

"네, 그러셔요."

영수는 일해에게서 식물도감을 건네받아 훌훌 넘겨보았다. 식물에 일가견이 있는 그였다. 그런데 이 책에는 그가 아는 꽃들은 없고 죄다 낯설고 해괴망측한 식물들뿐이었다.

무명화? 뭐 이런 꽃 이름이 다 있지? 바꿔 말하면 '이름 없는 꽃'이었다. 뿐만 아니라 꽃이 피지 않는 꽃도 있었다. 그걸 꽃이라고 할 수 있나? 일해가 영수의 곁으로 다가와 식물도감을 들여다보며 반가운 듯 말했다.

"와, 진짜네? 잡초가 아니라 꽃이었어!"

"뭐요?"

"이거 말이에요, 이거!"

일해가 내민 식물은 정말로 식물도감에 그려진 '무명화'라는 꽃이었다. 겉모습만 보면 그냥 잡초 같았다. 교사 초년 시절, 영수는 학교 텃밭에 푹 빠져 각종 작물을 심고 여러 꽃을 가꾸었다. 웬만한 야생화는 한눈에 알아볼 정도였고, 잡초도 구별할 줄 안다고 자부했다. 하지만 서천꽃밭의 식물들은 그조차도 낯설었다.

일해가 들고 있던 잡초, 아니, 무명화를 다시 밭에 심었다. 흙을 돋워주며 무어라 중얼거렸다.

"무명화야, 너는 자라서 꽃이 될 거야. 의심하지 마."

그런데 그 말이 영수의 오랜 기억을 불러일으켰다. 너무나도 선명해 절대 잊을 수 없는 문장.

"방금 그 말, 뭐라고 했어요?"

그 문장은 젊은 시절, 영수가 학생들과 수업 시간에 쓴 시의 한 구절이었다. 학교 텃밭을 가꿀 때면, 그는 입버릇처럼 그 구절을 읊조렸다. 일해는 무명화를 어루만지며 멋쩍게 웃었다.

"초등학교 때 저희 반 선생님이 '이름 없는 풀이라도 귀가 있어서 다 듣는다'고 하셨어요. '잘한다, 잘될 거다'

이렇게 말해줘야지, 함부로 잡초 취급하면 안 된다고요. 그 선생님이 쓰신 시예요. 생각나서 읊어봤어요 얼른 얼른 자라서 1교시 수업 끝내자고요."

머리를 한 대 맞은 듯했다. 그 시절에 가르치던 아이들은 눈에 넣어도 아프지 않은 아이들이었다. 하나하나 박제하듯 그 얼굴을 기억하고 있었는데……. 가슴이 묘하게 두근거렸다. 영수는 떨리는 입술을 열어 나이를 묻고, 어느 초등학교를 졸업했느냐고 물었다. 일해는 올해로 스물아홉, 효자초등학교를 나왔다고 했다. 그러자 긴장했던 가슴이 스르르 풀렸다. 그럼 그렇지. 효자초등학교는 영수가 근무해본 적이 없는 학교였다.

"아, 맞다. 5학년 때까진 승리초 다녔고요."

"…… 승리초?"

손가락을 꼽아가며 머릿속으로 햇수를 계산하던 영수는 곧 깨달았다. 승리초라면 자신이 다섯 해 동안 몸담았던 학교라는 걸. 당시 그는 텃밭 업무를 맡아 주말에도 출근하며 애정을 쏟았다. 누가 시켜서가 아니라, 그저 좋아서. 1학년 담임을 연이어 맡으며, 아이들이 고사리 손으로 돌을 줍고 물을 주는 모습을 흐뭇하게 바라보던 그때. 그 애들의 순박한 웃음을 보고 싶어서 그는 어떻게든 텃밭을 예쁘게 가꾸고 싶었다.

문득 스치는 기억 하나. 아침 활동 시간, 자기 장점 발표를 하던 아이.

— ……저는 잘하는 게 없어요.

받아쓰기도 많이 틀리고, 친구들도 안 놀아준다며 금세 눈물이 그렁그렁해지던 아이. 그 애에게 영수는 이렇게 말해주었다.

— 너는 자라서 꽃이 될 거야. 의심하지 마.

갑자기 그 기억이 왜 떠오르는 걸까.

유일해. 그 아이의 이름이 분명 유일해였다.

— 너는 세상에 하나뿐인 유일한 아이잖아.

농담처럼 건넨 말에 세상에 없는 미소를 보여준 아이. 잘하는 게 없다며 어깨를 축 늘어뜨렸지만, 사실 그렇지 않았다. 영수가 힘들어 보이면 말없이 다가와 조그마한 두 팔로 꼭 안아주었다. 정성껏 준비한 편지를 몰래 교탁 위에 올려두곤 했다. 늦은 오후까지 영수와 함께 텃밭을 가꾸며, 흙냄새 속에서 함박웃음을 피웠다.

그 아이가 바로 눈앞에 서 있었다.

어째서 못 알아봤을까. 삶의 무게가 좋았던 기억까지 다 지워버린 걸까? 영수는 장성한 일해의 손을 부여잡았다. 눈시울이 뜨거워졌다. 일해도 죽음의 문턱에서 갈팡질팡했을 거란 사실에, 영수는 가슴이 무너지는 듯했다.

"일해야, 선생님이야. 기억 못 하겠어?"

목소리가 떨렸다. 순간, 일해가 기억을 떠올린 듯 눈동자가 크게 흔들렸다.

"설마…… 문영수 선생님?"

"그래, 영수 쌤이야."

"선생님!"

일해가 와락 영수를 끌어안았다. 영수도 일해의 등을 어루만졌다. 다 큰 줄 알았는데, 일해의 손은 여전히 그때 그 고사리 손처럼 따뜻했다.

열
정
이
란

두 사람은 운동장 벤치에 앉아 한동안 말없이 바람을 맞았다. 어수룩하게 웃는 모습 속에 여덟 살 어린이 일해의 얼굴이 남아 있었다. 작은 손으로 흙을 만지며 "선생님, 이거 꽃이에요?" 하고 묻던 아이가 이제는 어른이 되어 영수의 곁에 앉아 있었다.

"어쩌다 여길 오게 된 거야?"

영수는 조심스레 물었다. 일해는 어깨를 으쓱하며 능청스럽게 대답했다.

"말씀드리기 부끄럽지만, 닭 먹다가 뼈가 목에 걸려서요. 하하."

아니, 그런 이유를 듣고 싶은 게 아니었다. 이곳은 인생에 후회와 회한이 남은 사람들이 오는 곳이었다. 그런데 젊은 일해가 왜 여기 있을까. 아직 꽃도 피지 않을 나이인데, 왜 벌써 생긴 걸까. 일해의 웃음이 어쩐지 쓸쓸해 보여 덩달아 영수의 가슴도 저려왔다.

"그러는 선생님은요? 선생님은 어딜 가든 아이들과 행복하게 잘 지내실 거라고 생각했어요."

그런가. 웃음 뒤에 걸리는 끝 맛이 썼다.

일해가 은형이를 아느냐고 물었다. 은형이라면 잘 알고 있었다. 3년 전 교무부장으로 초빙되어 온 지금의 학교에서 다시 만난 제자였다. 초등학교 선생님이 됐다며 해맑게 말을 건네던 은형이가 어찌나 반가웠는지 모른다. 같이 일하게 되었으니 잘 지내보자고 했지만, 막상 이야기는 몇 마디 제대로 나누지도 못했다. 지난 3년, 영수는 병가를 쓰기 전까지 눈코 뜰 새 없이 바빴다. 하루 종일 학교 일에 치이고, 밤에는 야간대학원 수업에, 연구 점수를 채우기 위한 보고서 작업까지. 몸이 열 개라도 모자랐다.

그 은형이가 일해와 동창인 모양이다.

"은형이가 선생님 승진 준비하신다고 하던데요. 교

감, 교장 선생님 되시는 거예요?"

"아, 그거? 선생님, 승진 접었어."

"네? 왜요? 은형이가 선생님 승진은 따놓은 당상이라고 했는데……."

은형이는 작년에 학교를 옮겼다. 그래서 영수가 이후 어떤 일을 당했는지는 잘 모른 채 이야기를 전했을 것이다. 말을 하자면 길었다. 영수는 결혼도 하지 않고 일평생 아이들만 보고 살았다. 작은 시골 학교에서 오래 근무했고, 맡겨진 일을 마다하지 않았다. 교장과 교감이 부장 교사를 맡아달라고 하면 흔쾌히 수락했다. 덕분에 자연스레 승진 점수가 쌓였다.

그러나 그렇게 달려온 시간을 돌아보니, 정작 자신을 위해 쌓아놓은 것은 하나도 없었다. 교사로 사는 삶에 지쳐가던 무렵, 무언가 성과라도 남기고 싶었다. 그래서 그동안 욕심내지 않았던 승진을 결심했다. 교무부장 자리를 알아보고, 자신을 원하는 곳으로 초빙 신청을 해 옮겨 갔다. 승진의 마지막 관문만 남겨둔 상황이었다.

한고비만 넘기면 될 줄 알았다. 그런데 그 일 하나가 발목을 잡을 줄이야.

갑자기 가슴이 답답해졌다. 생각할수록 숨이 막히는 기분이었다. 그래서인지 무심결에 말이 툭 튀어나왔다.

"일해야, 선생님 얘기 좀 들어줄래?"

▶

오늘 저희 애 지각합니다. 일사병에 걸린 것 같아요. 더위를 많이 먹었는지 맥을 못 추네요. 에어컨 좀 빵빵하게 틀어주세요.

그 애 엄마는 요즘 에어컨은 인버터 방식이라 계속 틀어놓아야 전기세를 덜 먹는다고 했다. 영수는 고개를 갸웃하면서도 얼른 인터넷을 찾아보았다. 실제로 그런 정보가 있었다. 자신이 너무 구시대적으로만 생각했나 싶으면서도, 한편으로는 헛웃음이 나왔다. 일사병이 실내에서도 걸리나?

심지어 그 애는 땀 흘리는 게 싫다며 운동장에 잘 나가지도 않았다. 체육 시간에도 늘 이 핑계 저 핑계를 대며 참여하지 않았다. 그럴 수 있다고 생각하며 언제나 벤치에 앉아 쉬게 해줬는데.

알겠습니다, 어머님. 제가 조금 더 세심히 살필게요.

영수는 그렇게 답장하고, 공공기관의 에어컨 적정 온도 규정을 어겼다. 온도를 최대한 낮추었다는 말이다. 그 날따라 한여름 감기라도 걸렸는지 아침부터 으슬으슬 몸이 떨리는데도. 영수는 얇은 바람막이를 걸치고 따뜻한 물을 한 모금 마셨다. "역시 나이는 못 속이나" 중얼거리면서.

1교시가 조금 넘어 등교한 그 아이에게 "오늘은 좀 시원하지?" 하고 묻는 것도 잊지 않았다. 영수가 해맑게 맞아주는데도 그 애는 뚱한 표정으로 쳐다볼 뿐이었다. 사춘기겠거니, 뭔가 어려움이 있겠거니, 영수는 그 애를 이해해보려고 노력했다.

올해 6학년은 유독 지도하기 힘든 아이들이 많다고 했다. 아무도 담임을 맡지 않으려 해서 영수가 자진하여 6학년으로 올라갔다. 교무부장에 6학년 담임까지. 녹록지 않을 텐데도 영수는 마다하지 않았다. 자신이 조금만 더 희생하면 모두가 편해질 수 있다는 걸 알기에, 그는 기꺼이 학교를 위해 제 한 몸 바쳤다.

그런데도 다 큰 아이들을 상대하는 게 쉽지만은 않았다. 세대 차이인가 싶으면서도, 혹시라도 아이들을 대하는 감을 잃은 건 아닐까 마음이 무거워지기도 했다. 관리자가 되더라도 늘 아이들 곁에, 선생님들 곁에 머물며 현장의 감을 잃지 말아야겠다 다짐하게 되는 순간이었다.

더위를 먹었다는 그 애는, 더위보다는 급식을 더 많

이 먹었다. 많이 먹어도 너무 많이 먹었다. 점심으로 나온 돈까스를 세 장이나 먹어놓고도 배식대를 기웃거리며 더 없나 살폈다. 영수는 자기가 먹으려고 받아놓은 돈까스도 그 애에게 주었다. 미운 아이 떡 하나 더 준다는 말도 있지 않은가.

사실 영수는 그 아이가 밉지 않았다. 오히려 평소 제멋대로 구는 바람에 친구들과 어울리지 못하는 모습이 안쓰러웠다. 그 애는 돈까스를 네 장이나 먹고도 후식으로 나온 빨아 먹는 요거트를 두 개나 더 챙겨 먹었다. 그러고는 자긴 별로 못 먹었다며 속상해했다.

그럼에도 그 애 엄마는 자기 아이가 학교에서 급식은 제대로 먹는지, 친구들 사이에서 왕따를 당하는 건 아닌지, 걱정에 걱정을 해가며 하루가 멀다 하고 연락을 해왔다. 영수의 수업에 사사건건 참견을 하기도 했다. 처음엔 조금 예민한 학부모겠거니 생각했다. 얼마든지 그럴 수 있지, 이해하고 넘어가려 했다. 다만 그 애에게 최선을 다하는데도 몰라주니 섭섭한 마음은 들었다. 그래도 진심은 언젠가 통할 거라 생각하며 힘을 내곤 했는데.

그날 5교시 사회 시간에 일이 벌어졌다.

6모둠 아이들 세 명이 찾아왔다. 그 애가 속해 있는 모둠이었다. 한편, 그 애는 무슨 불만이 있는지 부루퉁한 얼굴로 자리에 앉아 있었다.

"왜 그래? 무슨 일이야?"

영수가 부드럽게 묻자, 모둠장이 조심스럽게 입을 열었다. 그 애는 하고 싶은 게 없어서 아무것도 하지 않겠다 말했다고.

학급에서는 모둠별 과제를 수행하고 있었다. 영수는 과제 수행에 필요한 역할을 골고루 나누라고 했다. 6모둠 아이들도 영수의 지도에 따라 역할을 나누던 참이었다. 하지만 뭘 해도 그 애가 싫다고 했다는 것이다. 급기야 실랑이가 벌어졌는데, 그 애가 심한 욕을 입에 올리며 하지 않겠다고 연필을 집어 던졌다. 그 과정에서 한 아이는 눈물이 터졌고, 남은 두 아이도 질려버렸다.

영수는 그 애를 복도로 불러내어 진짜 그런 일이 있었느냐고 물었다. 그 애는 눈도 마주치지 않았다. 답답해진 영수가 왜 그랬냐고 다시 한번 물었는데, 그만 타이르는 투가 되고 말았다. 그 애 눈빛이 번득였다.

"제가 뭘요! 쟤네들이 제가 하고 싶은 걸 안 시켜주는데, 어쩌라고요!"

그 애가 벌컥 화를 내자 영수도 당황스러웠다. 그래도 뭔가 있겠거니 싶어 차분히 말을 이었다.

"모둠 친구들이랑 뭔가 오해가 있나 보구나. 너도 마

음이 많이 안 좋겠네. 우리 같이 얘기해볼까?"

그 애는 작게 고개를 주억거렸다. 영수는 곧 모둠원들을 불러 모았다. 넷을 앉혀 놓고 사정을 더 자세히 들었다. 사실 더 들을 것도 없었다. 그 애가 나는 빼달라고 말한 게 사실이었으니까. 발표할 때 자리를 지키는 것 말고는 바라는 역할이 없었다. 영수는 그래서는 안 된다고 단호히 지도했다. 모둠 과제이니만큼 네가 몫을 해내야 한다고 말해주었다. 그 애는 입을 꾹 다문 채 대답이 없었다.

영수는 모둠원들과 그 애를 중재하기 위해 부단히 노력했다. 모둠 아이들도 십분 양보하는 태도였지만 그 애는 모든 게 귀찮다는 표정이었다. 어떡해야 아이 마음을 돌릴 수 있을까 싶으면서도, 한편으로는 밉기도 했다. 그런 마음을 가지면 안 되는 것을 알지만, 사람 마음이라는 게 뜻하는 대로 움직이지 않았다.

어쩌면 그 아이도 마음이 자기 뜻대로 움직이지 않아서 그러는 거겠지.

생각해보면, 그 애 엄마가 아이를 너무 통제하는 것처럼 보였다. 얼마나 답답했으면 이렇게 무력해졌을까. 숨쉴 구멍을 주어야 할 텐데. 하는 수 없이 영수가 몇 가지 방법을 제안했다. 6모둠에서 과제를 못 하겠으면 혼자 과제를 하든가, 그게 아니면 모둠을 바꿔주겠다고. 지금으로서는 그게 최선인 듯했다. 아이는 여전히 대답이 없었다.

한번 생각해보고 내일 얘기하자고 아이들을 돌려보냈건만. 그 일이 화근이 될 줄은 상상도 하지 못했다.

다음 날 아침 영수의 휴대폰이 요란하게 울렸다. 교감 선생님이었다. 영수와 동년배인 교감 선생님은 미안해서 어쩔 줄 몰라 하며 혹시 출근했느냐고 물었다. 영수는 시계를 보았다. 아침 8시가 조금 못 되었다. 출근하기에는 다소 이른 시각. 무슨 일일까? 교감 선생님은 난처한 목소리로 말을 이었다. 그 아이 부모가 학교로 찾아왔다고.

"저는 지금 학교 다 왔으니, 부장님도 도착하시면 교장실로 잠시 오시겠어요?"

그 애 부모가? 영수는 고개를 갸웃했다.

"그분들이 왜 이 시간에……. 저한테는 연락도 없었는데요."

"학교폭력으로 그 반 아이들을 신고하시겠답니다. 그리고……."

교감 선생님은 다음 말은 차마 잇지 못했다. "나중에 보자"는 말만 남기고 서둘러 전화를 끊었다. 영수는 그 감춰진 말이 무엇일지 궁금했다. 아무래도 좋은 소리는 아닐 듯했다. 갑자기 가슴이 빠르게 뛰었다. 기침이 나올 정도로 뻐근했다.

　그길로 집을 나섰다. 가는 길에 청심환이라도 하나 사 먹을까 싶었지만, 지체할 수 없었다. 학교 주차장에 차를 대자마자 교실로 뛰어갔다. 학급일지부터 꺼내 빠르게 넘겼다. 매일 있었던 일을 꼼꼼히 기록해둔 일지였다. 그 애가 학교폭력을 당했다고? 그러나 아무리 살펴도 학교폭력 관련된 정황은 보이지 않았다. 머리를 굴려 그간 학급에서 있었던 일을 돌이켜보아도 마찬가지였다.

　영수의 휴대폰이 성마르게 울렸다. 영수를 찾는 교감 선생님의 메시지였다. 영수는 학급일지를 그대로 손에 쥔 채 교장실로 향했다. 교장실 앞에 서자 입술이 바짝 말랐다. 안에서는 요란한 목소리가 흘러나오고 있었다. 심호흡을 몇 번 하고 교장실 문을 두드렸다. 잠시 후, 문이 열리더니 얼굴이 시뻘게진 교감 선생님이 영수를 맞이했다. 영수는 고개를 꾸벅 숙이고 교장실 안으로 걸음을 옮겼다.

　그곳에 그 애와 부모가 있었다. 그 애는 휴대폰을 만지작거렸고, 그 애 부모는 씩씩거리며 영수를 노려보았다. 그 애 엄마가 소리쳤다.

　"우리 아이가 왕따를 당하는데, 선생님은 뭐 하셨어요? 알고 계셨다면서요! 그런데도 제대로 처리를 안 해주시면 어떻게 학교를 믿고 아이를 맡기겠어요!"

"어머님, 제가 알고 있는 바로는 아이가 따돌림을 당한 일이 없습니다."

그 애 엄마는 기가 차다는 듯 눈을 휙 굴리더니 휴대폰을 꺼내 음성 파일을 틀었다. 어제 영수와 그 아이, 그리고 6모둠 친구들이 나눈 대화들이 녹음되어 있었다. 심지어 맥락은 삭제하고, 그 애를 일방적으로 힐난한 것처럼 교묘히 편집되어 있었다. 그 애 엄마가 따져 물었다. 왜 자기 아이를 보호하지 않았느냐고, 왜 우리 애만 모둠 과제에서 배제했느냐고.

"이게 무슨……. 설마 수업을 녹음하신 걸까요?"

갑자기 어제만 녹음하지는 않았을 것이다. 그렇다면 평소에도?

"알 것 없고요! 묻는 말에만 대답하세요!"

"오해입니다. 학교폭력이 아니라 아이가 친구들과 마찰이 있어서……."

"오해라고요? 증거가 버젓이 있는데? 어제 우리 아이가 얼마나 많이 울었는지 아세요? 이건 명백한 학교폭력이고, 정서적 학대예요!"

엄마의 말도 안 되는 주장이 계속됐다. 아이를 툭하면 지적할 때부터 알아봤다는 둥, 요즘 애들 마음을 모르는 교사라는 둥, 애들이 더위 때문에 힘들어하는데도 에

어컨을 약하게 틀고, 교과서에도 없는 이상한 교육 활동을 한다며 언성을 높였다. 하지만 영수는 아이들에게 좀 더 유익한 경험을 제공하기 위해 교과서를 재구성하고, 다양한 체험 활동을 준비했을 뿐이었다. 그 노력을 이런 식으로 매도하다니. 참을 수 없었다.

"어머님, 말씀이 지나치십니다. 제가 실시한 모든 교육 활동은 오로지 아이들을 위해……."

"아이들을 위하기는 무슨."

그 애 엄마가 혼잣말처럼 중얼거린 말이 심장을 노리고 날아들었다.

"자기 승진에만 눈이 멀어서는. 쯧, 저런 사람이 교무부장을 맡으니 학교가 이 모양 이 꼴이지."

그 애 아빠는 영수를 칠 것처럼 눈을 부라리며 다가왔다. 동석한 남자 선생님들이 이러지 말라고 말려서 일이 크게 번지지는 않았다. 하지만 영수는 온몸이 떨리고 어지러웠다. 식은땀이 나고 금방이라도 쓰러질 것 같았다.

자기도 모르게 옆에 있던 물건에 기댔다. 하필 화분에. 그것은 영수의 무게를 지탱하지 못하고 쓰러졌다. 영수 또한 같이 쓰러졌다. 와장창 화분 깨지는 소리가 공기를 날카롭게 갈랐다. 손에 든 있던 학급일지도 저만치 날아갔다.

"하! 뭔 쇼를 하는 거야?"

그 애 엄마 목소리가 귓가를 찔렀다. 그곳에 있던 모든 선생님이 영수를 바라보았다. 다들 걱정하는 눈빛이었지만, 영수는 숨고 싶었다. 이런 꼴을 보였다는 게 못 견디게 힘들었다. 영수는 바닥에 널브러진 학급일지를 주워 들고 도망치듯 교장실을 나왔다. 송곳 같은 목소리가 따라왔다.

"나, 당신 가만 안 둘 거야!"

이후 학부모는 아동학대 신고를 한다느니, 담임을 교체해달라느니, 교육청에 민원을 넣고 언론에 제보하겠느니, 온갖 협박성 발언을 이어가며 영수를 괴롭혔다. 걸면 걸 수 있는 게 아동학대이고, 아무리 결백해도 신고를 당하면 수사를 받아야 했다.

영수는 교장 선생님의 중재하에 그들과 화해를 시도했다. 그 과정에서 담임을 교체하겠다는 것과 교무부장 자리를 내려놓겠다는 약속을 해야 했다. 실로 영수가 바라던 바였다.

병가를 내고 석 달을 쉬는 동안, 영수는 학교로 돌아가고 싶지 않다는 생각만 했다. 그러나 목구멍이 포도청이었다. 그간 모아둔 돈은 시골에 홀로 계신 어머니 생활비로, 또 교회 헌금으로 이래저래 흩어졌다. 남은 건, 강림 말마따나 '몸뚱이'뿐이었다. 결국 복직했지만, 마음가짐은 백팔십도 달라졌다.

승진이고 나발이고 다 필요 없고, 나만 생각하며 살자. 애들 생각해서 뭐 해. 잘 지내다가도 조금만 수 틀어지면 돌변하는 게 애들이고 학부모인데.

인생을 헛살았나. 대체 뭐 하려고 나는 그렇게도 애를 썼던가. 남들은 해외여행이다 뭐다 잘만 다니고, 학생들과 적당히 거리 두며 살아도 잘만 지내던데. 나는 왜 내 인생 한번 즐기지도 못하고, 가진 거라곤 남루한 옷 한 벌에 오래된 빌라 보증금뿐이던가.

억울하고 원통하여 집에 쌓아놓은 학급일지며, 교무수첩 등을 다 꺼내 처분하려고 학교로 가져왔다. 그중 하나를 집어 들고 허탈한 마음으로 살폈지만 도무지 찢어버리지 못하고 마우스만 붙잡고 있었다. 그러다 교감의 메시지를 받고 가슴 통증을 느낀 것이다.

"내가 너한테 별소리를 다 한다."
영수는 멋쩍어서 쓴웃음을 흘렸다.

"아니에요. 선생님한테 그런 일이 있었을 거라고는 상상도 못 했어요. 그 학부모 정말 못됐네요. 어쩜 그럴 수 있어요? 선 심하게 넘었네요!"

일해가 대신 분개해주니 속이 좀 풀렸다.

"선생님, 그냥 넘어가지 마세요. 갑질하는 사람들, 똑같이 당해봐야 해요."

"그럴까?"

영수는 자신이 너무 당하고만 있었나 싶었다. 만약 그 학부모를 다시 만난다면, 당신들은 교권을 침해했다고 당당히 말할 수 있을까? 그러고 보니 영수가 쓰러지기 직전 교감이 보낸 메시지. 그 메시지의 내용이 무엇인지 알 것도 같았다. 며칠 전 교감이 했던 말이 떠올랐으니까. 많이 힘들면 교권 보호 위원회를 열자고, 힘들겠지만 노력하면 명예를 회복할 수 있을 거라고 했었다.

"마음만으로도 고마워. 그래도 이렇게 털어놓으니 한결 낫네. 그런데 일해야, 넌 그동안 어떻게 살았니?"

일해는 쑥스러운 듯 뒷목을 쓰다듬었다. 딴에는 노력했지만 하는 일이 잘 풀리지 않았다고, 그래서 직업을 구하는 중이라고 했다. 그러다 닭뼈가 목에 걸려 이곳에 왔는데, 실은 현생으로 돌아가야 했지만 여기 남았다고.

"왜 돌아가지 않고?"

"돌아가서 뭐 하나 싶어서요. 완전 실패한 인생인데."

함께 꽃을 가꾸고 물을 주었던 어린 제자가 장성해서는 자신처럼 실패한 인생을 맛보게 된 듯했다. 영수는 자신에게 위로할 자격이 없다고 생각했다. 삶을 제대로 살아내지 못한 사람이, 여기서 후회로 시간을 보내는 사람이, 선생님이랍시고 대체 무슨 말을 한다는 말인가.

일해는 선생님이 책임져야 한다며 농담처럼 말했다.

"선생님이 저더러 목소리가 좋다면서요. 가수가 되어보라고 하셨잖아요."

전혀 생각나지 않는 얘기였다. 일해가 그날의 일을 똑똑히 기억한다며 말해주었다. 너무 떨려서 안절부절못하고 있는데 선생님이 손을 꼭 잡아주었다고.

"못해도 되니 너무 걱정하지 말고 불러보라고 하셨잖아요."

그 순간 떠올랐다. 용기 내어 부르는 일해와 목소리가 꾀꼬리 같으니 커서 가수가 되면 좋겠다고 했던 그날이. 그런데 정말로 뮤지션이 되어 있을 줄이야. 칭찬 한마디가 제자의 인생을 결정할 거라고는 생각하지 못했다. 그 점이 새삼 놀라웠다. 그리고 그 책임감이 무겁게 느껴졌다.

"어떻게 책임지면 될까?"

"제가 환생하려면 우리 모둠 입학생들을 안전하게 졸

업시켜야 해요. 그러니까 저랑 같이 꽃밭을 일궈요. 선생님이 또 한 꽃밭 하시잖아요?"

그 말에 영수는 웃음이 났다.

"그래, 내가 한 꽃밭 하지."

두 사람은 식물도감을 펼치고 하루 종일 쪼그려 앉아 텃밭의 풀들을 관찰했다. 잡초인 줄 알았던 그 풀들은, 실은 하나하나 이름이 있었다. 그 이름들을 다 불러준 후에야 두 사람은 자리에서 일어났다.

다음 날도 그다음 날도 영수와 일해는 아침 일찍 밭으로 나와 물과 거름을 주고 꽃들을 살폈다. 매일 같은 일을 반복했다. 처음에는 생소했던 풀들이 점점 익숙해지고, 이제는 도감을 보지 않아도 이름을 알게 됐다. 이름을 알고 나니 친근해지고, 친근해지니 사랑스러웠다. 풀들은 하루하루는 변화가 없었지만, 어느 날 문득 보면 눈에 띄게 자라 있었다.

일 년 같은 한 달이, 한 달 같은 일주일이, 일주일 같은 몇 시간이 흘렀을까. 어느 날 아침, 영수는 여느 때와 마찬가지로 아침 일찍 꽃밭으로 나갔다. 오늘도 이름을 불러주고 물을 줄 참이었다.

"와, 이게 다 뭐야?"

한가득 꽃들이 피어 있었다. 전에는 기대할 수 없었던 아름다운 꽃들이.

내가 해왔던 일들이 이 풍경을 보기 위함이었던가.

문득 그간 만나온 아이들의 얼굴이 떠올랐다. 마음을 준 만큼 돌아오지도 않고, 그 애들이 꽃피는 모습을 못 볼지도 모르는데. 그런데도 계속해서 물을 주고 관심을 줄 필요가 있을까? 그런 생각들이 영수를 괴롭히던 요즘이었다.

두 뺨 위로 뜨거운 눈물이 흘렀다. 이 나이에 주책없이 웬 눈물이람.

"오호, 해내셨군요?"

강림이었다. 그는 얼른 눈물을 닦아내고 고개를 숙였다.

"뭐, 제가 한 것은 아닙니다만, 그렇게 됐네요."

"선생님이 하셨죠. 누가 했겠어요."

다가온 강림이 A4 크기의 서류 제본을 내밀었다.

"선생님 거죠?"

영수가 이곳으로 오기 직전 보고 있던, 오래된 학급 일지였다.

"좋은 제자들을 많이 두셨나 봐요."

그 말을 끝으로 강림은 곁을 떠났다. 영수는 그가 남

기고 간 학급일지를 물끄러미 바라보다가 페이지를 넘겼다. 글자가 빼곡했다. 일지를 한 장 한 장 읽어 내려갔다. 군데군데 아이들에게 받은 편지를 풀로 붙여놓기도 했다.

한 아이의 편지가 눈에 띄었다.

선생님, 저 꼭 좋은 가수가 될게요! 감사하고 사랑해요!

삐뚤삐뚤 써놓은 편지는 다름 아닌 일해의 것이었다. 입가에 절로 웃음이 번졌다. 이 편지를 일해에게 준다면 어떤 반응을 보일지 궁금했다.

영수는 선 자리에서 학급일지를 꼬박 다 보았다. 마지막 페이지를 넘기는데, 젊은 날의 자신이 다짐하듯 써놓은 문장이 눈에 들어왔다.

열정이란 무엇인가. 하루하루 빠지지 않고 들여다보는 것. 뜨겁게 불사르기보단 꾸준히 물을 주는 것. 그리하여 죽어가던 꽃을 살리는 그 마음. 그것이 열정이다.

"허어, 거참⋯⋯."

그 시절의 자신이 지금의 영수에게 말하는 것 같았다. 당신은 이미 충분히 열정적이라고. 당장은 아니더라도 언젠가는 보게 될 거라고. 당신의 노력이, 그 수고가, 마침내는 결실을 맺는 그날을.

그러니 스스로 자랑스러워해도 얼마든지 괜찮다고.

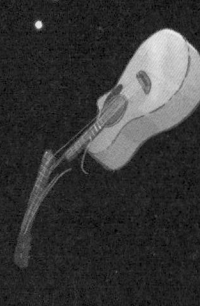

2교시
운명과 인연의 실타래

고
은
비

15세

1교시 수업이 끝났으니 어서 모이라는 강림의 말이
전해졌다.

은비가 기숙사에 배정된 제 방에 들어와 기타를 품에
안은 지 30분이 채 지나지 않아서였다. 꽃밭에 꽃을 피우
라고 했는데, 그 일이 벌써 끝났다는 말일까? 돌을 치우는
것만으로도 하루 해가 질 것 같았다. 반신반의하며 꽃밭으
로 나간 은비는 가득 핀 꽃을 보고 헛웃음을 흘렸다. 시간
이 멋대로 흐른다더니. 과학 서적에서 보았던 아인슈타인

의 상대성이론이 떠올랐다. 사람마다 시간이 다르게 흐를 수 있다는 그 이론 말이다. 그러나 이곳 환생 학교는 전혀 과학적이지 않아 보이는데.

은비는 눈을 슬쩍 돌려 모인 사람들을 보았다. 두 사람만이 뿌듯한 얼굴로 만개한 꽃들을 바라보고 있었다. 일해와 영수가 바로 그들이었다. 그 옆에 선 강림은 팔짱을 낀 채 알 수 없는 표정이었다.

스무 명의 학생이 꽃밭에 모였다. 할락궁이가 결과를 말해주었다. 통과한 모둠은 총 세 모둠. 아쉽게도 한 모둠은 끝내 꽃을 피우지 못했다.

"너무 실망하지 마세요. 이제 1교시가 끝난걸요? 아직 세 번의 기회가 남았으니 열심히 하면 다들 환생할 수 있을 거예요."

그녀의 응원에도 꽃밭 가꾸기에 실패한 모둠원들은 표정이 나아지지 않았다. 그들은 아무런 의욕이 없어 보였다. 환생이고 뭐고, 다 관심 없는 듯.

은비 모둠도 일해와 영수가 아니었다면 1교시 과제는 실패했을 터다. 은비는 돌을 치우라는 말에 엄두가 안나서 기숙사로 들어갔었다. 성식과 지혜도 그랬던 모양이다. 침대 위에 누워서도 어떡해야 하나 고민만 하고 있었는데 이미 통과라니. 자신이 수행평가에 무임승차한 얌체 같아 미안했다.

"자, 이리 와서 다들 다과 좀 들어요! 금강산도 식후
경이라는데, 예쁜 꽃밭도 배를 든든히 채우고 감상하면 금
상첨화겠죠?"

할락궁이가 말했다. 언제 준비했는지 꽃밭 옆으로 커
다랗고 노란 파스텔 톤 돗자리가 네 장 깔렸다. 각 돗자리
에는 개인 소반이 준비되었다. 그 위로 초록빛 도는 청자
와 찻잔이 가지런했다. 일해가 가장 먼저 자리에 가서 앉
았다. 그는 접시에 소복한 쿠키를 한 움큼 집어 입안에 털
어 넣었다. 눈치를 보던 사람들이 슬금슬금 자리에 앉아
차와 쿠키를 즐겼다. 은비는 그러지 못했다.

"뭐 해? 너도 이리 와서 먹어."

일해가 손짓했다. 혼자만 멀찍이 떨어져 있기가 눈치
보여 가까이 다가가 앉았다. 다만 음식에는 쉽게 손이 가
지 않았다. 저승의 음식에 입에 대는 순간, 저주에 걸려 영
영 이승으로 돌아가지 못한다는 이야기를 들은 적이 있다.
이곳이 저승은 아니라지만, 조심해서 나쁠 건 없었다. 은
비는 결코 이곳에 머물 생각이 없으니까. 한시라도 빨리
수업을 끝내고 이승으로 돌아가고 싶었다.

그런 은비였지만, 할락궁이가 말한 생명꽃에는 자꾸
만 마음이 갔다. 서천꽃밭에 무리 지어 피어 있는 그 꽃들

이 시선을 끌었다.

"뭘 그렇게 봐?"

일해가 싱글벙글 웃으며 쿠키 접시를 내밀었다. 아무 생각 없어 보이는 저 웃음이 괜히 기분 나빴다. 치킨 먹다가 목구멍이 막혔다고 했지? 일해는 은비가 어떤 생각을 하고 있는지, 무슨 마음으로 이곳에 있는지 전혀 모를 것이다. 그 태평스러움이 달갑지 않았다.

"안 먹어요."

퉁명스레 대답했지만, 일해는 물러날 기미가 없었다.

"좀 먹어 봐. 맛있다니까?"

"안 먹는다니까요."

손을 흔들어 거절한다는 것이 그만 일해의 손을 쳐버렸다. 쿠키가 바닥에 툭 떨어졌다. 사람들의 시선이 은비에게 쏠렸다. 은비는 달아오른 얼굴로 몸을 일으켰다. 발길을 재촉하자 뒤에서 일해가 소리쳤다.

"어디 가? 이거 먹고 2교시 수업 들어가야 한대!"

은비는 잠시 걸음을 멈추었다.

"……어딘데요? 먼저 가 있을게요."

일해 대신 강림이 본관 건물을 가리켰다.

"2층 복도 끝 우측 교실. 찾기 어렵진 않을 거야."

은비는 고개를 끄덕이고 조용히 자리를 떴다. 멀어져

가는 동안, 일해 특유의 높은 웃음소리가 귓가에 스쳤다. 영수와 무슨 이야기를 그렇게도 재미있게 나누는지. 두 사람 다 소풍이라도 나온 사람들처럼 보였다. 그래서인지 은비에게 쏠렸던 관심도 자연스럽게 멀어졌다.

은비는 꽃밭을 지나며 다시 한번 생명꽃을 눈여겨보았다. 분홍색이 살살이꽃, 빨간 건 피살이꽃, 노란색 혼살이꽃, 파란색 뼈살이꽃. 그 이름들을 잊지 않으려고 몇 번이나 속으로 되뇌었다. 네 송이 꽃으로 사람을 살릴 수 있다니, 믿기 어려운 이야기였다. 그러나 이곳은 환생 학교. 이승과는 다른 시간과 공간의 법칙이 지배하는 세계였다. 기적 같은 일이 정말로 일어날지도 몰랐다.

꽃을 함부로 꺾어도 될지는 알 수 없었다. 강림에게 부탁할까 생각했지만, 입이 쉽게 떨어지지 않았다. 그래도 이곳을 떠나기 전에는 한 번쯤 살리고 싶은 사람이 있다. 가능할지 어떨지는 알 수 없지만, 은비는 희미한 희망을 품은 채 생명꽃들을 지나쳤다.

교실 앞에 도착한 은비는 팻말을 속으로 읽어보았다.
'직녀의 방?'
혹시 '견우와 직녀'의 그 직녀를 말하는 걸까? 염라니 강림이니, 익숙하면서도 낯선 이름들이었는데, 직녀는 너무 잘 아는 이름이었다. 선뜻 들어가기가 망설여져 은비는 그 앞에서 교실을 훔쳐보았다. 불은 켜져 있었지만, 사람의 기척은 없었다. 대신 나무로 만들어진 커다란 기구들이 교실을 가득 채웠다. 한 번도 본 적 없는 물건들이어서 이 기구들이 과연 무슨 용도로 쓰이는지 궁금했다.

"그러지 말고 안으로 들어가서 봐요."

뒤에서 들려오는 목소리에 은비는 돌아보았다. 긴 머리를 질끈 묶고 검은 바지에 흰 셔츠를 입은 여자가 다정한 낯빛으로 다가왔다.

"2교시 수업 들으러 왔죠?"

은비가 고개를 끄덕이자 그녀가 문을 열며 안으로 들어가라는 듯 손짓했다. 마침 티타임을 마친 학생들이 올라오는 소리가 들렸다. 일해가 은비를 발견하고 알은체하며 다가왔다. 은비는 일해가 가까이 다가오는 게 부담스러워 서둘러 자리를 옮겼다.

직녀는 스무 명의 학생을 나무로 만든 기구 앞에 앉히고 수업을 시작했다. 은비는 낯설고 복잡한 기구를 꼼꼼히 살펴보았다. 여러 개의 얇은 나무 막대들이 정교한 틀처럼 서로 엮여 있고, 위아래로 걸쳐진 실들은 마치 거미줄 같았다. 기구 하단에 발판을 닮은 장치가 붙어 있고, 윗부분에도 정체를 알 수 없는 부속물들이 잔뜩 매달려 있었다.

뭐가 이렇게 복잡해? 이 실들은 또 뭐고……

은비는 호기심에 손가락을 뻗어 실을 만져보았다. 그런데 예상치 못한 일이 벌어졌다. 손을 살짝 가져다 대기만 했는데, 실이 툭 끊어지고 만 것이다. 깜짝 놀라 손을 뗐지만, 이미 늦은 후였다. 어떡하나 고민하는데 직녀의 차분한 목소리가 들려왔다.

"베틀은 함부로 만지지 마세요. 사용법을 익힌 뒤에 조작해볼 테니까요. 그때까지 인내심을 가지고 기다려주세요."

경고하는 듯한 말에 은비는 끊어진 실에 대해 아무 말도 못 하고 손가락만 꼼지락거렸다.

"저는 2교시 수업을 맡은 직녀입니다. 제 이름은 익히 알고 계실 거라 믿어요."

입가에 미소를 머금은 채 직녀는 교사용 베틀 앞에 앉았다. 베틀은 천을 짜는 도구로, 쉽게 말해 옷감을 만드는 기계라고 했다. 환생 학교 학생들도 직접 나만의 옷을 만들어볼 거라고. 2교시 수업은 개별 과제였다. 즉 무임승차 불가. 열심히 하지 않으면 통과하지 못한다. 은비도 바라던 바였다.

"여기, 베틀에 걸린 날실과 씨실은 바로 '운명'과 '인연'을 상징합니다. 여러분이 현생에서 뽑아낸 소중한 실들이니, 한 올 한 올 정성껏 다뤄주시길 바랍니다."

직녀의 설명이 끝나자마자, 교실 곳곳에서 한숨과 신음 소리가 터져 나왔다. 은비도 심각한 표정으로 끊어진 실을 바라보았다. 이게 내 운명과 인연이라고? 그런데 왜 손길이 스쳤을 뿐인데 이렇게 쉽게 끊어지는 걸까? 어쩌면 15년 짧은 인생이 쉽게 끊어지는 운명과 인연으로 이루어져서인지도 모른다.

이제라도 말해야 하나? 은비는 끊어진 실을 물끄러미 바라보다 생각을 접었다. 혹시나 문제가 되어 수업에 통과하지 못하면 낭패였다.

직녀가 씨실이 감긴 목제 도구인 '북'을 손에 쥐어보라고 했다. 북을 날실 사이로 밀어 넣으면 된다고 안내한 뒤, 천천히 실습해보라고 했다. 강림과 다른 교사들이 베틀 사이를 돌며 학생들이 제대로 하는지 살폈다. 옆에 앉은 일해는 미간을 찌푸린 채 진지하게 작업에 몰두하고 있었다. 영수도 마찬가지였다. 그는 처음 버스에서 보았을 때와는 달리 얼굴에서 빛이 났다. 성식은 손만 자꾸 주물러댔고, 지혜는 몇 번 해보더니 한숨을 푹 쉬고 손을 놓았다.

"잘되고 있어?"

강림이 묻는 말에, 은비는 퍼뜩 정신을 차렸다.

"네? 네……."

은비는 허리를 바로 세우고 북을 날실 사이로 밀어 넣었다. 강림은 떠나지 않고 은비 뒤에 머물렀다. 그 시선이 부담스러워서 북을 쥔 손이 잘 움직이지 않았다. 실은 실이 엉킨 탓이라는 걸 은비는 알고 있었다. 힘을 주어 당기고 싶었지만, 아까처럼 또 실이 끊어질까 봐 조심스러웠다. 실은 왠지 더 꼬여만 가는 듯했다.

지켜보던 강림이 입을 열었다.

"너 이거 혹시……."

설마 끊어진 실을 발견했을까? 피도 눈물도 없는 강림이었다. 일해에게 폭력을 행사할 때 알아보았다. 그가 당장 교실을 나가라고, 탈락이라고 말하면 어쩌지? 등골이 서늘해진 은비는 애매한 변명을 늘어놓았다.

"방에 뭘 좀 두고 와서 다녀올게요."

후다닥 교실을 나섰다. 다행히 강림은 은비를 붙잡지 않았다.

다시 돌아왔을 때, 강림은 자리를 옮긴 후였다. 은비는 그를 한번 힐긋한 뒤, 자리에 앉아 바삐 베를 짰다. 처음 마주한 베 짜기는 결코 만만하지 않았다. 환생 학교의 실들은 어쩐지 더 잘 꼬이고 끊어지는 듯했다. 은비만 실이 끊어진 줄 알았는데, 다른 사람들도 같은 어려움을 겪었다.

어느새 해가 저물었다. 강림은 수업도 쉬어가며 하는 거라며, 학생들을 자리에서 일으켰다.

"그럼 2교시는 끝난 건가요?"

일해의 물음에 강림은 고개를 저었다.

"옷을 다 만들어야 2교시가 끝나지."

은비는 눈살을 찌푸렸다. 무슨 수업이 자기 마음대로야. 1교시는 30분 만에 끝나더니 2교시는 하루가 지나도 끝나지 않았다.

다들 교실을 나섰다. 은비도 그 뒤를 따랐다. 천천히 걸음을 옮기는데, 엄마 생각이 났다. 갑자기 떠나오느라 아무런 말도 남기지 못했다. 휴대폰이 먹통이라 메시지를 보낼 수도 없었다. 엄마를 더는 걱정시키고 싶지 않았다. 아빠 일만으로도 엄마는 무너질 듯 힘들어했으니까. 엄마의 짐이 될 수는 없었다. 은비는 아랫입술을 깨물며 빠르게 걸음을 옮겼다.

기숙사로 향하는 길. 은비는 서천꽃밭 앞에서 또 발길을 멈추었다. 솔직히 말하면, 은비는 생명꽃에 대한 설명을 처음 들었을 때부터 한 가지 생각을 품고 있었다. 바로 그 꽃들을 슬쩍해볼까 하는 것이었다. 부탁한다고 귀한 꽃을 순순히 내줄까? 차라리 아무도 몰래 슬쩍하는 게 나을지도 모른다.

생명꽃만 있다면…….

그때, 누군가 자신을 부르는 바람에 상념이 깨졌다. 은비는 고개를 들어 다가오는 이를 쳐다보았다. 환한 얼굴로 손 흔드는 그 사람은 일해였다.

"기숙사 가는 길? 같이 갈까?"

"저는…… 바람 좀 쐬려고요."

딴에는 돌려 거절한 건데, 그는 눈치 없이 은비 곁에 서서 서천꽃밭만 응시했다. 뭐 하냐고 묻자 자기도 바람 쐰다는 실없는 대답을 하며 하하 웃었다. 좀처럼 말이 통할 것 같지 않아 은비는 슬그머니 발길을 돌렸다. 그런 은비를 놓치지 않겠다는 듯 쫓아오며 일해가 조잘거렸다. 자기가 베 짜는 데 재능이 있는 줄 몰랐다고. 왠지 기타 치는 거랑 비슷하다고.

"기타요?"

"응. 둘 다 줄을 튕기잖아."

일해가 기타 치는 시늉을 했다.

"나 기타 잘 쳐. 너도 기타 들고 왔던데, 잠깐 구경해도 돼?"

자꾸 친한 척하는 것도 부담스러운데, 기타까지 보여

달라니. 일해가 영 탐탁지 않았다.

"싫은데요."

은비는 저도 모르게 쏘듯 말하고 걸음을 앞세웠다.
일해가 은비를 불렀지만, 멈추지 않고 단숨에 기숙사로 돌
아왔다. 방문을 걸어 잠그자마자 침대에 걸터앉아 곁에 세
워둔 낡은 기타를 노려보았다. 이곳에 오게 된 이유, 저 기
타 때문일까?

그날 저녁이 머릿속을 스쳐 흘러갔다.

"엄마, 그만 좀 해!"

엄마는 창고에 보관 중인 아빠 기타를 꺼내 정성스레
닦고 있었다. 엄마 뺨은 눈물로 얼룩져 있었다.

시간이 흘러도 아빠는 엄마 가슴속에서 좀처럼 지워
지지 않았다. 아빠를 향한 그리움으로 날로 수척해지는 엄
마. 은비는 엄마마저 혹시 잘못되어 곁에서 사라질까 불현
듯 두려워지곤 했다.

그런 엄마가 최근에 승효 이모의 주선으로 소개팅을
했다. 은비는 잘되기를 빌고 또 빌었다. 그런데 돌아온 엄
마의 말은.

"잘 안 맞는 것 같아서. 그만 만나기로 했어."

거짓말이었다. 승효 이모는 분명 그쪽 아저씨도, 엄마도, 서로에게 호감이 있는 것 같다고 했다. 은비는 목소리를 높였다.

"아빠 좀 잊어도 되잖아. 충분히 슬퍼했어."

엄마가 죽은 아빠의 영혼에 발목을 잡혀 새로운 사랑을 시작하지 못하는 것 같았다.

"너 어쩜 말을 그렇게 할 수 있어? 아빠가 널 얼마나 사랑했는데……!"

엄마는 야속하다는 눈빛이었다. 그럴수록 은비는 더욱 독해지기로 했다.

"아빠고 뭐고, 다 필요 없어. 그럴 거면 왜 먼저 떠났는데? 왜 우릴 두고 죽었냐고! 그런 아빠는 좋은 아빠 아니야!"

엄마는 할 말을 잃은 표정으로 은비를 쏘아보더니, 그길로 집을 나가버렸다. 그제야 후회가 몰려왔다. 또 엄마에게 상처 주다니. 마음은 그게 아니었는데. 은비의 눈에 기타가 들어왔다. 불쑥 화가 치솟았다. 이딴 기타가 뭔데 도대체! 은비는 기타를 손에 쥐고 밖으로 나왔다. 기타만 없으면 엄마가 아빠를 잊을 것만 같았다. 번쩍 치켜들어 아스팔트 바닥에 내리치려는 순간이었다. "은비야" 하고 부르는 아빠 목소리가 들리는 것 같았다. 은비는 힘이 풀려 바닥에 쪼그려 앉았다. 이대로는 못 살 것 같았다.

"나 힘들어, 아빠. 아빠 때문에 너무 힘들다고……."

어깨가 떨리고, 눈물이 뺨을 타고 흘렀다. 도무지 길이 보이지 않았다. 그만 살고 싶을 만큼 고통스러웠다.

그때, 노란 버스 한 대가 은비 앞에 멈추어 섰다. 웬험상궂은 남자가 내리자 눈물도 자연스레 뚝 그쳤다. 은비는 딸꾹질을 하며 한 걸음 물러섰다. 괜히 기타를 등 뒤로 숨기며 남자를 슬며시 살폈다. 남자는 터벅터벅 다가오더니.

"고은비 학생? 잠깐 전학 좀 가야 할 것 같은데."

방금 무슨 말을 들은 걸까? 은비는 마른 입술을 뗐다.

"갑자기 전학이요? 왜요?"

"왜긴. 이대로는 못 살겠다며."

은비는 깜짝 놀랐다. 내 속마음을 어떻게 알았을까? 그렇다고 모르는 사람을 덜컥 따라갈 수는 없었다. 납치범이면 어쩌려고? 그러나 이어진 남자의 말에 은비는 홀린 듯 그를 따라나섰다.

"아빠 때문에 힘들다고 했잖아. 직접 만나서 얘기해 봐."

환생 학교에 입학하고 나서야 뒤늦은 후회가 찾아왔

다. 엄마가 많이 걱정할 텐데. 아빠를 만날 수 있을 거라 생각하다니, 너무 순진했다. 입학식 때 강당에서 아빠를 찾아보았지만, 비슷해 보이는 사람조차 없었다. 할락궁이가 생명꽃을 언급할 땐, 그 꽃으로 아빠를 되살리라는 걸까 심장이 두근거렸다. 그게 아니라는 걸 알고는 깊은 좌절을 맛보았다.

아빠만 살아 있었다면 이곳에 올 일은 없었을 것이다. 아빠는 야속하게도 기타 하나만 덜렁 남겨두고 5년 전 가족을 떠났다. 시간이 흐르면 그리움은 사라질 줄 알았다. 상실의 아픔은 여전히 현재진행형이었다. 이제는 기타를 버리듯 아빠를 놓아주겠노라 다짐했는데. 그래야 엄마도 행복하리라 생각했는데.

왜 또 이곳에서 기타를 품에 안게 되는지.

안녕 친구야

지난주 토요일, 은비는 엄마와 함께 아빠의 옛 친구들을 만나고 돌아왔다. 그날은 석중 아저씨가 리더로 있는 경찰 밴드 '포뺀'의 공연 날이었다. 엄마는 같이 가자며 은비를 끈질기게 설득했다. 은비는 절대 가지 않겠다고 버텼다.

"석중 아저씨가 너 많이 보고 싶대."

은비는 콧방귀를 뀌었지만, 한편으로는 마음이 흔들렸다. 게다가 아저씨가 은비 앞으로 보낸 초대장을 보고 나니 더는 거절하기가 어려웠다.

은비야, 네가 꼭 와줬으면 좋겠어.

꾹꾹 눌러 쓴 손 글씨가 마음을 무겁게 했다.

초대를 거절하면 한동안 신경이 쓰일 게 뻔했다. 그렇다고 기분 좋게 갈 자리도 아니었다. 이러지도 저러지도 못하자, 엄마가 등을 떠밀었다. 공연 보고 맛있는 것도 먹자며 설득하는 엄마의 손길을 뿌리칠 수 없었다.

오랜 기간 드러머로 활약한 석중 아저씨는 포뺀의 리더다. 중간중간 구성원이 바뀌었지만, 드럼 자리는 아저씨가 지키고 있다. 그날은 홍대의 작은 카페를 빌려 공연을 했다. 수익은 전부 기부한다. 십 년이 넘게 내려오는 포뺀의 전통이다.

그 전통을 만든 건 포뺀의 초대 멤버들. 특히 두 명의 공동 리더였다. 석중 아저씨와 은비의 아빠.

카페의 1층 출입구에 포뺀의 포스터가 붙어 있었다. 아저씨는 드럼 채를 손에 쥔 채 45도 각도로 몸을 틀었다. 허공을 향한 시선 처리는 약간 어색해 보였다.

다른 멤버들의 얼굴도 낯익었다. 다들 남아 있었구나. 많이 바뀌어 있을 줄 알았는데.

아빠가 돌아가신 후부터는 아예 공연장을 찾질 않았으니 세월의 격차를 느낄 법도 했다. 그런데도 포뺀 밴드

들은 너무하게도 여전했다. 마치 어제 본 사람들처럼.

포뻰의 공연은 성황리에 막을 올렸다. 오랜 시간 꾸준히 무대를 지켜온 저력 덕분인지 객석은 꽉 찼다. 관객들은 멜로디에 맞춰 노래를 따라 불렀다. 엄마도 활짝 핀 얼굴로 그들 속에 섞였다.

은비는 달랐다. 입을 굳게 다문 채 사람들을 몰래 살폈다. 이게 정말 맞는 걸까? 아빠는 함께하지도 못하는데, 나는 무슨 자격으로 이 자리를 지키고 있는 걸까? 특히 엄마가 즐거워하는 이유를 알 수 없었다. 은비는 복잡한 마음을 달래려 휴대폰만 만지작거렸다.

공연은 막바지에 이르렀다. 대망의 앙코르 곡이 시작되기 직전, 석중 아저씨가 마이크를 잡았다.

"정말 많은 분이 와주셨네요. 저희 정말 감동했어요."

아저씨는 감격의 눈물을 흘리는 척했다. 관객들이 그 우스꽝스러운 연기에 웃음을 터트렸다. 아저씨도 멋쩍은 듯 웃었다.

"이번 곡은 이제는 이 세상에 없는 친구를 위해 만든 곡이에요."

제목은 〈안녕, 친구야〉. 아저씨는 문득문득 아빠가 떠오른다고 했다. 꿈속에서, 거리를 걷다가, 아빠의 뒷모습을 볼 때도 있다고. 그럴 때면 큰 소리로 '안녕, 친구야!'

외치지만 고개를 들어보면 아빠는 사라지고 없다고 했다.

"제 인사가 어떻게 하면 친구에게 전해질 수 있을까 고민하다가 이 곡을 만들게 됐습니다. 하늘에 있는 내 친구, 고재연! 이 곡을 너에게 바친다."

아빠의 이름이 객석에 울려 퍼졌다. 은비는 가슴이 철렁 내려앉았다. 석중 아저씨의 촉촉한 눈길이 이쪽을 향하자 숨도 제대로 쉴 수 없었다. 엄마 눈에는 이미 눈물이 가득 고여 있었다. 은비는 입술을 깨물며 몸을 일으켰다.

"화장실 좀 다녀올게."

엄마가 팔을 붙잡았지만, 은비는 서둘러 걸음을 옮겼다. 뒤도 돌아보지 않고 공연장을 나왔다. 곧 음악 소리가 시작됐다. 아저씨의 드럼 비트가 화장실까지 따라와 쿵쿵 가슴을 두드렸다. 원하지도 않는 눈물이 슬금슬금 새어 나왔다. 은비는 수도를 틀고 찬물로 눈을 벅벅 닦았다.

공연 뒤풀이 장소는 근처 삼겹살집이었다.

목을 썼으니 기름칠을 해줘야 한다는 누군가의 농담에 모두 웃음을 터트렸다. 그 자리에 엄마와 은비가 초대받았다. 은비는 싫다고 했지만, 엄마는 여기까지 왔는데 어떻게 그냥 가느냐고 했다. 저녁 하기 싫으니까 먹고 가자는 엄마의 말에 은비는 싫은 내색을 숨기지 않았다.

"집 근처에서 먹고 가. 우리가 거길 왜 가?"

조금 떨어진 곳에서 눈치를 보던 석중 아저씨가 슬그머니 다가왔다.

"은비야, 아저씨도 오랜만에 은비랑 밥 먹고 싶은데."

은비는 운동화 앞코를 바닥에 쿡쿡 찍었다.

"아저씨, 오늘 너무했어요."

아빠 추모곡을 두고 한 말이었다. 엄마 눈빛이 '꼭 그렇게 말해야 하느냐'고 물었다.

결국 뒤풀이 자리에 함께했다. 지글지글 구워진 노릇한 삼겹살 한 점에 멤버들은 피로를 날렸다. 고기 굽는 소리 너머로 공연 후일담이 오갔다. 그러다 화살이 은비에게로 향했다.

"열 살짜리 꼬마가 언제 숙녀가 됐어?"

아빠를 졸졸 쫓아다니고, 밴드 대기실에 불쑥불쑥 찾아가던 시절이었다. 이제는 그럴 시기는 지났다. 키보드 담당 유정 이모는 은비가 너무 커서 왠지 거리감이 느껴진다고 했다. 엄마는 사춘기가 시작됐는지 아주 고집이 황소라며 대놓고 흉봤다. 취기가 오른 선희 언니는 해서는 안 될 말을 꺼냈다.

"은비는 나이가 들수록 경위님과 똑 닮아가네."

은비는 입으로 가져오던 젓가락을 멈추었다. 분위기도 묘하게 얼어붙었다. 정작 당사자인 선희 언니는 아무것도 눈치채지 못했다.

"그러게. 특히 눈매가 재연이랑 똑같아."

석중 아저씨 역시 눈치 없기로는 둘째가라면 서러웠다.

엄마는 그만하라는 듯 눈살을 찌푸렸다. 이미 엎질러진 물이었다. 은비는 젓가락을 내려놓았다. 일부러 그런 건 아니었지만, 젓가락이 탁 소리를 내며 테이블에 부딪쳤다. 그 울림이 주변을 정적에 빠뜨렸다.

"오늘 공연 좀 심심하지 않았어요? 뭔가 튜닝도 안 된 것 같고, 하울링도 나고."

은비가 불퉁하게 말하자 음향 담당 인수 아저씨가 눈을 동그랗게 떴다. 알지도 못하고 나오는 대로 뱉은 소리였다. 괜히 트집 잡는 것 같아 미안했지만, 먼저 시작한 것은 포뺀 쪽이었다. 순전히 선희 언니와 석중 아저씨 때문……이라고 변명하면 치사한 거였다.

문제는 자신에게 있었다. 아빠 이야기가 나올 때마다 왜 자꾸 예민해지는지. 신경 쓰지 않고 무덤덤하게 넘기고 싶지만, 쉬운 일은 아니었다. 아빠를 닮았다는 말도 듣기 거북했다. 그 이유가 엄마가 있는 자리라서인지, 오랜만에 만난 포빼 멤버들 때문인지는 모른다. 다만, 은비는 이 가시방석 같은 자리를 빨리 벗어나고 싶을 뿐이었다.

"편의점에 콜라 좀 사러 갔다 올게요. 소화가 안 돼서."

아무 말이나 둘러대다가 식탁 위에 이미 콜라 병이 놓인 걸 발견했다. 통하지도 않을 변명을 늘어놓다니. 은비는 미간을 찌푸렸다. 엄마 눈빛이 딱딱해진 걸 보니, 곧 잔소리가 날아올 기세였다. 그때였다.

석중 아저씨도 편의점에서 살 게 있다며 자리에서 일어섰다. 멤버들의 시선이 아저씨에게 쏠렸다.

"나도 소화가 안 돼서 소화제 좀 사려고."

아저씨가 씨익 웃으며 배를 문질렀다. 드럼도 씹어 먹을 사람이 무슨 소화제냐며 야유가 날아왔지만, 아저씨는 능청스럽게 받아넘겼다. 아저씨가 엄마 몰래 은비에게 윙크를 했다. 마음속을 들켜버린 것 같아 은비는 황급히 걸음을 돌렸다. 석중 아저씨도 서둘러 은비를 따라나섰다.

편의점에 들러 콜라 대신 아이스크림을 샀다. 아저씨 손에도 같은 회사의 아이스크림이 있었다. 먹으면 설렌다는 아이스크림을 입에 물며 아저씨가 말했다.

"이 동네는 시간이 지나도 예나 지금이나 똑같아. 포빼 막 시작했을 때도 홍대는 음악의 거리였는데."

거리에는 다양한 공연이 펼쳐지고 있었다. 멋진 퍼포먼스를 선보이는 행위 예술가들이 있는가 하면, 흥겨운 비트에 맞춰 춤을 추는 크루도 있었다. 부끄러운 듯 주변을 힐끔거리면서도 목청껏 노래를 부르는 사람도.

아저씨는 그 사람 앞으로 다가가 박수를 쳤다. 파란색 배달 조끼를 입은 그는 얼굴이 빨개지면서도 고맙다며 고개를 숙였다. 아저씨가 한 곡 더 부탁하자, 그는 자작곡을 선보이겠다고 했다.

"제목은 〈To Be With You〉입니다."

"어? 미스터 빅 노래랑 제목이 같네요?"

"미스터 빅을 아세요?"

"왜 몰라요? 엄청 유명한 밴드인데."

남자는 요즘 사람들은 잘 모르는 밴드를 어떻게 아느냐며 반색했다. 그러고는 노래를 시작했다. 아저씨가 은비에게 손짓하며 '너도 와서 구경해'라고 입을 벙긋거렸다. 은비는 발길을 조금 움직이며 멜로디에 귀를 기울였다. 애절한 목소리와 격렬한 기타 사운드가 뇌리에 박혔다. 가사는 왠지 모르게 사무쳤다. 은비는 남자의 얼굴을 유심히 살폈다. 고되어 보이는 얼굴에 간절함이 묻어 나왔다. 어쩐지 아빠가 노래 부를 때의 표정과도 닮아 있었다. 은비는 더 들었다가는 울음이 터질 것 같아 걸음을 돌렸다. 아저씨가 뒤따라오며 물었다.

"좀 더 듣고 가지. 너도 언젠가는 버스킹 무대에 서고 싶다고 했잖아."

은비는 발개진 눈을 훔치며 아무렇지 않게 말했다.

"헐, 제가 언제 그런 말을 했어요?"

"언제였더라? 요만할 때였으니까, 재연이 그렇게 되기 전에."

또 아빠 얘기였다. 은비는 입술을 앙다물고 아저씨를 흘겨보았다.

"아빠 얘기 좀 그만해요. 특히 엄마 앞에서."

오랜만에 본 아저씨에게 자꾸만 퉁명스럽게 굴어 미안했다. 그래도 할 말은 해야 한다.

"이미 떠난 아빠예요. 뭘 자꾸 찾아요, 찾긴."

아저씨는 놀란 눈치였다.

"네가 아빠 얘기를 싫어하는지 몰랐어. 그래서 그동안 공연 보러 오지 않았구나."

사과할 것까지는 없었다. 그냥 아빠 얘기하는 게 불편하다는 걸 전하고 싶을 뿐이었다. 은비는 속이 답답해 아이스크림을 쭉 빨았다. 차가운 감촉이 목을 지나 가슴께를 훑었다. 아저씨가 해명하듯 말을 이었다. 자신에겐 둘도 없는 친구였지만, 네겐 아빠였다는 사실을 잠시 잊었다고. 그 끝에 정곡을 찌르는 질문이 따라왔다.

"아빠 얘기가 왜 싫어?"

은비는 잠시 망설였다.

"엄마가 힘들어해요."

아저씨 표정을 보아 하니 뜻밖의 말을 들은 듯했다.

"아직 이별의 아픔이 다 가시지 않았나 보네. 그렇겠지. 어떻게 잊겠어."

더는 툴툴거리고 싶지 않지만, 아저씨의 마지막 말은 취소해달라고 말하고 싶었다.

"못 잊고 그런 거 아니에요."

엄마 아빠가 서로를 끔찍이 사랑했다는 건 부정하지 않겠다. 그래서 아빠가 범인을 뒤쫓던 중 흉기에 찔려 목숨이 위태롭다는 전화를 받았을 때, 엄마가 얼마나 충격이 컸을지도 상상이 간다. 은비 또한 믿기지 않았으니까. 아빠 같은 착한 사람이 왜? 범인은 곧 잡혀 중형을 받았지만, 은비는 억울했다. 세상이 이러면 안 되는 거잖아.

엄마도 경찰이었다. 동료들은 힘을 내라고 했지만, 결국 엄마는 경찰 일을 그만두었다. 대학 시절 특기를 살려 태권도장을 열었지만, 그마저도 빚에 시달렸다. 이 모든 게 아빠 때문이라고 말하지 않겠다. 그렇더라도 엄마를 슬픔의 감옥에 가둔 사람이, 은비를 상실의 늪에 빠뜨린 사람이 아빠라는 사실만은 부인할 수 없었다.

왜 엄마는 아빠를 아직 못 잊는 걸까. 은비는 왜 엄마 때문에 속상해야 하는 걸까. 은비는 부당한 현실에 저항하 듯 목소리에 힘을 주었다.

"엄마, 남자 친구도 있어요."

말을 꺼내놓고 입술을 깨물었다. 이래도 될까? 아직 확실한 것도 아니었다.

"정말이야? 엄마가 남자 친구가 생겼어?"

아저씨 눈썹이 쑥 올라갔다.

승효 이모 말이니까 믿어도 되겠지? 아니, 어쩌면 자 기 합리화일지도 모른다. 그렇게라도 못을 박고 싶었다. 아빠 일로 엄마를 부르지 말라는. 아빠의 영혼이 엄마 곁 을 맴도는 이상, 엄마는 슬픔의 감옥에서 영원히 빠져나오 지 못할 테니까. 아저씨가 '어떻게 아빠를 잊을 수 있냐' 따 위의 말을 하면, 싸워 이길 자신도 있었다. 그런데 아저씨 의 다음 말에 은비는 무장해제 되어버렸다.

"잘됐다!"

아저씨가 함박웃음을 지었다.

"분명 아빠도 좋아할 거야."

아저씨에게는 제발 비밀로 해달라고 했다. 엄마가 민

망해할 거라고, 엄마 스스로 말을 꺼낼 때까지는 모른 척해달라고. 아저씨는 걱정 붙들어 매라고 했다. 그 정도 센스는 있다고 너스레를 떨면서도 엄마가 만나는 사람에 대해 이것저것 물어왔다. 얼굴을 본 적은 있는지, 성격은 어떤지, 은비한테는 잘해주는지. 아는 게 없어서 대답할 것도 없었다. 은비가 할 수 있는 거라곤 그만 관심 가지라는 말로 아저씨의 질문을 차단하는 것뿐. 아저씨는 알았다고 고개를 끄덕이면서도, 여전히 믿기지 않은 표정이었다. "잘됐어. 정말 잘됐어" 하는 말만 반복하면서.

대체 뭐가 잘됐다는 걸까? 아저씨가 너무 좋아하니, 오히려 은비 마음이 돌아섰다. 엄마에게 새로운 남자 친구가 생긴다면 축하해주겠지만, 또 한편으로는 그 소식이 달갑지 않을 것이다. 갈대 같은 자신이 우스웠다.

은비는 코드를 두어 번 연주한 뒤, 기타를 내려놓았다.

아빠가 살아난다면…….

그럴 수만 있다면, 겪고 있는 모든 불행이 끝날 것만 같았다. 은비는 창가로 다가가 커튼을 걷었다. 저 멀리 서천꽃밭이 눈에 들어왔다. 분홍, 빨강, 노랑, 파랑. 생명꽃들이 바람에 흔들리고 있었다. 은비는 꽃들을 가만히 응시했다. 희미한 기대가 가슴속을 천천히 맴돌았다.

운명과
인연의 베틀

일해는 한결 표정이 부드러워진 영수를 보니 마음이
놓였다. 영수는 승진 실패보다 학부모가 진심을 몰라준 게
상처였던 모양이다. 꽃밭을 가꾸는 동안, 영수의 얼굴에
다시 함박웃음이 피어올랐다. 일해가 어린 시절 보았던 그
모습처럼.

달라진 태도는 2교시 수업에서도 이어졌다. 그는 꼭
졸업하겠다며 열의를 보였다. 직녀의 설명에 귀를 기울이
는가 하면, 이런 건 어디서도 못 배운다며, 이참에 베틀 다

루는 법을 확실히 익혀서 아이들에게도 가르쳐보겠다고
했다.

반면 성식과 지혜는 영 진전이 없었다. 1교시와 마찬
가지로 2교시도 흐린 눈을 할 뿐이었다. 그래도 두 사람은
자리를 지켰다.

"이야, 두 분은 투명한 옷감을 짰나봐요?"

강림이 비꼬듯 말해 눈살을 찌푸리게 만들었지만.

일해의 시선은 그들이 아닌 다른 곳에 머물렀다. 텅
빈 자리. 바로 은비의 자리였다. 어제만 해도 열심히 하려
는 것 같았는데 오늘은 방에 틀어박혀 통 얼굴을 비추지
않았다.

"손이 느리네. 무슨 생각해?"

강림이었다. 그는 일해가 짜놓은 천을 손끝으로 가볍
게 쓸었다.

"제대로 좀 해봐. 이렇게 듬성듬성해서 어디다 쓰겠
어?"

칭찬은 못 할망정 가슴을 후벼 파는 소리만 하다니.
그래도 일해는 개의치 않았다. 강림이 그렇지 뭐. 그것보
다 강림에게 하고 싶은 말이 있었다.

"선생님, 혹시요……. 제가 은비 천을 대신 만들어줘
도 될까요?"

강림이 코웃음을 흘렸다.

"네 실력으로?"

진짜…… 사람 너무 무시하네. 일해는 딱딱한 목소리로 대꾸했다.

"네, 제 실력으로요."

"그래, 뭐. 넌 특별 미션이 있으니까. 하찮은 실력이라도 도움이 된다면 좋겠지. 하지만 그건 안 될 일이야. 이번 수업은 개별 과제 수행이라 대신 해주면 반칙이지."

"아이, 그래도."

"명계에 법도가 있거늘! 몰라? 아무리 네 미션이 중요하다 해도, 안 되는 건 안 되는 거야."

"알죠, 아는데……."

솔직함이 강림의 마음을 움직이는 데 더 나을 것 같았다.

"은비가 안쓰럽잖아요."

강림은 예상 밖의 말을 들은 얼굴이었다.

열다섯. 어려도 너무 어리다. 일해는 중학생 시절을 떠올려보았다. 별 고민 없이 음악에 빠져 살았다. 부모님과 선생님들은 일해의 음악성을 칭찬해주었다. 덕분에 일해는 우물 안 개구리인 줄도 모르고 친구들 앞에서 공연하며 자신이 최고인 양 노래를 불렀다. 겉멋만 잔뜩 든 학생이었을지도 모른다. 어른들의 따뜻한 시선 덕에 일해는 질 풍노도의 시기를 무사히 지나올 수 있었다.

은비는 달랐다. 그 아이 눈에 짙은 그리움이 서려 있었다. 입술을 굳게 다문 모습은 말 못 할 비밀을 숨기고 있는 듯했다. 어리다고 죽음이나 환생을 고민하지 말라는 법은 없다. 하지만 일해는 은비가 이곳에서 새 삶을 준비하기보다는 다른 평범한 아이들처럼 살아가길 바랐다. 친구들과 인생 네 컷 사진을 찍고, 빨간 국물을 옷에 묻혀가며 떡볶이를 먹고, 낙엽이 굴러가는 것만 봐도 까르르 웃음을 터뜨리는 그런 삶.

무슨 일이 있었을까? 직접 묻기에는 은비와 일해 사이가 너무 멀었다. 아이의 닫힌 마음에 감히 노크하는 것조차 조심스러울 정도였다. 은비는 상처받은 길고양이처럼 경계할 뿐, 곁을 주지 않았다. 그러면서도 멀리 달아나지 않고 사람이 그리운 강아지처럼 맴돌았다. 그렇기에 일해는 강림에게 은비 천을 만들어줘도 되느냐고 물을 수밖에 없었다. 그것이 지금 일해가 은비를 위해 해줄 수 있는 최선이었다.

강림이 일해를 물끄러미 보았다. 혹시 허락하려는 걸까? 일말의 희망을 가지려는 순간.

"안 돼. 누구도 베틀을 대신 돌려줄 수는 없어. 운명과 인연은 스스로 짜는 거거든. 너는 네 천을 만들어."

강림의 눈길이 주인을 잃은 빈 베틀에 머물렀다. 그의 시선을 따라 일해의 눈길도 움직였다. 빈 베틀이 아주 천천히, 혼자서 돌아가고 있었다. 놀라움에 말을 잃은 일해 등 뒤로 강림의 목소리가 나직이 들려왔다.

"은비도 자신만의 인연을 만들어갈 거야. 반드시."

그로부터 한 시간쯤 베틀을 돌리며 작업을 이어갔다. 목덜미와 어깨가 뻣뻣해질 즈음, 영수가 기지개를 켜며 목을 돌렸다. 그가 일해를 비롯한 모둠 사람들에게 조금 쉬었다 하는 게 어떻겠냐고 물었다.

일해도 이참에 다 함께 대화를 나누고 싶었다. 혹시 다들 시간이 되면 음료나 한잔하자며, 기숙사 1층 카페를 언급했다. 지혜는 조금 눈치를 보다가 고개를 끄덕였다. 성식도 흠흠 헛기침을 하며 몸을 일으켰다. 두 사람은 그리 내키진 않지만, 언제까지 데면데면할 수는 없다고 판단한 듯했다. 영수가 분위기를 살리려는 듯 목소리를 높였다.

"자, 그럼 어서 가시죠! 제가 재밌는 아이스브레이킹 게임을 압니다. 게임도 하고 대화도 나누면서 서로를 좀 알아가는 시간을 가져볼까요?"

일해는 영수의 그런 행동에 웃음이 나왔다. 누가 선생님 아니랄까 봐 그러느냐며, 편하게 하라고 했지만 영수는 뭐 어떠냐며 너스레를 떨더니 학생들을 인솔하는 선생님처럼 앞장섰다. 길을 잃지 말고 다들 자신을 따라오라면서.

카페의 이름은 '다시'.

영수와 일해는 전날 저녁, 호기심에 이끌려 이곳을 구경했다. 카페는 서천꽃밭에서 가져온 꽃들로 만든 차와 독특한 음료, 디저트를 판매했다. 종업원으로 보이는 사람들은 키가 작고 어린아이 같았다. 머리에 작은 꽃장식이 달린 하얀 두건을 쓰고 있었다. 눈처럼 흰옷에 구름을 닮은 앞치마를 둘렀고, 두 손 가득 쟁반을 든 채 카페 안을 분주히 오갔다.

카페는 서른 석 규모로 아늑한 우드 톤이었다. 창가 자리에는 반갑게도 일해와 영수가 키워낸 꽃들이 장식되어 있었다. 곳곳에 학생들과 교직원들이 앉아 다과를 즐기고 있었다.

그들은 주문대로 가서 각자 원하는 메뉴를 골랐다. 일해도 메뉴판을 천천히 훑어보았다. 신기한 이름들에서 절로 눈길이 멈췄다.

✛ 기억 라테 소중한 순간을 영원히 기억할 수 있게 라
    테 아트로 새겨드려요.

✛ 갈림길 밀크티 선택의 기로에서 마셔보세요. 어쩌
    면 원하는 길로 이끌어줄지도?

✛ 시간 허브티 향기로운 허브티의 향이 당신의 시간
    을 되돌아보게 해줄 거예요.

✛ 운명의 쌍화탕 짧은 문구가 적혀 있어 운명을 점칠
    수 있고, 몸에도 좋아요!

✛ 재회 마카롱 달콤한 마카롱은 그리운 누군가를 다
    시 만나게 해줄 거예요.

뭘 고를까 고민하던 일해가 영수에게 뭘 마시겠느냐
고 물었다.

"나는 갈림길 밀크티나 마셔볼까? 앞으로 내가 어떤
길로 가게 될지는 모르겠지만, 내 마음이 시키는 대로 살
고 싶어."

"그럼 전 기억 라테요. 지금 이 순간을 꼭 기억하고 싶
거든요."

성식은 운명의 쌍화탕을, 지혜는 시간 허브티를 주문했다. 일해는 메뉴판을 훑다 시선을 멈췄다. 재회 마카롱? 은비가 좋아하려나? 일해는 마카롱도 함께 주문했다.

일해는 주변을 두리번거리다가 알맞은 자리를 찾았다. 창가 쪽 6인석 원탁을 혼자 차지한 사람이 눈에 들어왔다. 창밖을 바라보며 손가락을 두드리고 그는 강림이었다.

일해와 일행이 인사하며 다가가자 강림이 눈살을 찌푸렸다.

"뭐야, 나도 개인 시간이라는 게 필요해. 쉬는 시간에는 알은척 안 해줬으면 좋겠는데."

그는 못마땅한 듯 헛기침을 하면서도 자리를 내어주었다. 네 사람이 둥글게 둘러앉자, 의도치 않게 담임선생님과의 상담 시간처럼 되었다. 말은 귀찮다고 하지만, 강림은 학생들에게 관심을 보였다.

"1교시는 어찌어찌 잘 끝낸 것 같은데, 2교시는 만만치 않을 거예요. 실이 엉키고 꼬이고 끊어지고, 장난이 아닐 텐데."

영수가 노하우라도 좀 알려달라고 했지만, 강림은 차를 한 모금 마실 뿐, 방법을 찾는 건 각자의 몫이라고 했다. 성식은 그 말이 못마땅한 듯 언성을 높였다. 그럴 거면 선생님이 왜 있는 거냐고, 도대체 이곳에서 뭘 배우라는 건지 모르겠다고. 강림이 쭛 혀를 찼다.

"자기 인생 자기가 사는 거지, 뭘 자꾸 묻습니까? 아니, 애초에 해보려는 의지도 없잖아요."

"뭐라고?"

"나야 당신들이 졸업하든 말든 상관없거든. 졸업을 못 하면 지옥으로 끌고 가면 되니까."

지옥이라는 말에 다들 눈을 동그랗게 떴다. 지혜가 낮은 목소리로 물었다.

"농담이죠? 괜히 사람들 겁주지 마세요."

"사실을 말한 거예요. 여기서 계속 버티든 방법을 찾든. 선택은 당신들이 하는 거니까."

강림은 불청객으로 남고 싶진 않다며 자리를 떴다. 그 바람에 네 사람 사이의 대화도 뚝 끊겼다. 지혜는 식은 허브티를 한입에 마시고 먼저 일어났다. 남은 세 사람도 어쩐지 뻘쭘해져 차만 홀짝거리다가 각자 시간을 보내기로 하고 헤어졌다.

"강림 쌤은 왜 그런 식으로 말하는 걸까요? 너무 짓궂어. 말이라도 좋게 할 수 있잖아요."

영수와 함께 기숙사로 향하던 길, 일해가 깊은숨을 내쉬며 입을 열었다.

"그러게. 근데 가만 보면 일부러 그러는 것 같기도 해. 차가운 말 속에 실은 따뜻한 위로가 깃든 것 같달까. 혹은 우리를 시험하는 걸지도 모르지. 진짜 우리 마음을 들여다 볼 수 있도록."

영수는 강림이 마냥 나쁜 사람 같지는 않다고 했다. 이곳이 어쩌면 정말로 새로운 삶의 시작이 될지도 모르겠다고 하면서도 자신은 환생하지 않겠다고 덧붙였다. 일해는 그 이유를 물었다. 그는 석 달 동안 병가를 쓰고 집에 있을 땐 하루하루 죽을 맛이더니, 여기서는 다음 수업이 기다려진다고 했다. 오가며 마주치는 강림과의 대화도 도움이 됐다고.

"그야 대화랄 것도 없지. 내가 한풀이하듯 쏟아내기만 했으니까. 한참 하소연하고 나면 뭔가 다음 길이 보이더라고."

영수는 이대로 환생을 하면 또 다른 후회가 생길 것 같다고 했다.

"요즘 100세 시대라잖아. 다 끝난 줄 알았는데, 생각해보면 나 이제 50대야. 아직 절반 더 남았다고."

일해는 잠시 생각에 잠겼다. 선생님이 인생의 절반

을 통과하고 있다면 나는? 스물아홉은 더는 도전할 수 없는 나이라고 생각했다. 무언가를 이루고 안정적인 삶을 시작해야 할 때라고만 생각했다. 같이 음악 생활을 시작했던 성후는 오디션 프로그램에서 성공하여 승승장구하고 있다. 일해도 오디션에 참가했지만, 물만 먹었다.

성후도 유튜브에 음악을 올린다. 그 영상에 달린 댓글을 보고 있노라면 일해는 자괴감에 빠질 때가 많았다. 아무리 봐도 과대평가 같은데, 내가 하는 음악이랑 별반 다르지 않은 것 같은데. '운이 좋다'거나 '화려해서'만은 아닐 것이다. 성후가 잘되는 데는 자신이 보지 못한 이유가 분명히 있겠지. 한해 말마따나 트렌디함이나 혹은 사람의 마음을 울리는 무엇.

나에게는 없는 그 무엇.

일해는 영수처럼 지난날을 돌이켜보았다. 나는 뭘 이루었을까? 거절당하고, 실패하고, 좌절해야 했던 시간만 주마등처럼 흘렀다. 다들 열심히 뛰는데 나는? 나도 열심히 뛰었어! 죽을 둥 살 둥 뛰어도 늘 제자리인걸.

"돌아보면, 누가 알아주길 바라고 한 건 아니었어. 너만 해도 그래. 난 네가 이렇게 멋진 청년이 됐을 거라고는 상상도 못 했어."

영수가 일해의 등을 토닥이며 빙그레 웃었다.

"넌 나의 결실이야. 지금 당장 결실을 맺지 못하더라도, 계속 뿌리고 가꿔야지."

일해는 영수의 말이 고마우면서도 마음에 무겁게 울렸다.

"결실 아니에요."

일해는 아무런 결실도 거두지 못했다.

"저는 꼭 환생할 거예요."

어차피 돌아가봤자 암울한 인생에서 벗어나지도 못할 테다.

"저는⋯⋯ 음악을 하면 안 되는 운명인가 봐요."

노래 천재인 줄 알았던 지난날은 실은 우물 안 개구리였던 걸까? 뛰는 놈 위에, 나는 놈 위에, 순간이동 포탈 열고 워프하는 놈들이 있었다. 음악 잘하는 사람이 이렇게 많은데 나까지 숟가락 얹는 건 욕심 같기도 했다. 일해는 자신이 용이 되지 못한 이무기, 아니 구렁이, 아니, 실뱀만도 못해 보였다. 지렁이만 되어도 다행이지. 지렁이는 밟으면 꿈틀한다는데, 지금의 자신은 꿈틀조차 못 하고 있지 않은가. 스스로도 자기 음악에 확신이 서지 않았다.

"다른 걸 좀 해볼까 싶어요."

잠시 말이 없던 영수가 천천히 입을 열었다.

"일해야, 빈말이 아니라 나는 네가 음악을 계속했으

면 좋겠어. 나는 네게 가능성이 충분하다고 생각해."

일해는 옅게 웃고 말았다.

"기분 좋으라고 하시는 말씀인 거 알아요. 저 괜찮아요. 이젠 받아들였어요. 안 되는 사람은 안 되는 거니까."

"아니라니까? 왜 사람 말을 못 믿어? 진심으로 하는 칭찬은 곧이곧대로 들어야지. 아직 네 시간이 오지 않은 것뿐이야. 진심을 가지고 계속한다면 반드시 때가 올 거야."

영수는 노래를 한 곡 청했다.

수없이 불렀는데, 막상 영수 앞에 서니 가슴이 뛰었다. 별로라고 하면 어쩌나? 덜컥 걱정이 앞섰다. 갑자기 무슨 노래냐고 손을 내저으며 영수와 헤어져 걸음을 앞세웠다. 하지만 영수의 목소리는 귓가에서 사라지지 않았다. 내 음악이 사람들을 위로할 수 있다고?

자작곡을 여러 기획사에 보냈다. 백이면 백 거절이었다. 창작자는 거절에 익숙해져야 한다지만 애써 쓴 곡이 거절당하니 스스로가 무가치한 사람처럼 느껴졌다. 궁여지책으로 유튜브를 시작했지만 그마저도 망했다. 차라리 악플이라도 달렸으면 좋으련만. 이런 내가 위로라니. 단 한 번도 해본 적 없는 생각이었다.

일해는 고개를 흔들었다. 딴생각 말고 2교시 수업을 잘 마무리해야 한다. 그래야 환생에 한 발 더 다가갈 수 있다. 그러기 위해선 다른 모둠원들의 도움이 필요했다. 영수에 대한 걱정은 한시름 덜었다지만, 성식과 지혜는 아직 소극적이었다. 무엇보다도 은비가 마음에 걸렸다. 환생도 환생이지만, 은비가 이곳에서 잘 지냈으면 좋겠는데.

그때, 어디선가 기타를 연주하는 소리가 들렸다. 반가운 마음에 일해는 걸음을 멈추었다. 누굴까? 혹시 은비가? 만약 은비가 맞는다면, 말 걸어볼 기회를 얻을지 모른다. 음악은 사람의 마음을 이어주니까. 언어가 달라도, 성별이 다르고 나이가 달라도, 음악이 주는 감동은 그 모든 것을 넘어서게 해주니까.

일해는 소리를 따라 발걸음을 옮겼다. 소리는 기숙사 3층으로 그를 이끌었다. 크지 않은 소리였지만, 일해에게는 너무나 또렷했다. 이윽고 일해는 기타 소리가 흘러나오는 방문 앞에 멈춰 섰다.

302호 고은비

일해는 조심스럽게 방문을 두드렸다. 기타 소리가 뚝 멈췄지만, 방문은 열리지 않았다. 일해는 다시 한번 노크했다. 잠시 후, 안에서 나른한 목소리가 흘러나왔다.

"누구세요?"

"나야! 유일해. 알지? 닭뼈가 목에 걸려서 여기 오게 된 사람."

자기소개가 이게 뭐람. 스스로도 어이가 없었지만, 가장 빠르게 설명할 방법은 이것뿐이었다. 은비는 문을 살짝 열더니 "왜요?" 하고 물었다. 불청객을 맞이한 은비의 눈빛은 심신이 피곤하다는 듯 경계로 가득했다. 차가운 반응에 일해는 잠시 말문이 막혔다. 문틈 너머로 침대에 기대어놓은 기타가 보였다.

"좀 전에 네가 기타 친 거지? 잘 치던데?"

공통점을 내세워 대화를 풀어보려 했건만.

"저 방금까지 잤는데요."

퉁명스러운 대답에 일해는 고개를 갸웃했다.

"방금 기타 소리는 뭐야? 멜로디가 이랬는데."

일해는 기타 선율을 떠올리며 가볍게 흥얼거렸다. 그러자 은비의 얼굴이 흙빛으로 변했다.

"그 노래, 아저씨가 어떻게……?"

갑자기 은비 눈시울이 붉어졌다. 일해도 덩달아 입술이 바짝 말랐다. 얼른 입을 다물었지만, 분위기는 나아지지 않았다. 마침 카페 다시에서 사 온 재회 마카롱이 생각났다.

"이거 먹을래? 내가 너 주려고……."

일해가 마카롱을 내밀었지만, 은비는 그 모습을 보지 못하고 문을 세게 닫았다. 그 바람에 문틈을 잡고 있던 일해의 손가락이 문 가장자리에 찍히고 말았다. 일해가 고통에 찬 비명을 지르자, 은비는 깜짝 놀라며 어쩔 줄 몰라 했다. 죄송하다며 연거푸 사과하는데 화를 낼 수도 없고. 손가락이 부러질 듯 아팠지만, 일해는 애써 웃음을 지었다. 마카롱이 맛있어 보이더라며, 꼭 먹어보라고 이른 뒤, 아픈 손가락을 움켜쥔 채 계단을 내려왔다. 은비 앞에서 더 이상 괜찮은 척하기가 힘들었다.

방으로 돌아온 일해는 손가락을 살펴보았다. 퉁퉁 붓고 피부가 찢어졌다. 부러지거나 잘리지 않은 걸 다행이라고 여겨야 할까? 일해는 신음을 흘리며 침대에 누웠다. 이곳은 이승이 아니니 상처도 금세 나을 줄 알았다. 하지만 해가 지고 밤이 깊어질수록 다친 부위는 점점 더 욱신거리고 통증이 심해졌다. 도저히 참을 수 없었던 일해는 기숙사 1층 사감실로 내려갔다.

일해가 노크하자 문이 절로 열렸다. 강림이 침대에 드러누운 채 휴대폰으로 웹툰을 보고 있었다.

"또 뭐야. 사람 쉬지도 못하게."

"문에 손이 찍혔어요. 너무 아파서 그러는데 약 좀 있을까요?"

강림은 화면에서 시선을 떼더니 일해의 손을 흘깃했다.

"와우, 닭뼈에 이어서 문짝한테 당했다? 대단한 싸움을 하셨구만."

큰일이라도 난 듯 과장된 목소리였다. 강림의 비꼬는 말에 기가 막혔지만 손의 통증이 더 시급했다. 약이 없으면 붕대라도 달라고 요청하자 강림은 한숨을 쉬며 일해 곁으로 다가왔다. 멍이 들고 찢어진 피부를 물끄러미 보더니, 대뜸 손가락을 눌렀다. 일해는 아픔을 참지 못하고 신음을 터트렸다. 눈물이 찔끔 흐를 정도로 고통스러웠다.

"아, 왜 손가락을 눌러요! 아파죽겠는데!"

"오, 큰 소리도 낼 줄 아네? 그래, 그렇게 좀 악을 써보라고. 아프면 아프다고 소리쳐야지, 꾹꾹 참는다고 해결되는 건 아니야."

그는 알 수 없는 말을 던지더니 일해를 이끌고 서천 꽃밭으로 향했다. 보건실도, 병원도 아니고 꽃밭이라니? 일해가 이 길이 맞느냐고 물었지만, 강림은 슬리퍼를 찍찍 끌며 꽃밭 안으로 발길을 옮길 뿐이었다.

"밟지 않게 조심해. 혹시나 해서 하는 말인데, 허락 없이는 절대 꽃을 꺾어선 안 돼. 환생을 포기할 거라면 모르지만."

강림이 주의를 주자 일해는 바짝 쫄아서 강림 뒤에 붙었다. 고생한 시간이 얼마인데, 환생을 포기할 수는 없었으니까. 강림은 뼈살이꽃, 피살이꽃, 살살이꽃의 꽃잎을 아주 조금씩 떼어냈다. 이후 두 사람은 온실로 향했다. 강림은 꽃잎을 작은 용기에 넣고 곱게 빻아 그중 파란색 뼈살이꽃 가루를 일해의 손가락에 뿌렸다. 그러자 금이 간 뼈가 감쪽같이 붙었다. 살살이꽃 가루를 뿌리자 찢어졌던 피부가 매끄럽게 변했다. 마지막으로 빨간 피살이꽃 가루는 멍들었던 부위를 낫게 하고 차가워진 감각을 돌아오게 했다. 일해는 강림에게 감사 인사를 하면서도 생명꽃의 대단한 효능에 입을 다물지 못했다. 강림은 그런 일해에게 비상용이라며 밴드를 하나 건넸다.

"이젠 좀 다치지 마. 가만 보면 넌 네 스스로 상처를 주는 것 같더군."

"네? 손가락은 은비가……."

"됐고. 상처를 곱씹지나 마."

그는 귀찮아 죽겠다는 표정으로 멀어졌다. 일해는 강림의 등을 바라보며 혀를 찼다. 사람이 다쳤는데 한다는 소리가 참…… 문득 영수가 했던 말이 떠올랐다. 차가운 말 속에 담긴 따뜻한 위로라고? 헛웃음이 나면서도 일해는 손에 쥔 밴드를 물끄러미 보았다. 설마 이게 강림의 마음?

그럴 리가.

일해도 천천히 발길을 돌리려 했다. 낮에 은비 방에서 들려왔던 기타 소리만 아니었다면.

이번에는 기숙사가 아니었다. 아주 가까이에서 분명하게 들리는 이 소리는, 서천꽃밭에서 시작됐다. 마침 구름이 달을 가렸다. 가로등 하나 없었기에 사방은 앞도 보이지 않게 어두웠다. 일해는 귀를 기울이며 더듬더듬 걸음을 옮겼다. 서천꽃밭 한가운데 작은 움직임이 있었다. 어둠보다 더 어두운 그림자가 몸을 낮춘 채 바삐 움직였다. 누굴까? 이 한밤에 서천꽃밭을 찾은 이는. 혹시 영수 쌤인가? 혹시라도 선생님이 꽃을 꺾진 않으실까 걱정이 앞섰다.

"선생님? 영수 선생님이세요?"

그림자의 움직임이 멈추었다. 대답은 돌아오지 않았다. 그저 어깨를 떨며 몸을 더욱 낮출 뿐이었다.

"누구세요? 거기 있으면 안 돼요. 어서 나오세요."

일해는 미간을 좁히며 가까이 다가갔다. 꽃을 밟지 않으려고 조심하던 그때, 달빛이 구름 사이로 얼굴을 내밀었다. 그림자의 정체를 확인한 순간, 일해는 숨이 턱 막혔다.

은비가 생명꽃을 손에 들고 있었다.

"은비야, 너 그 꽃…… 어쩌자고 꽃을 꺾었어?"

강림이 알면 그냥 넘어가진 않을 텐데? 아니, 그보다 저 꽃을 어디에 쓰려고?

"제발요. 저 이 꽃, 꼭 필요해요……."

은비는 눈물이 그렁그렁한 눈으로 애원했다. 일해가 허락하고 말고 할 문제가 아니었다. 강림은 함부로 꽃을 꺾으면 결코 환생할 수 없을 거라고 했다. 들키기 전에 어서 도로 심으라고 말하려던 그때.

"생명은 생명으로 갚는 것. 누군가를 살리고 싶다면 네 피와 살과 뼈와 혼을 내놔."

낯선 음성은 바로 뒤에서 들려왔다. 그러나 일해가 고개를 돌린 곳엔 아무도 없었다. 은비도 겁에 질린 얼굴로 주변을 두리번거렸다. 어둠 속에서 서늘한 기운이 피어오르더니, 일순 공기가 무겁고 탁해졌다. 다음 순간, 땅에서 기이한 형태의 넝쿨들이 뻗어 나와 은비의 발목을 단단히 휘감았다. 은비가 들고 있던 생명꽃들에서 희미한 빛이 번져 나왔다. 빛은 점점 강해지며 서천꽃밭 전체를 뒤덮었다.

"이러다 큰일 나겠어. 어서 줘!"

그러나 은비는 꽃을 꽉 쥔 채 놓으려 하지 않았다. 넝쿨은 살아 있는 뱀처럼 두 사람을 휘감기 위해 줄기를 뻗었다.

"어서!"

일해의 다급한 외침에 은비는 끝내 눈물을 터트렸다. 그래도 생명꽃을 내주었기에 일해는 서둘러 그것을 땅에 심었다. 다행히 넝쿨이 아주 잠깐 느슨해진 틈을 타 일해는 은비의 손을 이끌고 꽃밭에서 빠져나올 수 있었다.

"네 피와 살과 뼈와 혼을…… 내놓아라……."

한참을 내달린 일해는 은비가 돌부리에 걸려 넘어지고 나서야 멈추었다. 은비 무릎에서 피가 흘렀다. 일해는 주머니를 뒤졌다. 아까 강림에게 받은 밴드가 있었다. 그것을 꺼내 은비 무릎에 붙여주었다. 은비는 고개를 숙인 채 눈물을 멈추지 못했다.

"일어날 수 있겠어?"

은비는 말없이 고개를 주억거리더니 절뚝거리면서 몸을 일으켰다. 일해는 은비의 작은 어깨가 안쓰럽기만 했다.

"무슨 생각으로 꽃을 꺾은 거야? 대체 뭐에 쓰려고?"

"……살리고 싶어서요."

"누구를?"

은비는 한참 말이 없었다. 무슨 말로 위로해야 할까. 어깨를 떠는 은비 곁을 지키는 것 말고는 일해가 할 수 있는 일이 없었다.

너
와
함
께

새벽 햇살이 서천꽃밭에 내려앉은 이른 아침, 은비는 본관 2층 직녀의 교실로 발걸음을 옮겼다. 어젯밤 일해가 했던 말이 머릿속을 떠나지 않아 밤새 잠을 이루지 못했다.

일해가 흥얼거렸던 멜로디는 아빠가 은비를 위해 만들어주었던 바로 그 곡이었다.

"아빠 곡을 아저씨가 어떻게 알아요?"

은비가 물었을 때, 일해는 자신도 믿기지 않는다는

듯 말했다.

"그 노래가 네 방에서 흘러나왔어. 그리고 꽃밭에서도 들렸거든. 나는 네가 연주하는 줄 알았는데."

자꾸만 떠오르는 그 말에 뒤척이다가 결국 해가 뜨자마자 자리에서 일어나 교실로 향했다.

어젯밤, 일해는 은비에게 수업에 참여해보라고 조언했다.

"무슨 일인지는 잘 모르겠지만, 아마 아빠는 네가 이곳에 머무르는 걸 원치 않으실 거야. 그러니 수업을 잘 마치고 현생으로 돌아가는 게 어떨까?"

어느새 떠오른 햇살이 교실을 환히 밝혀주었다. 공중에 부유하는 먼지들을 바라보며 은비는 차분한 마음으로 베틀 앞에 앉았다. 씨실을 북에 감아 날실 사이로 밀어 넣었다. 그러나 첫 시도부터 실패하고 말았다. 실이 끊어져 있었기 때문이다. 은비는 어떻게 해야 할지 몰라 멍하니 베틀을 바라보았다.

"왜 멈췄어?"

강림이 교실 문가에 서 있었다. 은비는 어색하게 인사한 뒤, 입을 열었다.

"실이 끊어졌어요."

강림이 다가와 은비 옆에 앉았다.

"끊어진 실은 다시 이으면 돼. 끊어진 인연이 새로운 인연으로 이어지듯."

은비는 강림의 말을 듣고 실을 이어보려 했지만, 여전히 어설펐다. 강림은 가만히 손을 뻗어 실을 잇는 방법을 보여주었다. 강림이 부드럽게 이끌어주자 은비는 왠지 마음이 놓였다. 쌀쌀맞기만 한 줄 알았는데, 의외의 면이 있었다. 은비가 솜씨가 좋다며 추켜세우자, 강림이 기분 좋게 웃었다.

"나라고 처음부터 잘했겠어? 실이 엉키고 끊기고, 아유, 말도 마. 엉망진창이었지."

강림은 자신뿐만 아니라 직녀 또한 견우와 실처럼 엉킨 인연이었다며, 직녀가 견우와 헤어진 썰을 풀었다. "너한테만 들려주는 비밀"이라고 부연했지만, 그리 큰 비밀 같지는 않았다. 그나저나 은비는 천생연분이라 불리는 직녀 견우 커플이 헤어졌다는 사실에 조금 충격을 받았다.

"뭘 그렇게 놀라? 연인이란 게 다 그렇지. 서로의 마음을 오해하기도 하고, 엇나가기도 하고. 그러다 헤어질 수도 있는 거고. 그렇다고 모든 인연을 끊고 혼자 살 수는 없잖아. 사랑은 사랑으로 잊는다는 명언 몰라?"

그가 농담하듯 쿡쿡 웃더니 작은 목소리로 속삭였다.

"이건 진짜 비밀인데, 직녀 쌤 새 남친 생겼대."

뜻밖의 말에 은비는 눈을 동그랗게 떴다. 강림은 비밀을 엄수하라며 검지를 입술에 갖다 대더니 계속해서 베틀에 집중하라고 했다. 은비는 북을 잡았다. 그런데 아무래도 마음에 걸렸다. 강림은 비밀 얘기도 해주었는데 자신은 숨기는 게 있으니까. 고민하던 은비는 조심스럽게 어젯밤 서천꽃밭에서의 일을 털어놓았다. 잠자코 듣던 강림은 이미 안다며 무거운 눈길을 던졌다. 은비는 죄송하다고 고개를 숙이면서도 궁금했다.

"저, 환생은 어렵겠죠?"

강림의 뜨거운 눈동자가 은비를 응시했다.

"정말로 환생할 거야?"

은비는 가슴이 덜컹했다. 이미 다 알고 묻는 말이었다.

"넌 엄마를 끔찍이 여기잖아. 엄마 두고 환생할 수 있어? 다시 현생으로 돌아가려는 거 아니었나?"

환생은 어렵겠지만 졸업은 가능하다고 강림이 말했다. 이곳에서 무언가를 배우고 졸업하면 그것만으로도 입학한 보람이 있을 거라고, 그러니 끝까지 열심히 해보라는 말에 은비는 어쩐지 힘이 났다. 물론 강림은 지옥으로 떨어지기 싫다면 똑바로 해야 한다고 으름장을 놓았지만, 은비는 더는 그가 무섭지 않았다. 강림은 쿨하게 돌아섰다. 그가 떠난 자리에 홀로 앉아 베틀을 돌리자 어수선하던 마음이 조금씩 가라앉았다.

그리고 목표가 생겼다.

졸업하고 엄마에게로 돌아가는 것. 그나저나 직녀 쌤에게 새 남친이라니. 여기도 별일 다 있구나. 은비는 속으로 중얼거리며 다시 천을 짜기 시작했다.

교실은 조금씩 부산해졌다. 다른 학생들도 수업에 참여해 베틀을 돌렸다. 일해도 그 자리에 있었다. 그는 은비가 베틀 돌리는 모습을 바라보며 해맑은 얼굴로 손을 흔들었다. 어제의 일 때문인지 조금 어색했지만, 은비는 그 인사를 미소로 받았다.

한참을 노력한 끝에 완성된 천은 어딘가 울퉁불퉁하고 독특했다. 이게 맞는 걸까? 끊어졌던 실을 이은 부분들이 마치 흉터처럼 보였다. 은비는 영 마음에 들지 않았지만, 직녀는 전혀 그렇지 않다며 오히려 칭찬했다. 이 매듭이야말로 소중한 인연의 자국이라고. 따뜻한 격려에 은비는 잠시나마 안도할 수 있었다.

그렇게 며칠을 고생한 끝에 은비는 천을 완성했다. 직녀의 지도를 받아 간단한 옷이나 소품을 만들기 위한 도안을 만들고 천을 마름질했다. 재봉틀을 돌리고, 꽃물로 염색하는 과정도 거쳤다.

다 만든 옷을 모두의 앞에서 선보인 날. 직녀는 2교시 수업을 무사히 마친 것을 축하하며 수료증을 주었다. 영수와 일해도 옷과 수료증을 들고 활짝 웃었다. 하지만 성식과 지혜는 함께하지 못했다. 교실을 둘러보니 2교시 수업을 포기한 학생이 반쯤 되어 보였다.

은비는 손에 든 옷을 잠시 바라보았다. 은비에게는 맞지 않는 커다란 사이즈였다. 마름질을 하는 순간부터 자기도 모르게 손이 움직였다. 왜 하필 이렇게 큰 옷을 만들었을까? 마치 이 옷이 자신을 위해서가 아닌, 누군가를 위해 만들어진 것처럼 느껴졌다. 은비는 손끝으로 커다란 티셔츠를 매만졌다. 일해와 나누었던 대화가 생각났다.

"아저씨는 음악을 좋아하나 봐요? 몇 번만 들어도 금세 멜로디를 외우잖아요. 기타에도 관심이 많고."

"음, 내 입으로 말하기 부끄럽지만 나 사실 노래하는 일을 했거든."

"정말요? 어떤 노래요?"

은비가 눈을 반짝이며 묻자, 일해는 멋쩍게 웃으며 기타를 빌려줄 수 있냐고 물었다. 그는 은비가 내주는 기타를 튕기며 천천히 노래를 시작했다.

"어? 이 노래, 저 들은 적 있어요!"

똑똑히 기억한다. 석중 아저씨와 걷다가 마주친, 가

슴을 두드리는 멜로디의 주인공. 그때 그 거리의 음악가가 자작곡이라고 들려주었던 노래였다. 제목이 〈To Be With You〉였다. 미스터 빅의 음악과 동명의 곡. 은비는 일해와의 인연이 괜히 신기했다.

"대박! 우리 만난 적 있었네요?"

일해도 놀라기는 마찬가지였다.

"그러게. 네가 내 노래를 알고 있을 줄이야."

은비는 내친김에 노래를 더 들려줄 수 있느냐고 물었다. 그날, 발길을 돌리는 바람에 끝까지 못 들었다고. 일해는 어쩐지 어두운 표정으로 정말 끝까지 듣고 싶냐고 물었다. 은비는 당연하다며 일해를 재촉했다. 일해는 긴장한 표정으로 노래를 시작했다. 아까와 달리 목소리가 딱딱했지만, 진심은 오롯이 전해졌다.

꿈에서 본 그대의 모습을 나 아직 기억해요
내 슬픈 눈물 그대로인데 그대는 어느새 사라져가
그땐 몰랐어 그대가 내 삶의 많은 것 된다는 걸
나 그대 없이 어떻게 살아 그대는 지금 어디에

힘들었을 그대 미안해요 그 따뜻한 손 잡아주지 못했어
이젠 다시 돌아갈 순 없지만 그대와의 시간을 나 기억해

사랑하는 그대여 고마워요 혹 내가 모질었다면 날 용서해요
사랑하는 그대여 잘 지내요
그리움을 가슴에 묻으면 추억으로 필 거예요

노래가 이어질수록 일해의 굳은 낯빛이 조금씩 부드러워졌다. 마침내는 그때 거리에서 본 모습처럼 뜨겁게 노래했다. 그 진심이 무방비한 가슴을 파고들었다. 은비는 저도 모르게 흐르는 눈물을 훔치며 어렵게 미소를 지어 보았다.

"죄송해요. 노래를 듣는데 아빠 생각이 나서⋯⋯."

일해는 괜히 슬프게 해서 미안하다며 기타를 놓으려 했지만, 은비는 끝까지 불러달라고 부탁했다. 잠시 망설이던 일해는 다시 기타를 잡았다. 은비는 눈을 감고 목소리에 귀를 기울였다. 슬픔으로 꽉 찬 마음이 조금씩 가벼워지는 것 같았다. 음악이 마음의 상처를 어루만진다는 말은 비유적인 표현이라고만 생각했다. 은비는 지금 이 순간 그 말의 의미를 몸소 체감했다.

그래서일까. 은비는 일해에게 속마음을 털어놓았다. 엄마의 남자 친구 얘기 말이다. 엄마가 또 다른 사랑을 찾길 바랐는데, 한편으로는 정말로 그렇게 될까 봐 불안하다고. 이대로 아빠가 잊히면 어쩌나 걱정된다고. 말하다 보니

문득 깨달았다. 엄마가 남자 친구를 만나지 않는 이유가 꼭 아빠 때문만은 아닐 거라는 사실을. 어쩌면 그 이유 중 가장 큰 부분을 은비가 차지하고 있을지도 모른다. 정작 아빠를 놓아주지 못하는 사람은 은비 자신이 아닐까. 말로는 엄마의 행복을 바라고 아빠를 원망하면서도, 지독히 아빠를 그리워하는 나. 아빠를 보내주지 못하는 나. 마치 끊어진 실을 잇지도 않은 채 베틀을 돌리는 사람 같았다.

그날 저녁, 은비는 배가 조금 출출했다. 마침 전에 일해가 주고 간 마카롱이 눈에 들어왔다. 그것을 한입 베어 물자 달콤하고 부드러운 맛이 입안 가득 퍼졌다. 긴장이 풀어지며 눈꺼풀이 무거워지기도 했다. 아빠가 돌아가신 후로 새벽까지 잠들지 못하던 날들이 많았는데, 오늘은 마카롱처럼 달콤한 잠이 금세 찾아왔다.

얼마나 잤을까. 커튼이 쳐진 창문 너머가 점차 어스레하게 밝아오는 듯했다. 더불어 귓가에는 따뜻한 기타 소리가 어른거렸다. 누군가가 은비를 위해 자장가를 부르듯이. 거슴츠레 눈을 뜬 은비는 침대 맡에 앉은 실루엣을 보았다. 그는 등을 돌린 채 조용히 기타를 치고 있었다. 그의 윗옷은 은비가 만든 커다란 티셔츠였다. 은비는 숨을 죽였다. 기타를 치는 자세가 익숙했다. 동시에 너무나 그리운 멜로디. 이 세상에 딱 세 사람만 아는 멜로디였다. 엄마와 나, 그리고 아빠. 가슴이 쿵쾅거리기 시작했다.

누구냐고 조심스럽게 던진 물음에, 남자가 천천히 고개를 돌렸다. 그의 얼굴은 여전히 희미한 어둠에 가려져 있었지만, 은비는 몰라볼 수 없었다.

"아빠?"

꿈일까? 숨이 막혀 몇 번이나 눈을 비볐다. 남자의 모습은 사라지지 않았다. 헛것이 아니었다. 혼란스러운 마음을 비집고 오랜 시간 묻어둔 야속함이 밀려왔다.

"뭐야, 왜 이제 왔어? 얼마나 기다렸는데?"

울컥, 감정이 치솟았다. 은비는 떨리는 목소리로 말을 이었다.

"나 아빠를 잊으려고 했어. 그래야 엄마가 행복할 수 있을 것 같아서. 그런데 아빠는 왜, 왜 그냥 떠났어? 왜 아무 말도 안 하고……. 나 아직 아빠가 필요한데……. 엄마도, 나도……."

눈시울이 뜨거워지더니 눈앞이 뿌옇게 흐려졌다. 남자는 말없이 기타 연주를 멈추고 은비가 만든 옷자락을 매만졌다. 그러곤 기타를 다시 들어 곡을 연주하기 시작했다. 아빠가 은비를 위해 만들어 불러주던.

'너를 위한 멜로디. 시간이 흐르고 기억은 사라져도,

이 노래 네 마음에 영원히 남길.'

은비는 눈물을 뚝뚝 흘리면서도 고개를 끄덕였다.

"응. 나 안 잊어. 아빠가 만들어준 노래, 절대 안 잊어. 그래도 아빠를 보내줘야겠지? 그래야 엄마도 나도 행복할 수 있겠지?"

얼굴이 보이지 않는 남자는, 천천히 고개를 끄덕였다. 문득 그의 입술이 부드럽게 올라가는 듯했다. 노래는 끝이 났다. 남자의 모습도 점점 흐릿해졌다. 은비는 손을 뻗어 그를 붙잡으려 했지만, 그는 어느덧 아침 햇살 속으로 사라졌다. 은비는 아빠가 사라진 그 자리를 한참 바라보았다. 은비가 만든 커다란 옷만이 덩그러니 남아 있었다. 옷을 집어 곳곳에 맺힌 매듭을 만져보았다. 매듭 하나하나가 오돌토돌하게 느껴졌다. 그 감각이 은비에게 아빠의 목소리를 전해주는 것 같았다.

'잊지 마, 은비야. 아빠는 언제나 너와 함께할 거야.'

은비는 눈물을 닦고 고개를 끄덕였다. 아빠를 보낸다고 해서 끝나는 게 아니었다. 그 사실이 이제야 마음 깊이 전해졌다. 엉킨 실타래를 서서히 풀듯, 은비는 천천히 숨을 내쉬었다. 밝아오는 창밖으로 시선을 옮겼다.

아빠를 보내줄 용기가 생겼다.

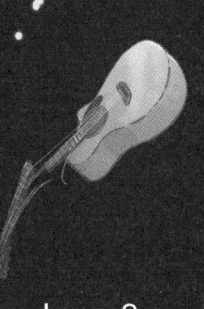

3교시
녹슨 연장으로 집을 지어라

최
성
식

70세

옛말에 인생 칠십 고래희라고 했다. 일흔이면 많이
살았다.

성식은 이대로 삶을 끝내도 좋겠다고 생각했다. 그는
천장에 매단 끈을 물끄러미 쳐다보았다. 젊은 직장 상사들
이 그에게 던진 말이 떠올랐다.

— 좀 더 참신한 방법 없어요? 지금이 쌍팔년도도 아
니고.

성식은 고전적인 자살 방법을 철회해야 하나 잠시 고

민했다. 하지만 그것도 잠시, 머지않아 그런 자신이 한심해졌다. 죽는 일조차도 창의성을 발휘해야 하다니. 그냥 죽자. 뭐 얼마나 대단하게 죽으려고. 창의성 없는 방법이라 욕할지언정, 그 욕은 성식의 것이 아니었다. 그땐 이미 이 세상 사람이 아닐 테니까. 성식은 의자를 밟고 올라섰다. 목에 끈을 매단 뒤, 숨을 한번 골랐다. 죽기로 결심했는데도 심장이 떨렸다.

문득 '나도 고독사일까?' 하는 의문이 들었다. 우리나라 1인 가구 비율이 35퍼센트가 넘는다는 기사를 접했다. 성식은 처자식도 없는 독거노인이다. 직장도 잘려, 몸도 불편해, 연락하고 지내는 사람도 없었다. 신변을 비관하여 자살했다고도 볼 수 있지만, 고독사라는 기사가 나오기에도 딱 좋은 조건이었다. 고독사가 집을 처분하기에는 좀 더 낫겠지. 그 돈으로 고독한 노인들이나 도왔으면 싶어 유서도 남겼다.

딱 한 사람이 가슴에 자꾸 걸렸다.

순애 씨⋯⋯.

순애를 위한 작은 선물이라도 하나 남기고 싶었는데. 텅 빈 지갑은 좀처럼 그를 도와주지 않았다. 성식은 한 푼 덧정도 남기지 않기 위해 설레설레 고개를 저었다. 됐다, 세상아. 나는 이제 간다. 이 꼴로 더 살아서 무슨 부귀영화를 누리겠어.

미련 따위 없다고, 그는 가슴속 깊이 새김질을 했다.
성식은 눈을 질끈 감고 발아래 의자를 찼다. 목이 턱 하고
막힐 줄 알았는데.

콰당.

그는 바닥에 쓰러져 한동안 신음을 흘렸다. 허리가
욱신거렸다. 목에 건 줄은 방바닥에 널브러졌다. 성식은
원망스러운 눈으로 천장을 올려다보았다. 줄을 걸어놓았
던 걸쇠가 쏙 빠졌다. 그는 떨리는 손을 뻗어 걸쇠를 손에
쥐었다. 평생 손으로 먹고살았는데, 그 손이 결국은 고장
나버렸다. 천장에 걸쇠 하나 제대로 못 걸 정도로. 손은 점
점 뻣뻣해지고, 뼈마디는 밤낮을 가리지 않고 쑤셨다. 아
무리 약을 먹어도 고통은 사라지지 않았다. 관절염이라는
게 이렇게 무서운가. 황당하고 어이없으면서도 서글퍼졌
다. 죽는 것도 쉽지 않다는 생각과 함께, 좀 더 창의적인 자
살 방법을 찾아봐야 하나 싶었다.

죽을 땐 죽더라도 좀 덜 외롭고 싶어서 틀어놓은 유
튜브. 무작위로 아무 영상이나 흘러나왔다.

"고령화에 노인 진료비가 50조 원에 육박한다고 합니
다. 전체 진료비의 44퍼센트를 차지하는⋯⋯."

점잖은 톤이었지만 성식의 귀에는 앵커의 말이 이렇

게 들렸다.

'쓸모없는 노인 같으니라고!'

눈길은 자연스레 바닥에 흩어진 고지서로 향했다. 몇 달 밀린 수도세, 전기세. 암만 아껴도 감당할 수가 없었다. 국민연금 조금, 공장 일을 하고 받은 월급으로 근근이 생활하고 있었다. 그마저도 직장에서 잘리고 말았지만.

취업 센터에 일자리를 문의해도 돌아오는 말은.

"아이고, 어르신. 몸도 안 좋으신데, 그냥 쉬세요."

센터장의 눈빛이 '그 나이 되도록 노후 준비 안 하고 뭘 했냐'고 힐난하는 듯했었다.

우우웅 우우웅. 휴대폰이 요란하게 울렸다.

[햇살캐피탈] 연체금 안내

최성식 고객님, 귀하의 대출금이 2025년 12월 03일부로 연체 중입니다.

- 연체 금액: 1,200,000원

- 연체 일수: 5일

- 연체 이자: 20,000원 (연 20%)

지속적인 연체 시 신용등급 하락 및 법적 조치가 진행될 수 있습니다.

빠른 납부 바랍니다. ☎ 1544-XXXX

[사람금융 채권관리팀] 연체 안내
최성식 님, 귀하의 대출이 7일 이상 연체되어 채권추심 대상입니다.

[우정카드] 카드 대금 연체 안내
최성식 고객님, 11월 카드 대금이 미납되어 연체 이자가 발생하고……

급한 불부터 끈다고 여기저기서 빌린 돈이며, 카드값이 대략 삼백이었다. 통장에 모아둔 비상금 천만 원이면 충분히 상환할 수 있었다. 그런데 지난달, 보이스피싱에 당해 잃은 후로는 복구가 되지 않았다. 아무리 발버둥을 쳐도 헤어 나올 수 없는 늪에 빠진 듯했다.

"다들 미안합니다. 내가 죽고 나면, 이 집으로 어떻게든 상환받으세요."

우우웅, 또 문자가 왔다.

성식 씨, 제가 돈 빌려드릴게요. 저 때문이잖아요.

순애의 문자였다. 참을 수 없는 여러 상황 중에서 가장 비참한 상황이 바로 이것이었다. 전 여자 친구가 돈을 빌려주겠다고 나서는 것. 헤어진 마당에 무슨 염치로 돈을 받겠는가. 애초에 순애와 헤어진 이유가 돈 없는 성식을 반대하는 순애의 가족 때문 아니었나.

돈이 능력이 된 세상. 성식은 자기 이마에 '무용'이라는 두 글자가 낙인처럼 찍힌 것 같았다.

쓸모없는 인간.

그 사실이 그를 못 견디게 했다.

그는 다시 한번 시도하기로 했다. 죽음만이 늪에 빠진 나를 건져주리라. 자리에서 일어나 주방으로 향했다. 흉기를 써볼까? 이번에는 베란다 창을 열었다. 고작 4층이지만 뛰어내려? 뭐가 가장 확실할까?

유튜브에서 노래가 흘러나왔다. 요란하고 시끄러웠다. 처음엔 뭐 이런 개떡 같은 노래가 있나 싶었다. 조용히 죽고 싶었는데, 자꾸만 귓가를 거슬리게 했다. 노래를 확 꺼버리려다가 우뚝 멈추었다. 노래하는 남자의 얼굴이 우스꽝스러웠다. 멜로디는 흥겨운데, 표정은 간절하기 짝이 없었다. 어떻게든 들어달라고 떼를 쓰는 듯했다. 성식은 그 남자의 표정에 시선을 사로잡히고 말았다.

잠시 귀를 기울인다는 것이 그만 계속 듣고 말았다. 신기하게도, 당장이라도 뛰어내리려던 마음이 조금 누그러졌다. 성식은 자리에 쪼그려 앉아 남자의 노래에 맞추어 박자를 탔다. 그때, 어디선가 빵 하는 소리가 들렸다. 시동 꺼지는 소리, 다시 시동을 거는 소리. 성식은 창밖을 내다

보았다. 다세대 연립주택이 빽빽한 골목길에 낡아 보이는 노란 버스 한 대가 서 있었다. 운전석에 앉은 덩치 큰 남자는 머리를 긁적이며 연신 시동을 걸었다. 버스는 털털거리기만 할 뿐이었다.

운전자가 버스에서 내려 엔진룸 덮개를 열고 안을 살폈다.

"이 똥차!"

남자가 성질을 내며 타이어를 발로 걸어찼다. 성식은 혀를 쯧쯧 찼다.

"평소에 잘 관리했어야지."

혼잣말을 중얼거린 그는 문득 남자를 도와주고 싶다는 생각이 들었다. 어제였다면 신경 쓰지 않고 지나쳤을 텐데, 오늘따라 시선을 뗄 수 없었다. 어쩌면 자신을 보는 것 같아서일지도 모른다. 쓸모없어진 오래된 버스. 더 이상 목적지에 도달하지 못하는 무용한 물건.

성식은 몸을 돌려 현관으로 향했다. 신발을 신고 밖으로 나갔다. 상반신을 보닛 안으로 집어넣고 씨름하는 운전자가 보였다.

"뭐가 문제요?"

성식이 다가가자 운전자가 고개를 들었다. 덩치 큰 남자는 미간에 깊은 주름을 만들며 투덜거렸다.

"이 고철 덩어리가 갑자기 멈춰버려서요. 늦으면 우리 영감탱이가 잔소리 잔소리 할 텐데."

영감탱이라니. 말 한번 험하게 하는군. 성식은 심기 불편한 신음을 흘렸다.

"내가 좀 봐드릴게요."

"오, 좀 아세요?"

"그럭저럭."

성식은 엔진룸을 들여다보았다. 몇 군데는 심하게 닳아 있었다. 성식은 집으로 돌아가 오래된 공구통을 들고 나왔다. 손이 떨리긴 했지만, 엔진 내부를 살펴 몇 군데를 꽉 조였다. 끊어진 배선을 절연테이프로 연결했다.

"자, 다시 시동 걸어봐요."

운전자가 운전석으로 돌아가 시동을 걸었다. 처음엔 몇 번 헛돌더니, 이내 버스가 부르르 떨며 되살아났다. 성식은 거친 소리가 잦아드는 걸 듣고 고개를 끄덕였다.

"당장은 괜찮을 거요. 그래도 날이 밝으면 정비소에는 꼭 가보시고."

운전자는 감탄한 얼굴로 고개를 끄덕였다.

"실력이 대단하시네요."

"대단은 무슨. 작은 재주요."

그래도 오랜만에 듣는 칭찬이 나쁘진 않았다. 운전자

는 잠시 성식을 바라보다가 버스 출입문을 열며 물었다.

"어르신이 가진 그 작은 재주가 꼭 필요한 데가 있어요. 수리할 게 좀 있거든요. 혹시 도움 좀 주실 수 있을까요?"

"뭘 수리해야 하는데요? 보다시피 손이 아파서 원하는 작업량을 못 맞출 수도 있는데…….."

성식이 떨리는 손을 내보였지만, 그는 상관없다는 투였다.

"어쩌면 어르신 팔자도 고칠 수 있을지 모릅니다."

이 사람이 도대체 무슨 소리를 하는 거지?

"팔자를 고친다니, 무슨 말입니까? 이 나이에요?"

"따라와보시면 압니다."

성식은 의심의 눈초리를 거두지 못했다. 설마 인신매매라도 하려는 건가? 문득 헛웃음이 새어 나왔다. 다 늙은 나를 어디다 갖다 팔려고? 불법 장기 거래를 한대도 성식의 오장육부는 헐값일 터였다.

버스 안에는 이미 사람들이 몇몇 타 있었다. 야밤에 어디 건설 현장이라도 가는 걸까? 성식은 잠시 고민했다. 어쩐다…….

하루 일당 벌어서 뭐에 쓰나 싶지만, 단 몇 푼이라도 갚고 가는 것도 나쁘지 않다 싶었다. 그래, 죽는 건 다녀와서 하지.

"좋습니다."

그는 공구를 집에 두고 오려 했지만, 남자가 그냥 들고 타라고 했다. 그 공구야말로 당신의 분신 아니냐면서. 뜻밖의 말에 성식은 순간 멈칫했다. 낡고 오래됐지만, 그의 손때가 묻고 수많은 물건을 고쳐냈던 연장들. 분신이라는 단어는 새삼 그 무게를 느끼게 하는 말이었다. 성식은 고개를 끄덕이고는 공구함을 든 채 버스에 올라탔다.

낡고 삐걱거리는 버스가 골목을 빠져나가기 시작했다. 창밖으로 익숙한 풍경이 지나갔다. 성식은 왠지 모를 불안감과 기대감이 동시에 밀려오는 걸 느꼈다. 그리고 얼마 후, 버스는 그를 알 수 없는 공간에 내려놓았다.

바로 이곳, 환생 학교에.

이곳에서 들은 이야기는 기이하기 이를 데 없어 믿기 어려웠다. 죽음의 기로니, 환생이니. 처음엔 코웃음이 나왔다. 당장 내일 죽고 싶던 성식에게 새 인생을 주겠다고? 그 삶이 고달프지 않으리란 법이 있나? 또 그 고생을 하라고 한다면, 거절할 테다.

무엇보다도, 새로운 인생에선 순애와의 기억도 없을 텐데. 그건 싫었다. 끝낼 땐 끝내더라도 순애를 그리워하며 떠나리라. 성식은 숟가락으로 맑은 뭇국을 저으며 한숨을 내쉬었다. 아침 식사 시간이었다. 이승과 저승의 경계라는 이곳도 때가 되면 배가 고픈 건 매한가지였다. 문제는 마음이었다. 눈앞에 놓인 밥은 성식의 위장을 달랠 수 있을지 몰라도 그의 텅 빈 가슴까지 채우지는 못했다.

반면 옆자리의 일해는 식판 위에 산처럼 쌓인 음식을 한입 가득 넣으며 행복해했다. 고등어구이에 계란말이, 나물무침까지. 다채로운 메뉴였다. 마침 두 사람 눈이 마주쳤다. 일해가 씨익 웃었다.

"너무 맛있어요."

성식은 혀를 쯧 찼다.

"그러게요. 진짜 잘 먹네. 먹다 죽은 귀신은 때깔도 좋다더니."

일해는 목구멍에 뭐가 걸리기라도 한 듯 헛기침을 하더니 음식을 겨우 삼키고 입을 열었다.

"에이, 무슨 말씀이세요. 저희는 죽은 게 아니라 그저 죽음과 삶의 경계에 있는……."

"알았으니까 밥이나 먹어요. 그러다 또 목에 걸릴라."

"아, 그럴까요?"

일해는 다시 밥술을 들었다.

닭뼈가 목에 걸려 죽을 뻔했다니. 카페에 모였을 때, 일해는 자기 이야기를 마치 남 이야기처럼 했다. 남들은 억울해하고 비관적으로 생각할 만한 사연이었지만, 일해는 그렇지 않았다.

"이참에 알게 됐죠. 목구멍은 닭뼈가 걸릴 만큼 좁다는 거!"

그가 한 말은 딱히 재치 있진 않아도 듣는 이를 미소 짓게 했다. 성식은 카페 안이 웃음으로 가득 찼던 그때를 기억했다. 일해는 마지막 순간마저 사람들에게 웃음을 주며 자기만의 방식으로 이곳에서의 두려움과 불안을 이겨내고 있었다. 성식은 그런 일해가 왠지 모르게 부러웠다. 사람들과 잘 지내고, 이런저런 도움을 주는 그야말로 쓸모 있는 인간 같았으니까.

사람들이 식사를 얼추 마쳤을 때였다. 기다렸다는 듯 나타난 강림이 오늘 수업은 할 일이 꽤 많다며 든든히 먹어두라고 했다.

언제는 할 일이 적었나? 괜히 겁주고 그래.

성식은 그간의 수업을 떠올렸다. 꽃밭을 만들거나 옷감을 짜는 등 이곳에서의 수업은 이승의 학교에서 배우는 것과 많이 달랐다. 첫 번째 수업은 우연히 성공했다. 두 번째 수업은 손 놓고 있었더니 통과하지 못했다.

세 번째 수업은? 모르겠다. 이번에도 이변이 없으면 불통이지 않을까? 왠지 강림에게 속은 듯했다. 일당이라도 받을 줄 알았더니, 웬 환생? 그런데 가만 생각해보니, 이거야말로 편히 죽을 수 있는 좋은 기회겠다 싶었다. 이대로 실패를 연달아 하면 원하는 대로 지옥에 갈 수 있을 것이다. 스스로 목숨을 끊기로 결정한 이상, 천국을 바라진 않았다. 어쩌면 성식은 제법 창의적인 자살 방법을 택한 걸지도.

이윽고 도착한 곳은 어느 허름한 헛간이었다. 헛간 앞으로 예순 명 입학생이 모두 모였다. 강림이 앞에 서서 입을 열었다.

"여기가 오늘 수업이 있을 교실입니다. 환생 학교의 대장간."

그가 손을 펼쳐 좌우를 가리켰다. 낡은 벽은 무너질 듯 기울어져 있었다. 한가운데 커다란 화덕은 바람에 꺼질 듯 약한 불길만 겨우 살아 있었다. 이곳에서 대체 뭘 배운다는 거지? 다들 의아한 표정이었다. 강림의 말이 이어졌다.

"여러분과 함께할 특별 선생님들은 잠시 후 오실 예정입니다. 우선 제가 여러분이 해야 할 과제를 알려드리겠습니다."

그는 대장간 앞 공터에 가득 쌓인 벽돌을 가리켰다.

"여러분은 이곳에 집을 지을 겁니다."

싸부와 제자

집을 지으라고? 그것도 방이 예순 개나 되는 큰 건물을? 성식은 벽돌 더미를 한참 쳐다봤다. 성식이 아무리 건설 현장에서 잔뼈가 굵었다지만, 불가능한 일이었다. 여긴 공사장도 아니고, 설비가 제대로 갖춰지지도 않았다. 대장간의 도구들을 보면 더 막막했다. 녹슬고 망가진 도구들, 제대로 쓸 수 있는 게 하나도 없었다.

강림은 시간을 충분히 줄 테니 너무 걱정하지 말라고 했다. 시간이 문제가 아니었다. 성식은 고개를 저으며 언성을 높였다.

"연장이라도 제대로 된 것을 주시든가요. 하다못해 삽이나 망치라도 멀쩡해야지. 다 망가져서 쓸모없는 것들로 뭘 어떡하라는 겁니까?"

"그럼 환생 학교 수업이 만만한 줄 아셨습니까? 고비도 있어야지요. 잘 한번 해보십시오."

대놓고 망하라는 소리였다. 뿐만 아니었다. 그는 모든 학생에게 점심을 먹고 운동장에 모이라고 했다.

"학교생활의 묘미는 체육대회 아니겠습니까? 혈당도 떨어뜨릴 겸 소체육대회를 할 예정이니, 한 명도 빠짐없이 참석 바랍니다."

원망 섞인 목소리가 터져 나왔다. 가뜩이나 심란해죽겠는데, 체육대회? 지금 장난해? 난 안 가, 씨발! 환생이고 뭐고, 안 해! 걸음을 돌리는 사람들도 있었다. 강림은 좋을 대로 하라고 한 뒤, 유유히 사라졌다. 남겨진 학생들은 멍하니 앉아 특별 선생님이 오실 때까지 기다렸다. 그러나 점심 때가 됐는데도 특별 교사는 나타나지 않았다. 하는 수 없이 사람들은 기숙사로 돌아갔다. 성식도 두 손을 주머니에 넣고 뒤따랐다.

점심을 먹고 기숙사로 올라오려는데, 일해와 영수,

은비가 보였다. 성식은 그들을 피해 걸음을 서둘렀다. 사람들과 어울리고 싶지 않았다. 체육대회에 나간들 짐밖에 되지 않을 것이다. 그렇다고 기숙사로 돌아가고 싶지도 않았다. 좁은 방에 갇혀 있는 것 같아 답답했다. 체육대회가 싫다고 할 때는 언제고, 수업 대신 논다고 하니 사람들 표정이 어쩐지 밝아 보였다. 가뜩이나 환생입네 뭐네, 이상한 수업만 잔뜩이었다. 우울한 기분을 털려면 놀기라도 해야겠지.

성식은 기숙사 대신 어딜 가볼까 고민했다. 자연스레 낡은 연장들이 있던 대장간으로 걸음을 옮겼다. 오후의 대장간은 고요 속에 잠겨 있었다. 대장간 안으로 들어서자 화덕에서 깜빡이는 미약한 불빛이 온기를 건네주었다. 벽에 걸린 연장들이 눈에 들어왔다.

공사를 잘하려면 연장부터 손을 봐야 한다. 훌륭한 목수는 망치 탓을 하지 않는다지만, 훌륭한 목수는 애초에 연장을 함부로 굴리지 않는 법. 성식은 천천히 벽을 따라 걸으며 대장간을 둘러보았다. 손잡이가 빠진 망치, 이빨이 나간 톱, 녹이 슬어 뻑뻑한 집게, 자루가 부러진 삽…… 그것들을 바닥에 부려놓고 하나씩 집어 들었다. 망치는 머리가 덜렁거렸고, 삽은 금이 간 자루 때문에 힘을 받기 어려워 보였다.

하나같이 이리도 망가졌을까. 번쩍번쩍한 새 연장이라도 있었다면 집 짓기가 훨씬 수월했을 텐데. 한편 조금 서글펐다. 이것들도 한때는 쓸모 있었겠지. 지금 할 수 있는 일은 이 연장들을 어떻게든 고쳐 쓰는 것이었다. 물건 고쳐 쓰는 일은 성식이 제일 잘하는 일이었고.

물건은 정직하다. 망가지면 고치면 된다. 정 못 쓰게 되면 버리면 된다. 그렇다고 쉽게 버린 적도 없었다. 손때 묻은 물건은 잘 고치기만 하면 다시 제 역할을 해낸다. 성식은 그런 물건들을 보면 알다가도 모를 위안을 느꼈다.

그는 바닥에 널브러진 도구들을 하나하나 집어 들었다. 이것들을 고치려면 또 다른 연장이 필요했다. 주위를 살피던 그의 눈에 버스에 들고 탔던 공구통이 들어왔다. 분명 기숙사에 두고 나왔는데? 신기한 일이었다. 연유야 어찌 됐건 그는 공구통에서 장비를 꺼내 이빨이 빠진 톱부터 고치기 시작했다. 떨리는 손으로 헐거워진 나사를 조이고, 망치 손잡이로 쓸 나무를 깎았다.

한참 손을 놀리다 보니 문득 여러 기억이 스쳐 지나 갔다. 과거 재활용 센터에서 고장 난 물건들을 수리하며 보낸 시간, 순애와 함께한 봉사 활동에서 망가진 가구를 고쳐주던 일, 혼자서는 거동조차 할 수 없던 어머니를 간병하던 날들까지. 낡고 망가진 것들과 함께했던 시간이 선연하게 떠올랐다. 고치고 다시 쓰이게 만들며 느꼈던 작은 성취감 말이다. 그 모든 순간이 지금 순간과 겹쳤다.

성식은 손이 아픈 줄도 모르고 일에 빠져들었다.

운동장에 모인 사람은 마흔 명쯤 됐다. 강림은 모둠을 두 팀으로 나누었다. 일해네 모둠은 청팀이었다. 운동복으로는 각자가 2교시에 만든 옷을 입으라고 했다. 옷을 못 만든 사람들은 없는 대로 있었다. 그들은 그 위에 청 조끼와 흰 조끼를 입었다.

일해는 다른 모둠원들을 찾아 두리번거렸다. 은비가 지혜와 함께 이쪽으로 다가왔다. 일해는 손을 흔들어 두 사람을 불렀다. 은비는 얼굴이 환해진 반면, 지혜는 어두운 낯빛이었다. 일해는 챙겨두었던 청팀 조끼를 내밀었다. 지혜는 슬쩍 고개를 숙이며 조끼를 받았지만, 입지 않았다. 은비가 지혜 눈치를 보며 일해에게 속삭였다.

"겨우 모시고 왔는데, 하기 싫으신가 봐요."

"그러게. 마음 쓰이게. 성식 할아버지는?"

"방에 가봤는데 안 계시더라고요."

은비는 자기가 다 아쉽다는 투였다.

체육대회가 시작됐다. 아무리 친선 경기라지만, 청팀이 압도적으로 불리했다. 줄다리기도 지고, 피구도 압살당했다. 가만 보니 상대 팀에 운동선수 출신이 몇 명 있었다. 일해는 저 사람들을 어떻게 이기냐며 혀를 내둘렀지만, 은비는 마냥 신이 났다.

"뭐 어때요? 이기면 이기는 대로, 지면 지는 대로. 공부 안 하고 좋은데요?"

오히려 상대 팀을 응원하기도 했다. 공부만 아니면 뭐든 좋다는, 정말이지 학생다운 발언이었다. 은비는 경기 내내 말도 많고, 유쾌했다. 이런 은비가 세상 다 산 사람처럼 죽을상을 하고 있었다니. 은비는 영수의 재미없는 농담에도 빵빵 터졌다.

다음은 계주 경기였다. 모둠별로 남녀 한 명씩. 일해네 모둠에서는 은비와 일해가 선출됐다.

"내가 이 나이에 뛰기는 좀 그렇잖아."

영수는 슬며시 뒤로 물러섰고, 지혜도 학창 시절 50m 기록이 20초였다며 마다했다. 젊다는 이유만으로 뽑힌 일해와 중학생 은비는 다른 청팀 대표 선수들과 함께 줄을 섰다. 백팀에서는 아까 그 선수 출신들이 우르르 참가했다. 이번 경기도 텄다는 생각뿐이었다.

청팀 백팀은 따로 떨어져 몸을 풀었다. 일해도 어깨

를 돌리며 은비와 대화를 나누었다.

"명계의 법도가 지랄 맞다잖아요."

아쉽게도 은비는 환생 자격을 박탈당했다. 환생 꽃밭의 꽃을 건드린 까닭이었다. 염라 교장이 당장 은비를 쫓아내라고 길길이 날뛰는 걸 강림이 겨우 말렸다고 했다.

"교장 쌤, 되게 인자해 보이잖아요? 그런데 화내면 진짜 무서워요. 저 완전 간 떨어질 뻔요. 반면 강림 쌤은 뭐랄까. 생각보다 귀엽다고 할까?"

"귀, 귀엽다고? 그 인간이?"

"네, 동글동글 곰돌이 같아요."

일해는 말도 안 된다고 소리를 높였다가 혹시나 강림의 귀에 들어갈까 얼른 입을 다물었다. 다행히 강림은 운동장에 라인을 다시 그리는 중이라 멀리 있었다.

"엄청 투덜거리고 귀찮아하고. 그러면서도 해줄 거다 해줘요. 강림 쌤 아니었다면 전 여기 없었겠죠."

"……넌 환생 못 하잖아."

"괜찮아요. 애초에 환생하고 싶은 마음도 없었어요. 수업 열심히 마무리해서 돌아가야죠. 엄마가 있는 집으로요."

은비는 옷의 매듭을 만지며 입꼬리를 올렸다. 한결 가벼워진 은비의 웃음에 일해도 따라 입꼬리를 올렸다. 그

끝에 걸린 쓴웃음을 은비가 놓치지 않았다.

"아저씨는요? 정말로 환생할 거예요?"

"당연히 해야지. 환생 안 할 거면 내가 뭐 하러 이 고생을 하겠어."

은비는 잠시 망설이다가 입을 열었다.

"아저씨 음악은 이제 못 들어요?"

또 그 소리였다. 은비는 일해에게 툭 하면 기타를 맡겼다. 노래가 듣고 싶으니 불러달라고.

"너 전에 내가 버스킹 할 때는 별로라며 그냥 갔잖아."

"내가 언제 별로라고 했어요. 실은, 아저씨 노래를 듣고 있는데 막 눈물이 날 것 같았어요. 센 척하느라 그런 거지, 아저씨 노래가 별로라서 그런 건 절대 아니에요."

오히려 일해의 음악이 마음을 어루만져준다는 말에 일해는 어리둥절했다. 이곳에서만 그 소리를 두 번 들었다. 영수도 은비와 같은 말을 했었는데. 연이은 칭찬에 양 볼이 빨개지면서도 다시 한번 확인하고 싶었다. 올드하지 않냐고, 네가 듣기엔 엄청 옛날 노래 같을 텐데, 하고 물으니 은비는 고개를 세차게 저었다.

"오히려 좋아요. 요즘엔 잘 없는 스타일이잖아요. 클래식해요. 신선하기도 하고."

은비는 이래 봬도 밴드 음악을 오래 들어왔다며, 자

기 귀를 믿어봐도 좋다고 했다. 일해는 여전히 반신반의했다. 괜한 변명만 늘어놓게 됐다. 말은 고맙지만, 이젠 음악을 지속할 조건이 안 된다고. 돈도 없고, 시간도 없고, 기타만 붙잡고 살기에는 인생도 짧다고.

"안 되는 일에 자꾸 헤딩할 수는 없잖아."

"에이, 그래도요. 아까 영수 쌤이 줄다리기 할 때 포기는 배추 셀 때나 하는 거라고 했잖아요. 그리고 누가 맨땅에 헤딩하래요? 아저씨 유튜브 한댔죠? 내가 구독자 해줄게요. 영수 쌤도 구독할 거라던데요? 벌써 구독자 둘이나 생겼네!"

조건이 최악인데, 뭘 할 수 있을까? 패배만 기다리고 있는 경기에서 잘하고 싶은 마음은 없었다. 어차피 해도 안 될 텐데. 반면 공부를 하지 않는 것만으로도 신나 하는 은비를 보고 있으니 음악 듣고 기타 치는 것만으로도 행복했던 중고등학생 시절이 떠올랐다. 그때는 조건이고 뭐고 없었다. 오래되어서 넥이 휜 기타만으로도 기뻤다. 작곡을 처음 배웠을 땐, 곡을 쓰는 시간이 반짝반짝 빛났다. 결과를 기대하지 않던 시절이었다. 내 이름으로 된 곡 하나만 세상에 나왔으면 하는 바람이었지.

하지만 그 곡이 세상에 나오자 사람들의 관심이 고팠고, 열 명의 관심이 생기자 백 명의 관심, 천 명의 관심이

고팠다. 그 때문에 밴드 멤버들과도 불화했었다.

— 형, 나 이제 못 하겠어. 형이랑 하는 음악은 재미가 없어.

— 야, 그깟 재미가 밥 먹여줘? 성적! 성적이 안 나오면 아무 의미 없어!

너무 인기만 좇았나? 지금의 나는 인정만 갈구하다 패배주의에 물들어버렸나? 과연 나는 그때로 돌아갈 수 있을까? 아무 기대 없이, 어떤 조건에서도 음악 하나만으로 만족했던 그때로. 멤버들에게 새삼 미안해졌다.

"모르겠어. 난 이제 돈을 벌어야 한다고."

"누가 돈 벌지 말랬나? 하기 싫으면 그만해도 돼요. 그치만 그만하고 싶지 않잖아요."

뼈를 때리는 말이었다. 그만할 땐 그만하더라도, 충분히 다 해봤다는 만족감으로 그만두고 싶었다. 하고 싶은 마음을 억지로 접고 싶진 않았다. 다만.

그래도 될까?

그것은 어디까지나 허락의 문제였다. 과연 내가 해도 될는지.

곧이어 계주가 시작됐다. 첫 번째 주자는 은비였다. 은비가 "파이팅! 우리 잘해봐요!" 하며 제자리에 섰다. 일해도 반대편에 서서 은비의 배턴을 기다렸다. 하필 일해의 상대는 선수 출신이었다. 그의 허벅지는 일해의 허리 통만 했다. 그런데도 왠지 힘이 솟구쳤다. 코너를 통과한 은비가 달려오고 있었다. 영수가 응원하는 모습도 눈에 들어왔다.

일단은 뛰어보자!

답도, 결과도 알 수 없지만, 일해는 지금 이 순간에만 집중하기로 했다.

체육대회가 끝난 시각. 성식은 아직도 대장간에 있었다. 망치를 두드리는 그의 등 뒤로 인기척이 느껴졌다. 성식은 흠칫 놀라며 망치를 내려놓았다. 일해였다.

"자네가 여기 웬일인가?"

"수업 준비도 할 겸 둘러보던 중이었어요. 소리가 나서 와봤죠."

일해는 의자를 하나 끌어와 성식 옆에 앉더니 체육대회 때 나눠주었던 음료를 하나 건넸다.

"같이 계셨으면 좋았을 텐데."

"됐네, 이 사람아."

성식은 목이 말랐던 참이라 음료를 받아 한 모금 마

셨다. 성식의 이겼느냐는 물음에 일해는 대차게 졌다며 순하게 웃었다. 암만 달려도 안 되더라고, 역시 천재들은 열심히 노력해도 이길 수가 없다면서.

"그런데 어르신은 여기서 뭐 하세요?"

성식은 손에 쥔 낡은 망치를 흔들었다.

"뭘 하긴. 이 연장들부터 고쳐야 뭐라도 하지 않겠어?"

일해는 대장간에 널린 녹슨 연장들을 둘러보더니, 하나를 집어 만지작거렸다.

"제가 좀 도와드릴까요?"

성식은 손을 멈추고 잠시 일해를 보았다.

"이런 거 해본 적은 있고?"

취업난이니 뭐니 해도 세상에 할 일은 널리고 널렸다. 다만, 힘들고 어려운 일은 외면하고, 편하고 돈 잘 버는 일만 찾으려 하니 문제였다. 유튜브에서 청년 실업 이야기를 들을 때마다 그런 생각이 들곤 했다.

대기업을 선호하다 보니 중소기업은 구인난에 허덕이고, 막상 중소기업에 들어가면 박봉과 열악한 환경 탓에 팍팍하게 산다는 말들. 그럴듯하게 들리긴 했지만, 성식에게는 핑계처럼 느껴졌다. 요즘 젊은이들이 그래서 안 된다고 혀를 차면서도, 한편으로는 안타까웠다. 출발선에서 조금이나마 앞서고 싶은 마음이야 이해 못 할 리 없었다. 비난만 할 게 아니었다. 세상은 잔인했고 조금만 뒤처져도 무시당하고 소외되기 일쑤였다. 성식이야말로 그 사실을 누구보다 잘 안다. 그 역시 뒤처지고 쓸모없다는 낙인이 찍힌 채 살아왔으니.

눈앞의 닭뼈 청년도 대기업에 입사하고 싶어 안달 난 젊은이 중 하나일지 모른다. 이 녹슨 연장들 앞에서 그가 할 수 있는 일이 뭐가 있을까? 그런데 뜻밖에도 일해는 의욕이 넘쳤다.

"해본 적은 없지만, 배우면 되죠. 까짓것 어르신도 하시는데 제가 못 하겠습니까?"

일해의 당돌한 말에 성식은 피식 웃음이 나왔다. 그는 웃음을 숨기며 짐짓 근엄한 표정으로 말했다.

"좋아. 한번 해봐. 대신 제대로 될 때까지 일어날 생각은 하지 않는 게 좋을 거야."

일해는 생각보다 열심이었다. 성식이 시범을 보이며 연장 손질하는 법을 설명하면, 어떻게든 따라 하려 애썼다. 손놀림은 서툴고 작업은 더뎠지만 끈기 하나만큼은 인정할 만했다. 성식은 잔소리를 퍼부으면서도, 은근히 뿌듯했다. 일해가 어설프게나마 끝까지 해내려는 모습이 제법 진지했기 때문이다.

일해는 대단한 기술을 전수해주어 고맙다며 '싸부'로 모시겠다고 했다. 성식은 코웃음을 치면서도, 무언가를 가르쳐주는 일이 생각보다 나쁘지 않다고 생각했다. 누군가에게 도움이 된다는 사실에 스스로가 조금 기특하기도 했다. 실로 오랜만에 느껴보는 감정이었다.

일해가 손질을 마친 삽을 내밀었다. 성식은 삽을 받아 꼼꼼히 살폈다. 녹이 벗겨지고 윤기가 흐르는 금속 표면은 제법 멀쩡해 보였다.

"싸부, 이런 일은 처음인데, 생각보다 재밌네요."

"손에 물집 잡혀봐야 정신 차리지."

"안 그래도 많이 아픕니다. 하지만 아프니까 제가 뭔가 하고 있다는 느낌이 들어요."

일해는 손바닥을 펴 보이며 말을 이었다.

"사실, 요즘 좀 우울했거든요. 내가 뭘 하고 있나 싶고. 그런데 여기 와서 정신없이 이것저것 하다 보니 이상하게 살맛이 나네요. 참 아이러니하죠? 환생 학교에서 살맛을 느끼다니."

성식은 망치를 닦던 손을 멈추었다. 성식의 시선을 느꼈는지 일해가 자기 이야기를 조심스레 털어놓았다. 이곳에 오기 전, 음악을 했다는 그. 과거형으로 말하고 있었다. 일해는 음악이고 뭐고 다 접고 일자리나 알아보려 했지만 쉽지 않았다고 했다. 뭔가를 만들어내는 창의적인 일을 하고 싶었는데, 현실은 그 반대더라고. 남들이 시키는 일도 제대로 못 하는 것 같았다고.

"근데 여기선 완전 에이스죠."

농담 같은 그 말은, 말끝에 매달린 서글픔을 감추기 위함일지도 모른다. 성식도 한때는 무언가를 만들고, 고치고, 쓸모 있는 사람이 되기 위해 노력했던 시절이 있었으니까. 하지만 지금은……

"싸부, 소싯적에 이런 거 많이 하셨나 봐요."

"많이 했지. 온 손바닥에 굳은살이 박혀서 누구랑 악수를 못 했어. 지금 생각해보면 왜 그랬나 싶어. 좀 편히 살걸."

"지난날을 후회하세요?"

일해는 진심으로 궁금해하는 얼굴이었다. 성식의 손놀림이 잠시 느려졌다.

"내가 말이야. 젊을 때는 중동에 가서 달러깨나 벌었거든?"

어쩌다 보니 '왕년에'를 남발하게 됐다. 오일 머니를 벌기 위해 뜨거운 사막의 건설 현장을 누비던 일, 돌아온 한국에서 노동 인권 운동에 앞장서다 보안사에 끌려갈 뻔한 일. 우리나라 굴지의 아파트 공사 현장에서 뛰고, 공장에서 야간작업을 하며 컨베이어 벨트를 돌리고. 돌이켜보면, 대한민국 산업 현장에는 늘 그가 있었다.

"그래서 기술이 좋으시군요. 요즘 누가 이런 걸 고칠 줄 알겠어요?"

"이제는 쓸모없는 기술이지. 남은 게 고작 이것뿐이야. 왠지 나는 나사 같은 삶을 살아온 것 같아."

일해는 말없이 성식의 다음 말을 기다렸다.

"창의적이고 대단한 일을 해온 삶이라기보다는, 언제 대체되어도 좋은 그런 삶 말이야."

잠시 침묵이 흘렀다.

"사람들이 잘 몰라서 그래요."

일해는 나사를 꼼꼼히 돌려 삽과 삽자루를 단단히 고정시킨 뒤 말을 이었다.

"싸부님이 지은 집, 만든 자동차, 텔레비전, 누군가에겐 엄청 잘 쓰였을 거예요. 다들 고마워할 거라고요. 제가 장담해요."

"빈말이라도 듣기는 좋네."

"빈말 아니에요. 그러지 말고 저랑 유튜브 하실래요? 싸부와 제자의 공구 수리법, 이런 거 올리면 조회 수 좀 나오지 않을까요? 덤으로 살아온 얘기해주시면 엄청 재밌을 것 같은데."

"다 늙은 사람 놀리지 마. 고리타분한 옛날이야기가

뭐 재미있다고."

"혹시 모르죠. 올드한 게 아니라 클래식한 걸지도."

성식은 무슨 말이냐는 눈으로 그를 보았다.

"제 말이 아니라, 은비가 한 말이에요, 은비가. 하하."

성식은 그를 따라 웃음을 흘리며 지난 기억을 들추어
보았다. 아무리 찾아도 쓸 만한 것이라고는 도무지 찾을
수 없는 먼지투성이 고물인 줄로만 알았다. 그런데 일해
의 말처럼 내 삶에 가치라고 부를 만한 것들이 있을까? 모
르긴 몰라도, 일해의 말이 따뜻한 장작처럼 가슴에 온기를
지핀 것만은 분명했다.

성식은 일해가 괜찮은 청년 같았다. 말끝마다 어르
신, 싸부 하고 존대해주는 말투도 싫지 않았다. 존중받고
대접받는 듯한 느낌. 일해는 성식이 인생을 살아오며 만나
온 숱한 무례한 인간들과는 결이 다른 사람이었다. 그러자
문득 일해와 비슷하게 자신을 웃게 하던 사람, 순애가 그
리워졌다.

꽃
같
은

사
람

순애를 처음 만난 건 2년 전 집 근처 편의점 앞이었
다. 그녀는 길을 지나가는 성식에게 일회용 휴지와 작은
유인물을 건넸다. 교회 홍보물이었다. 성식은 눈살을 찌푸
리며 받지 않겠다고 거절했다.

"적적하실 때 쌍화탕이나 한잔하러 오시라고요."

그녀는 분홍 블라우스를 입고 있었다. 물결치는 웨이
브 머리 위로 마침 벚꽃잎 한 장이 사뿐히 떨어졌다. 성식
은 아직도 그 장면을 선명하게 기억했다.

성식은 하루 열 시간씩 재활용 센터에서 일하며 바쁘게 지내고 있었다. 주중에는 쉴 틈이 없었고, 그나마 토요일 오후라야 한가한 시간이 주어졌다. 오후 3시쯤 일이 끝나면 늘 하던 대로 컵라면과 소주 한 병을 사서 집으로 돌아갔다. 소주는 참으로 요물이었다. 목구멍은 차갑게 넘어가지만 속을 훈훈히 덥혀주었다. 컵라면 국물 한 모금이면 쌓인 피로가 잠시나마 풀리는 기분이었다.

그 주 토요일은 이상하게도 소주보다 쌍화탕이 생각났다. 그는 무심결에 발길을 돌려 교회로 향했다. 막상 교회 앞에 다다랐지만, 문을 열고 들어가지는 못했다. 그냥 돌아설까 고민하던 찰나.

"쌍화탕 드시러 오셨어요?"

고요한 성식의 마음에 살랑이듯 불어오는 바람 같은 목소리. 순애였다.

그날 이후, 성식은 틈만 나면 교회에 들러 쌍화탕을 마시곤 했다. 일평생 그 맛을 모르고 살았는데, 교회에서 마시는 쌍화탕은 달기만 했다. 그녀는 설탕은 너무 많이 넣지 말라며 견과류를 조금 더 넣어주었다. 실은, 성식은 설탕을 한 스푼도 넣지 않았는데.

믿음이란 게 생겼는지는 모르겠지만, 성식은 토요일

에 이어 일요일에도 교회를 서성이게 됐다. 그녀는 성가대였다. 성식은 성가대가 잘 보이는 자리에 앉아 그녀가 노래 부르는 모습을 넋 놓고 지켜보았다. 목사님의 말씀보다도 그녀가 찬양하는 모습이 더 은혜로웠다고 하면 불경할까. 외롭던 그의 삶에 좋은 친구가 하나 생겼다는 것만으로도 신의 은총은 차고 넘쳤다.

어느 날 순애가 성식에게 같이 성가대를 하지 않겠느냐고 권했다. 성식은 음치라는 이유로 거절했다. 그러나 그녀가 같이 봉사활동을 하자고 했을 때는 흔쾌히 승낙했다. 근처 아동복지센터에서 아이들을 가르치고 돌보는 일이었다. 순애는 그 일을 벌써 10년째 이어오고 있었다.

난생처음 참여한 봉사활동에서 성식은 뭘 어떻게 해야 할지 몰라 멀뚱히 자리만 지켰다. 그러는 동안 함께 센터에 방문한 권사와 장로 들은 아이들과 눈을 맞추고, 동화책을 읽어주고, 보드게임을 같이 했다.

"할아버지, 이거 해요."

여덟 살쯤 되었을까. 한 남자아이가 나무 블록처럼 생긴 보드게임을 들고 성식에게 다가왔다. 성식은 피곤한 듯 고개를 가로저었다.

"저리 가서 친구들이랑 놀아라. 할아버지는 그거 못해."

아이는 금세 울상이 되더니 입술을 삐죽거렸다.

"아무도 안 끼워준단 말이에요."

아이는 "으앙!" 하고 울음을 터트렸다. 성식은 당황해 눈을 이리저리 굴렸다. 애들을 달랠 줄도, 게임을 함께 할 줄도 몰랐으니까. 그렇다고 명색이 어른인데 우는 아이를 나 몰라라 할 수도 없었다.

"그래, 해보자."

아이의 얼굴이 조금 밝아졌다. 성식은 어색하게 웃으며 아이가 가져온 나무 블록들을 바닥에 쏟았다. 블록을 하나씩 쌓기 시작했다. 블록이 모자라자 성식은 다른 데서 블록을 더 가져와 차곡차곡 쌓았다.

어느새 탑 같기도 하고, 벽 같기도 한 나무 건축물이 완성됐다. 성식은 뿌듯한 미소를 지으며 아이에게 어떠냐고 물었다. 아이는 잔뜩 골이 난 표정으로 블록 건축물을 노려보았다. 심통을 부리며 나무 탑을 와르르 무너뜨리는 게 아닌가. 아이의 되먹지 못한 행동에 순간 화가 치밀었다. 성식은 입술을 꽉 깨물고 마음을 가라앉혔다. 뭐가 아니라는 건지. 한숨을 내쉬며 탑을 다시 쌓으려던 때였다.

"이 할아버지가 정말 안 되겠네?"

순애가 웃음을 꾹 참고 다가왔다.

"같이 해요. 보드게임도 모르는 할아버지."

순애는 나무 블록을 차곡차곡 쌓았다. 그러곤 아이에게 먼저 시작하라고 했다. 아이는 신난 얼굴로 가운데에 있는 나무 블록을 하나 빼 제일 위에 쌓았다. 탑이 흔들렸지만 무너지지는 않았다. 아이는 만족스러운 표정으로 순서를 넘겼다. 다음 차례는 순애였다. 그녀는 가볍게 블록 하나를 빼 위에 쌓았고, 이어 성식의 차례가 되었다.

"어서 하나 빼요."

"이, 이렇게 말입니까?"

성식은 그녀와 아이가 했던 대로 가운데 블록에 손을 가져다 댔다. 블록 탑이 위태롭게 흔들리기 시작했다. 깜짝 놀란 성식이 얼른 손을 거두었으나.

"안 돼요! 한 번 건드린 블록은 어떻게든 빼야 해요."

성식은 당황했지만, 침착하려 애쓰며 천천히 블록을 끄집어냈다. 순간 탑이 기우뚱하더니 결국 와르르 무너지고 말았다.

"아이고……."

그의 탄식이 무색하게 아이는 까르르 웃음을 터트렸다. 성식은 머리를 긁적이며 아이를 바라보았다. 아까는 탑이 무너졌다고 울상이더니, 이번에는 좋아한다. 참 알 수 없는 녀석이었다. 순애는 보드게임이 '젠가'라고 했다.

"어때요? 재밌죠?"

성식은 애매한 표정을 지었다. 뭐라 답해야 할까. 사실 그는 게임의 재미를 느낄 여유도 없었다. 하지만 순애와 더 많은 시간을 보낼 수 있어서 좋았다. 그것만으로도 젠가는 충분히 의미 있는 보드게임이었다.

그날 이후 성식은 봉사활동에 점점 익숙해졌다. 순애와 함께 아이들을 돌보며, 이전에는 몰랐던 정과 사랑을 느끼기도 했다. 사람들 사이에 섞여 일하는 것이 처음에는 낯설고 서툴렀지만, 아이들과 보내는 시간이 쌓일수록 그는 점차 잃어버렸던 웃음을 되찾아갔다.

순애와 성식의 사이도 날로 가까워졌다. 함께 늦은 저녁을 먹으며 서로의 지난날을 털어놓기도 했다. 성식은 순애와 나누는 대화 속에서 오랜만에 가슴이 뛰는 것을 느꼈다. 그것은 순애도 마찬가지인 듯했다. 두 사람은 어느 날 손을 잡았고, 팔짱을 낀 채 길을 걸었다.

하루는 순애가 꽃다발을 성식에게 내밀었다. 성식은 어리둥절한 표정으로 꽃다발을 받았다. 칠십 평생을 살아오며 누군가에게 꽃을 준 적도, 받은 적도 없었다. 그녀가 내민 꽃다발이 어찌나 예쁘던지. 성식은 자기도 모르게 얼굴을 꽃 속에 파묻고 깊게 숨을 들이마셨다. 은은한 꽃 내음이 가슴속 깊이 스며들었다. 순애가 말했다.

"선물 중에 가장 쓸모없는 게 꽃이라면서요? 먹을 수도 없고, 쓸 수도 없고. 며칠 꽃병에 꽂아뒀다가 시들면 버려야 하니 돈 낭비라고도 하잖아요. 근데 저는 꽃 선물이 좋아요."

"제가 먼저 드릴 걸 그랬어요."

성식이 얼굴을 붉히자 순애가 빙그레 미소 지었다.

"이미 주셨는데요? 성식 씨는 저한테 꽃 같은 사람이에요."

가슴 가득 훅 하고 들어온 그녀의 미소와 눈빛에 성식은 가슴이 떨렸다. 순애는 오래 고민했다며 조심스럽게 말을 꺼냈다. 정말이지 상상도 할 수 없었던.

"우리 사귈까요?"

세상을 다 가진 것 같다는 말이 온몸으로 이해되는 순간이었다. 동시에 걱정도 엄습했다. 이 모든 기쁨이 하루아침에 사라질까 봐. 자신이 이런 사랑을 받아도 되는 사람인가? 그런 자격이 있는가? 이런 정체 모를 불안에도 성식은 벅찬 마음으로 고개를 끄덕였다.

"네, 좋아요."

두 번의 계절이 바뀌는 동안 두 사람의 사랑은 깊어만 갔다. 성식은 순애와 함께라면 모든 것이 괜찮을 것 같왔다.

하루는 김밥집에서 순애가 지나가듯 같이 살면 어떻겠느냐고 물었다. 성식은 깜짝 놀라 물을 들이켰다. 그녀의 말이 농담인지 진심인지 헷갈렸다.

"저는 딱히 준비된 게 없는데요."

"준비할 게 뭐 있다고. 집에 있는 수저 같이 쓰면 되고, 침대도 킹사이즈라 두 사람 누워 자기에 충분해요."

"하지만…… 제가 가진 게 없잖아요."

"아이참, 제가 가진 게 많으니까 괜찮아요."

"누나……!"

아무렇지 않게 말하는 순애의 말에 성식은 가슴에 파도가 일렁였다.

문제는 그 이후였다.

순애의 아들을 처음 만난 자리에서 성식은 차가운 시선을 온몸으로 느껴야 했다. 그녀의 아들이 다짜고짜 물었다. 우리 엄마 돈 보고 결혼하려는 거냐고. 말년에 편하게 좀 살아보고 싶은 거냐고.

성식은 그 자리에서 아무 말도 하지 못했다. 나이 든 육체와 얼마 되지 않는 비상금 외엔 내세울 게 없음을 뼈저리게 느꼈다. 순애는 아들을 나무라며 화를 냈다.

"내 인생인데 왜 네가 상관이야!"

순애의 말이 고맙기도 했지만, 성식은 자신이 한없이 초라하게 느껴졌다. 정말로 내가 순애의 돈을 보고 결혼하려는 걸까? 그는 스스로에게 몇 번이고 물었지만, 결코 그렇지 않다는 결론에 도달했다. 그럼에도 세상은 다르게 볼 게 분명했다. 순애의 아들은 자신이 받을 유산을 가로챈다고 여길 터였다. 그 생각에 밤마다 잠을 이루지 못했다.

며칠 후 성식은 순애를 찾아가 이별을 고했다. 순애의 가족과 부딪치면서까지 둘 사이를 이어가는 게 맞는 걸까? 사랑이 밥 먹여주냐고들 한다. 스물의 나이에는 구태의연할지 모를 조언이 이 나이를 먹고 보니 주책 부리지 말라는 소리처럼 들렸다. 왜 그래야 하냐고 따지고 싶다가도 순애 아들의 핏발 선 눈동자가 어른거려 입이 다물어졌다. 순애는 한동안 아무 말도 하지 않았다. 그저 감정을 엿볼 수 없는 눈으로 성식을 물끄러미 바라보다가 돌아설 뿐이었다.

그날 이후로 성식은 순애와 연락을 끊었다. 그녀의 연락처는 남아 있지만, 전화를 걸 용기가 나지 않았다. 순애와의 추억이 문득문득 떠올랐다. 그 추억은 마치 날카로운 유리 조각 같아서, 찬란하게 빛나는 동시에 성식의 심장을 아프게 할퀴고 사라졌다.

보이스피싱에 당한 건 그로부터 얼마 후의 일이었다.

두 사람 관계를 어떻게 알았는지, 사기범은 순애가 사고를 당해 의식이 없으니 어서 빨리 치료비를 송금하라고 했다. 잘 지내던 순애가 왜? 그게 다 자기 때문인 것 같아 성식은 허겁지겁 돈을 부쳤다. 그녀의 건강이 걱정되어 노심초사하던 그는, 그날 밤늦게 그녀에게 전화를 걸었다. 입원 중이라 전화를 못 받을까 싶었는데.

"순애 씨! 전화받을 수 있으세요? 많이 다치셨어요?"

"무슨 소리예요? 내가 왜 다쳐요?"

저도 모르게 고개를 갸웃하던 바로 그때 성식은 보이스피싱 근절 공익광고를 떠올렸다. 그제야 자신이 당했다는 것을 깨달았다.

망치를 다시 쥐고 손질을 시작하던 성식은 자기도 모르게 중얼거렸다.

"이제 와서 뭐 얼마나 나아질 수 있겠어?"

연장을 손질하는 성식의 손길이 조금씩 빨라졌다. 어쩌면 이곳에서 고쳐야 할 무언가는 물건이 아니라 자기 자신일지도. 그러나 사람 고쳐 쓰는 거 아니라는 말처럼, 일평생 허투루 살아온 자신의 인생을 고칠 수 있을지는 미지수였다.

냉장고와 사장님

냉장고.

일해는 성식과 대장간에서 연장을 고치는 내내, 냉장고가 생각났다. 좁은 단칸방 한켠에서 이따금 윙윙거리며 존재감을 뿜어내는 흰색 냉장고 말이다. 벌써 4년이나 사용한 냉장고가 왜 자꾸 생각나는 걸까?

상경하며 구입한 냉장고는 새것이 아니었다. 월세와 생활비를 대는 것만으로 빠듯하던 그때. 사 먹는 건 비싸서 집에서 밥이라도 해 먹을라 치면, 필요한 게 한두 가지가 아니었다. 그중에서도 냉장고는 일해가 넘기 힘든 벽이었다. 어떡하면 냉장고를 구할 수 있을까. 여기저기를 기웃대던 일해는 마침 인터넷에서 평이 좋은 재활용 센터를 알게 됐다.

여기 계신 사장님이 솜씨가 진짜 좋으심. 웬만한 중고는 싹 새것처럼 고쳐주시고, 오래 써도 고장 나지 않음. 강추!

집에서 조금 떨어져 있었지만 문이라도 두드려보자는 심정으로 센터를 찾았다. 그곳을 지키고 있는 사장님에게 혹시 저렴한 냉장고가 없는지 물었다. 그는 얼마나 저렴한 것을 찾느냐고 되물었다. 일해는 염치 불고하고 오만 원을 불렀다. 사장님은 곤란한 표정으로 센터 안의 냉장고를 죽 둘러보았다.

"못해도 20은 줘야 하는데."

포기하고 가게를 나서려는 찰나, 사장님이 일해를 붙잡았다. 겉이 좀 상해서 상품 가치는 없는데, 그래도 잘 고치면 오래 쓸 수 있는 냉장고가 하나 있다고 했다. 그는 일해에게 그거라도 보겠느냐고 했다. 정말로 그 냉장고는 문짝에 흠집이 많고 음식점 스티커도 덕지덕지 붙어 있었다. 하겠다면 손을 좀 봐준다는데, 일해는 가격부터 물었다.

"아무도 찾지 않는데 누구라도 쓰면 좋지. 그냥 가져가쇼."

일해가 함박웃음을 짓자 사장님도 따라 웃으며 냉장고를 손보기 시작했다. 한 시간쯤 지났을까? 처음엔 찬 기운이 거의 나지 않던 냉장고가 거짓말 좀 보태서 새것처럼 짱짱하게 돌아갔다. 설마 냉장고를 구할 수 있으리라 생각하지 못했던 일해는 그것을 옮기는 비용이 더 들 것을 걱정했다. 그 고민마저 사장님이 일거에 날려주었다. 센터에서 쓰는 트럭에 실어 집까지 운반해주었으니까.

"감사합니다, 사장님! 이 은혜를 어떻게 갚아야 할지……."

사장님이 손을 절레절레 저었다.

"은혜는 무슨. 젊은 사람이 열심히 살겠다는데 도와줘야지. 그리고 나 사장님 아니야. 센터 직원이지."

그러곤 트럭을 몰고 떠나버린 사장님. 사장님이 아니라고 했지만, 일해의 가슴속에 그분은 영원히 마음씨 좋은 사장님이었다.

그런데 왜 성식을 볼 때마다 그분이 생각나는 걸까?

한참 연장을 고친 일해는 성식과 기숙사로 돌아왔다. 성식은 가뜩이나 손이 아픈데 무리를 한 것 같다며, 이러다 내일 일어나지 못하면 어쩌나 걱정했다.

"나머지는 제가 다 알아서 할 테니까 내일은 좀 쉬셔요."

"그러면 안 되지. 집 짓는 게 보통 일이 아니야."

성식은 고집스럽게 말을 이었지만, 눈은 이미 푹 꺼졌고 어깨는 축 늘어져 있었다. 그런 성식을 보며, 일해는 자꾸만 고향에 홀로 계신 아버지가 떠올랐다.

아버지를 찾아뵌 게 언제였던가? 돈이 없다, 바쁘다, 핑계를 대며 고향을 등진 지 벌써 몇 년이 흘렀다. 실은, 이렇다 할 성과를 내지 못한 채 방황하는 모습이 부끄러워 아버지 앞에 설 용기가 없었다. 간혹 아버지와 통화를 할 때면, 목소리에서 하루하루 더해지는 연세가 느껴져 마음이 쓰렸다. 100세 시대다 뭐다 해도, 기력은 쇠하고 몸은 약해지는 일이 불가피하다는 걸 아버지를 통해 깨달은 탓일까. 일해는 힘들어하는 성식이 자꾸만 신경 쓰였다.

다음 날 아침, 식당에 내려간 일해는 모둠 사람들을 찾았다. 마침 영수와 은비가 일해를 알아보고 손을 흔들었다. 지혜는 일해를 본체만체하며 숟가락으로 국을 한 모금 떠먹을 뿐이었다. 그런데 한 사람이 보이지 않았다.

"성식 어르신이 안 보이시네요?"

일해는 어제 너무 무리해서 그런 걸지도 모르겠다는 생각이 들었다. 이왕 이렇게 된 거, 오늘은 푹 쉬게 두고 남은 일은 다른 사람들이 하면 어떻겠나 싶었다.

식사를 마친 일행들은 학교 교문을 나섰다. 길을 따

라 도착한 공터에는 다른 모둠 사람들도 제법 모여 있었다. 오늘은 또 망가진 연장으로 뭘 어떻게 해야 하나 고민하는 목소리가 들릴 줄 알았다.

하지만 공터 앞은 다른 이유로 사람들이 웅성거렸다. 무슨 일인가 싶어 다가간 일해는 눈앞의 풍경에 눈이 커졌다.

벌써 터가 잡혀 있었다. 분명 새벽에 기숙사로 돌아올 때만 해도 아무것도 없었는데. 놀란 일해는 주변 사람들에게 누가 이렇게 터를 닦아놓았는지 물었다. 아는 이가 아무도 없었다. 그때, 누군가가 연장이 멀쩡하게 고쳐져 있다는 말을 꺼냈다. 일해는 성식과 자신이 지난밤에 장비를 고쳐놓았다고 했다. 사람들은 하나같이 고마워하며 일해를 칭찬했다. 일해는 쑥스러워하며 공을 성식에게 돌렸다.

"성식 어르신이 다 하셨어요. 손재주가 보통이 아니시더라고요."

이윽고 작업이 시작됐다. 잘 닦인 터 위로 벽돌을 하나씩 쌓고 시멘트를 발랐다. 반나절 동안 땀을 흘리며 일하던 일해는 점심 무렵이 되어 성식의 방을 찾았다. 그러나 아무리 불러도 성식의 목소리는 돌아오지 않았다.

일해는 그길로 성식을 찾아 나섰다. 기숙사 1층 카페

에도 가보고, 서천꽃밭에도 가보았다. 직녀의 공방에도 들러보았지만, 성식의 모습은 어디에도 보이지 않았다. 다시 한번 성식의 방으로 올라가 문을 두드려보았지만, 여전히 대답은 없었다. 하는 수 없이 일해는 강림이 머무는 기숙사 사감실로 향했다. 또 어떤 잔소리나 겁박을 들을지 몰랐지만, 강림 말고는 딱히 물어볼 데가 없었다.

사감실 문을 두드리자 안쪽에서 들어오라는 시크한 목소리가 날아왔다. 일해는 조심스레 문을 열고 발을 들였다.

"저기, 혹시 성식 어르신 못 보셨어요?"

강림은 의자를 뒤로 젖힌 채 심드렁하게 물었다.

"그걸 왜 나한테 물어? 같이 있었던 거 아니야?"

"오늘 수업에 안 나오셨거든요. 혹시 몸이 편찮으신 게 아닐까 해서요. 방에 계실지도 모르는데, 열쇠라도 좀 주시면⋯⋯."

"남의 방에 함부로 들어가려고? 그건 안 되지. 그리고 여긴 환생 학교야. 아무리 아파도 죽으려야 죽을 수가 없다고. 그러니 신경 끄고 가서 볼일이나 봐."

"아니, 그래도⋯⋯."

강림이 눈에 힘을 주고 일해를 보았다.

"거참 귀찮게 구네. 나이 들면 힘든 게 당연한 거 아니야? 거기다 환생하겠다고 여길 찾아온 사람이면 더 피곤하겠지. 그만큼 살았으면 됐지, 굳이 뭘 새로 시작하려고 그 난리인지."

일해는 어제 자신과 함께 밤늦도록 연장을 손질하던 성식의 모습이 눈앞에 아른거렸다. 많이 힘들 텐데도, 성식은 온 정성을 쏟았다. 마치 자신이 아니면 안 되는 것처럼 최선을 다했다. 영수, 은비는 강림을 좋게 말했지만, 일해는 도무지 동의할 수 없었다.

"함부로 말하지 마세요."

강림이 눈썹을 꿈틀거렸다. 순간 심장이 조여들었지만, 일해는 마음을 다잡았다. 성식을 위해서라면.

"다른 사람한테 도움이 되려고 얼마나 노력하시는 분인데요."

"뭘 그렇게 그 사람 편을 들어? 아, 하긴 넌 임무가 있지? 모둠 학생들을 무사히 졸업시켜야 하는?"

일해는 잠시 대답을 망설였다. 환생을 위해 사람들을 돕기 시작한 게 맞으니까. 하지만 시간이 지나면서 그보다 더 중요한 이유를 발견했다. 이곳에서 만난 사람들과 함께하는 시간. 그 자체가 일해에겐 환생 같았다.

꽃밭을 가꾸며 영수와 다시 친해진 일도, 아빠를 잃고 슬퍼하는 은비에게 불러주었던 노래도, 어젯밤 성식과 연장을 수리했던 시간도 모두 소중한 경험이자 새로운 만남이었다. 그렇기에 지금 성식이 어디에 있는지 걱정하는 것은, 그를 비하하는 강림에게 항의하는 것은 너무나 당연한 일이었다.

"사람 진심을 함부로 짓밟지 마세요. 성식 어르신, 정말 좋은 분이에요."

강림은 한동안 말없이 일해를 바라보더니 같잖다는 듯 투덜거렸다.

"충고 하나 할게. 남 걱정 말고 네 걱정이나 해."

"네, 기대한 제가 잘못이네요. 그리고 그런 충고는 사양합니다!"

일해는 속상한 마음에 문을 쾅 닫아버렸다. 해도 해도 너무하잖아. 그는 깊은숨을 내쉬며 등을 돌렸다.

그때, 누군가 일해를 불러 세웠다. 돌아보니 지혜가 서 있었다. 그녀는 망설이듯 천천히 다가왔다.

"최성식 할아버지 말이에요……. 어디 편찮으세요?"

"저도 잘 모르겠어요. 방에도 안 계시고. 그래서 지금 찾는 중이에요."

그녀는 뭔가 더 할 말이 남은 듯 잠시 뜸을 들이더니 어렵게 말을 꺼냈다.

"혹시 찾게 되면 제게도 알려주실 수 있을까요?"

"그야 어렵지 않지만⋯⋯. 왜 그러시는데요?"

지혜는 이유는 말할 수 없다는 말만 남긴 뒤, 황급히 돌아섰다. 그녀의 뒷모습은 조심스러우면서도 한편으로는 초조해 보였다. 그러고 보니 며칠 전 지혜가 성식의 방 앞을 서성이던 게 생각났다. 일해는 그녀의 태도가 신경 쓰였지만, 지금은 그녀의 속사정을 헤아릴 때가 아니었다. 한시라도 빨리 성식을 찾아야 했다. 도대체 어디 계신 걸까? 혹시 무슨 일이 생긴 건 아니겠지? 점점 더 조급해지는 마음에 일해는 빠르게 걸음을 옮겼다.

나
사
같
은
삶

일해가 성식을 찾아 이곳저곳을 기웃거리던 그때. 성
식은 자기 방 침대에 누워 있었다. 땀이 뻘뻘 나는데, 또 한
편으로는 턱이 덜덜 떨릴 정도로 추웠다. 그러다 어느덧
열이 떨어지고 정신을 차려보니 밤이 찾아와 있었다.

그는 자리에서 일어나 침대에 앉았다. 밤새 땀에 젖
은 침대 시트가 눅눅하게 감겼다. 목이 찢어질 것처럼 아
팠고 근육이 욱신거렸다. 성식은 손으로 어깨와 팔뚝, 시
큰거리는 무릎과 떨리는 허벅지를 꾹꾹 주물렀다.

성식은 순애가 만들어주던 쌍화탕이 간절했다. 몸이 아프니 그녀가 더욱 보고 싶었다. 얼마 전 카페에서 쌍화 탕을 시킨 것도 실은 그녀를 잊지 못해서였다. 그런데 그 운명의 쌍화탕이라는 것이 요물이었다. 다 비운 잔 아래에 짧은 문구가 새겨져 있었다.

미련 없다 하지만, 실은 거짓말이었죠?

누굴 놀리는 것도 아니고. 그때는 절로 인상이 찌푸려 애먼 종업원에게만 공연히 화를 내고 말았다. 나중에 카페를 다시 찾아 그 종업원에게 사과했지만, 구겨진 마음은 좀처럼 펴지지 않았다. 미련은 무슨 미련.

성식은 화장실이라도 다녀오려고 기운 없는 몸을 일으켰다. 벽에 걸린 거울에 모습이 비쳤다. 그런데 거울 속 그는 어딘가 이상했다. 경계선이 흐릿하다고 해야 할까. 마치 연기에 싸인 것처럼 희미했다. 깜짝 놀란 성식은 거울을 향해 다가가 손을 들어 만지려다 멈칫했다. 거울 속에 따라 움직이는 자기 모습이 일렁거렸다.

"내가…… 왜 이래?"

메아리처럼 흩어지는 목소리까지.

그때, 문밖에서 쿵쿵 두드리는 소리가 들렸다.

"안에 있습니까?"

익숙한 목소리. 열쇠 돌아가는 소리와 함께 문이 열

리더니 강림이 방 안으로 들어섰다. 그는 방 안을 한번 훑어보더니 성식을 발견하고 눈살을 찌푸렸다.

"왜 수업에 안 나오셨습니까? 누가 걱정하던데요."

성식은 간신히 입술을 뗐다.

"좀 아팠습니다."

강림은 흐릿해진 성식의 모습을 바라보며 나지막히 물었다.

"아직도 의심하세요?"

"의심이라니, 무슨 말입니까?"

"당신이 무가치한 사람이라고 생각하느냐고요. 스스로를 쓸모없다고 느낄수록 정말로 쓸모없어지는 거예요. 감기가 아닙니다. 몸도, 마음도, 모두 연기가 되어 사라진다는 말입니다."

몸뿐만 아니라 마음까지도? 성식은 고개를 설레설레 저었다.

"거, 거짓말하지 마시오!"

"거짓말 아닙니다. 이곳은 환생 학교예요. 처음에 분명히 말씀드렸죠? 팔자를 고칠 수도 있을 거라고. 하지만 졸업하지 못하면, 그대로 사라지는 겁니다. 아, 그러고 보니 최성식 씨. 죽을 생각이었던가요? 아주 창의적인 방법으로 말이에요. 연기가 되어 사라지는 것도 괜찮죠?"

성식은 자리에 털썩 주저앉았다. 죽을 각오를 했었지만, 막상 현실로 다가오자 후회가 밀려들었다.

"아무도 내 존재를, 내 죽음을 알아주지 않고, 홀로 외롭게 사라지는 겁니까?"

강림이 무표정한 얼굴로 말했다.

"다 그런 것 아니겠습니까? 사람들 대부분은 자기 쓸모를 증명하려고 애쓰며 살아가죠. 그게 실패하면 어떻게 되는지 아십니까? 당신처럼 됩니다. 서서히 잊히는 거죠."

강림의 말이 가슴을 파고들었다. 스스로를 자책하며 살아왔던 지난날들이 떠올랐다. 모두에게 그는 하찮은 부품과 다를 바 없었을 것이다. 언제든 대체 가능하고, 버려질 존재.

"그렇군요. 저는 결국 쓸모를 증명하지 못했어요."

성식은 눈앞이 뿌옇게 흐려짐을 느꼈다. 깜짝 놀라서 두 손으로 눈가를 훔쳤지만, 뜨거운 눈물은 쉽게 멈추지 않았다. 그는 자리에 주저앉아 어린아이처럼 흐느꼈다.

얼마나 울었을까. 성식은 강림의 묵직한 손길을 느꼈다.

"남들이 결정하게 놔두지 마세요."

성식은 흐르는 눈물을 닦지도 않은 채 강림을 바라보았다.

"당신의 쓸모를 왜 남이 결정하게 만듭니까? 그건 당신이 정하는 거지. 아니, 쓸모를 찾아다닐 필요도 없어요."

내가 내 쓸모를 정한다고? 성식은 자신의 두 손을 내려다보았다. 연기가 되어 사라지는 몸을 바라보고 있으니 강림의 말을 받아들이기 힘들었다.

"내가 뭘 할 수 있는지도 모르겠는데……."

강림은 답답하다는 듯 혀를 차더니 따라오라며 발길을 돌렸다. 이 밤에 어딜 가자는 걸까? 물어도 그는 대답이 없었다. 설마 저승일까? 성식은 힘겹게 몸을 일으켜 그의 뒤를 따랐다. 강림은 누가 저승사자 아니랄까 봐 칠흑 같은 밤길도 잘 걸었다. 돌부리에 걸려 몇 번이나 넘어질 뻔했는데도 기다리지 않고 제 갈 길만 가는 그가 성식은 야속하기도 했다. 그를 따라잡느라 뛰다시피 해서 숨이 찼다. 그렇게 도착한 곳은 저승이 아니었다.

건물을 세우라 했던 집터였다. 강림은 멈춰 서더니 성식을 돌아보았다. 달빛 아래 강림의 얼굴은 딱딱하게 보이지만은 않았다. 대체 왜 이곳으로 데려왔을까? 성식이 고개를 갸웃하는 사이, 어둠 사이로 그림자들이 스치듯 지나갔다. 성식은 눈을 부릅뜨고 그림자의 정체를 확인했다. 흐릿했던 존재들이 서서히 모습을 드러냈다. 깔깔거리기도 하고, 이마에 흐른 땀을 훔치기도 하는 그들은 한 무리의 사람들이었다.

낡은 청바지, 헤어진 셔츠를 입은 그들이 집을 짓고 있었다. 다들 처음 보는 얼굴이었다. 환생 학교 학생들은 아닌 것 같은데? 성식의 시선을 눈치챘는지 강림이 손을 들어 그들을 불렀다. 그들 중 키가 훤칠하고 준수하게 생긴 젊은이가 환하게 웃으며 다가왔다.

"오셨습니까!"

그는 강림이 아닌 성식에게 인사했다. 처음 보는 낯선 청년이 너무나도 반갑게 맞아주니 성식은 어떻게 반응해야 좋을지 몰랐다. 어색하게 인사를 받으며 청년이 내민 손을 잡았다.

"덕분에 집을 지을 수 있게 되었습니다. 감사합니다."

"네? 제가 뭘 했다고…….."

청년은 일하고 있는 사람들을 돌아보며 말을 이었다.

"저희를 다 고치지 않으셨습니까."

무슨 말을 하는 걸까? 어제 성식이 한 일이라곤 대장간 연장들을 손질한 것밖에 없는데? 바로 그 순간, 성식은 눈앞의 젊은이가 나사를 조여 수리한 삽처럼 보였다. 깜짝 놀란 성식은 눈을 비비고 다시 보았다.

"저, 어제 어르신이 손질한 그 삽 맞습니다."

이 청년이 나이 든 사람 놀리는 걸까? 성식의 시선은,

그러나 어느새 다른 이들로 옮겨갔다. 주변에 모인 사람들, 아니, 사람이라고 부르기엔 어딘가 어색했다. 자세히 보니 그들은 인간의 형체를 하고 있으면서도 망치와 톱, 드라이버 같은 도구의 흔적을 품고 있었다. 어떤 이는 팔이 망치로 되어 있었고, 또 다른 이는 몸 한쪽이 톱날처럼 빛났다. 도무지 이해할 수 없는 기괴한 풍경이었다. 그럼에도 웃고 떠들며 일하는 그들의 모습은 너무나도 정겨워 보였다.

청년은 자신들이 대장간의 담당 교사이자 오래된 연장들이 변화한 도깨비라며, 재차 고개를 숙였다.

"어르신이 어젯밤 내내 닳고 녹슨 우리를 고쳐주신 덕분에 이렇게 다시 움직일 수 있게 되었습니다."

"내가…… 말입니까?"

옆에서 지켜보던 강림이 말을 거들었다.

"지금처럼 사세요. 지나가던 행인 차도 좀 수리해주고, 교회에 가서 쌍화탕도 얻어 마시고, 봉사활동도 가고. 또 사랑도 하면서요. 그러다 보면 쓸모는 자연히 생겨요. 지금부터라도 자신을 믿어보라는 말입니다. 사라지기엔 아직 할 일이 많이 남았으니까. 그리고 누가 그럽디다. 당신 참 좋은 사람이라고."

강림의 말이 끝나기도 전에 청년이 성식의 손을 잡았다.

"같이하시겠어요? 어르신 솜씨가 필요할 것 같은데."

내가 좋은 사람이라니. 성식은 고개를 갸웃하면서도, 이상하게 기분이 좋아졌다. 언제 아팠냐는 듯 기운이 돌았다. 손을 두어 번 쥐었다 폈다 해보았다. 지겹도록 괴롭히던 관절염이 환생 학교에 와서는 제법 나은 듯했다. 할 수 있겠다는 자신감이 차올랐다.

"좋습니다. 저도 돕지요."

그는 가지고 있던 연장을 단단히 쥐었다. 남은 한 손에는 벽돌을 들고 하나씩 쌓아 올렸다. 한참을 일하다 보니 시간은 훌쩍 흘렀고, 이마 위로 땀이 송골송골 맺혔다.

나사 같은 삶. 언제든 대체될 수 있는 흔하디 흔한 존재. 성식은 자신을 그렇게 여겼다. 하지만 문득 이런 생각이 들었다. 눈에 띄지 않는 삶이 꼭 보잘것없는 것은 아니라고. 모두가 태양처럼 빛날 수는 없고, 태양만으로는 우주를 이루지도 못하니까.

작고 흔한 나사 하나 없이는 거대한 기계가 돌아갈 수 없다. 아무도 주목하지 않는 먼지 한 톨이 없었다면 별과 행성은 결코 탄생하지 못했으리라. 보이지 않을 만큼 작고 평범한 존재라도, 자신의 자리를 지킬 때 세상은 비로소 완전해지겠지.

희미해진 몸을 받아들이겠다고 마음먹은 순간, 성식

은 깨달았다. 내가 두려운 건, 나를 잊을 세상이 아니라 스스로를 잊어가는 마음이었음을.

'빛나지 않아도 괜찮아.'

나로서, 지금 이 자리에서 살아가는 것만으로도 충분해. 내 손으로 하나씩 쌓아 올린 벽돌처럼 내 삶의 흔적은 반드시 남을 테니까. 그것이 누군가에게 울림이 된다면 그걸로 족할 것 같았다.

세상을 완성하는 일은 태양 같은 사람만의 몫이 아니다. 땀 흘리며 하루를 견뎌낸 모두가 작은 기둥이 되어 세상을 떠받친다. 그는 몰랐지만, 그제야 성식의 몸은 단단한 빛깔을 띠기 시작했다. 그 어느 때보다도 밝고 빛나게.

삶에 미련이 생겼다.

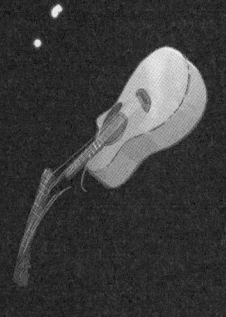

4교시
인생 정리의 정석

송
지
혜

41세

"지혜 씨, 안타깝지만 어쩔 수 없잖아. 그냥 다음 기회를 보자. 응?"

"팀장님, 그건 그렇지만요……."

진효주 팀장이 한숨을 내쉬며 지혜의 말을 잘랐다.

"지혜 씨, 일 안 할 거야? 알잖아. 김치윤 대표가 입 잘못 열면 재취직도 힘들어."

진 팀장도 더는 이 일에 관여하고 싶지 않은 눈치였다.

"똥이 무서워서 피하니? 더러워서 피하지. 좀 쉬다가

나와서 일해. 내가 술 한번 살게."

하긴, 괜히 말 들어주다 김 대표 귀에 들어가면 한패로 엮일지도 모른다. 몸 사리는 것이겠지. 알겠다고 대답한 뒤 전화를 끊었지만, 지혜는 미칠 것 같았다. 재취직? 밀린 월급? 돈이 문제가 아니었다. 성희롱이고 인격 모독이었다. 그렇지만 주위에 지혜 편은 없었다.

세상 모든 사람이 자신을 만만하게 보는 것 같았다. 이도 저도 아닌 유야무야한 사람. 좌로 흔들면 좌로 흔들리고, 우로 흔들면 우로 흔들리는 호구. '내가 동네북이야?' 하고 물으면, 제비가 와서 머리로 둥, 소리가 나게 갖다 박을 것 같았다. 그런데도 화는 못 내는 인간. 이러니 갑질이란 갑질은 다 당하고 살지. 심지어 그런 소리를 들어놓고도 하소연밖에 할 수 없는, 그마저도 입 다물어야 하는 자신이 너무 한심했다.

아무도 그녀의 얘기를 들어주지 않았다.

혼자 삭이려니 속이 부글거렸다. 썩어가는 속을 달래기 위해서라도 화끈한 무언가가 필요했다. 지혜는 주방으로 가 라면 냄비에 물을 올렸다. 소주 한 병을 꺼내 잔부터 채울 때였다.

"야밤에 무슨 혼술이니?"

엄마였다. 지혜는 소주잔을 꼭 쥐었다.

"그냥 아무 말 안 하면 안 될까? 나 지금 말할 기분 아닌데."

"나야 아무 말 안 하고 싶지. 아무리 그래도 휴가 받아놓고 집에서 술만 먹으니 엄마가 걱정이……."

지혜는 술잔을 한입에 털어버리고 잔이 부서져라 내려놓았다. 엄마가 깜짝 놀라 어깨를 움찔했다. 그런데도 지혜는 눈을 치켜떴다.

"내 휴가 내 마음대로 쓰겠다는데 엄마가 왜 난리야?"

벌컥 화를 내니 자괴감이 몰려왔다. 엄마 앞에서만 여포지.

지혜는 그길로 방으로 들어가 겉옷을 챙겨 집을 나왔다. 종로에서 뺨 맞고 한강 가서 눈 흘긴다더니, 자신이 딱 그 짝이었다. 가슴을 후벼 파는 인간들은 따로 있는데, 왜 자꾸 엄마만 잡는지 모르겠다. 이래서 독립해야 하는데.

'성인 여성 둘, 그것도 마흔 넘은 두 사람이 한 공간을 공유하는 건 미친 짓이다.'

지혜는 이 문장을 언제나 가슴속에 품고 살았다. 마흔 넘은 여자 둘은 같은 공간에 살아선 안 된다고, 그게 시어머니와 며느리 사이든, 엄마와 딸 사이든. 특히나 서로를 너무 잘 알고, 또 너무 아낀다면, 적당한 거리가 필요하다. 그러나 엄마도, 지혜도, 서로에게 밀착해 있다시피 하여 그 선을 툭하면 넘어선다.

아니, 실은 지혜가 캥거루마냥 엄마 등에 업혀 산다. 지혜는 마흔하나가 끝나가는 지금도 여전히 엄마와 한 지붕 아래 살고 있었다. 엄마는 분명 독립을 권했음에도.

지혜는 거리를 하염없이 걸었다. 주변에 아파트가 이리도 많구나. 그런데 왜 나는 이 나이에도 내 집 하나 없을까. 새삼 서럽고 주눅도 들었다. 내 처지에 무슨 아파트냐. 수중에 돈 한 푼 없는데.

정신없이 집을 나서는 중에도 한 손에 소주병을 든 채였다. 이러다 정말로 알코올의존증 환자가 되는 건 아닐까. 지혜는 안주도 없이 소주를 들이켜며 아파트가 보이지 않는 곳을 찾아 걷고 또 걸었다.

차츰 동네의 스카이라인이 낮아졌다. 낮은 건물들이 촘촘히 들어선 골목. 이 부근이라면 집세가 조금 저렴하지 않을까? 밤이 가까워서인지 중개사무소 문이 대부분 닫혀 있었지만 유리창에 게시된 매물 조건은 살펴볼 수 있었다. 가까이 다가간 지혜는 매매가를 보고 눈을 의심했다.

술에 취했나? 눈을 두어 번 끔뻑이고 다시 보았다. 0을 꼼꼼히 세어보기도 했다. 달라지는 건 없었다.

"세상에 무슨 25평 아파트가……."

지혜는 평생을 모아도 못 모을 액수였다. 씨파……

최악이야……

  그녀는 남은 소주 한 모금까지 탈탈 털어 마시며 걸음을 돌렸다. 가물거리는 정신을 붙잡고 횡단보도를 건너던 때였다.

  빵빵!

  트럭 한 대가 경적을 요란하게 울리며 지나갔다. 하마터면 치일 뻔한 상황. 지혜는 정신이 번쩍 들어 몸을 잽싸게 날렸다. 다행히 사고는 면했지만, 바닥에 구르고 말았다.

  "아야, 씨이……"

  무릎, 팔꿈치, 허리가 쑤셨다. 사십을 넘기고부터는 몸이 유연하지 못했다. 이제는 몸을 사려도 모자랄 판에 땅바닥에 몸을 내동댕이치고 앉았으니. 내 팔자야.

  몸을 일으키는 지혜 눈앞으로 노란 불빛을 켠 부동산 간판이 보였다.

  환생 부동산.

  절로 눈살을 찌푸리게 하는 이름이었지만, 유리창에 부착된 월세 매물을 보는 순간, 지혜는 눈이 번쩍 뜨였다.

  신축 건물. 셰어하우스. 방 한 칸 무료 제공. 선착순 모집.

  처음엔 장난이겠지 싶었다. 누가 방 한 칸을 돈도 안 받고 무료로 빌려준단 말인가? 그런데도 지혜는 자기도 모르게 발길이 이끌렸다. 독립하면 좀 나을까? 엄마에게 화내는 일은 좀 잦아들겠지? 어쩌면 책임감이라는 게 생길지도 모른다. 그렇다고 현실이 달라질까? 모르겠다. 당장 이틀 뒤면 진 팀장의 배려로 받은 3일 치 휴가도 끝난다. 김 대표와 얼굴 마주할 자신이 없었다. 그렇다고 회사를 그만두기도 두려웠다. 일자리를 구하지 못하는 잉여 인간이 되어 엄마 골수까지 쪽쪽 빨아먹을 것 같았다. 엄마 앞길을 떡하니 막는 똥차가 되어서.

입가에 흐른 침을 훔치며 부동산 문을 열었다. 문을 밀고 들어서자 바깥의 소음이 갑자기 뚝 끊겼다. 적막한 실내. 부동산치고는 너무 썰렁하다는 느낌이 들었다. 희미하게 빛나는 회색 톤 벽지. 눅눅한 종이 냄새가 풍기는 게 꼭 오래된 도서관 같았다. 아늑하면서도 서늘한 두 가지 기운이 동시에 풍겨왔다.

책상 뒤에는 검은 정장을 입은 남자가 앉아 있었다. 그는 지혜를 보자 손에 든 신문을 내려놓고 입을 열었다.

"무슨 일로 오셨습니까?"

험상궂은 표정. 커다란 덩치. 주먹 좀 쓸 것 같은 인상에 지혜는 괜히 들어왔다는 생각이 들었다. 그래서 슬금슬금 나가려는데, 어찌 된 일인지 문이 열리지 않았다. 당황한 마음에 문손잡이를 잡고 흔들자 그가 성큼성큼 다가왔다. 지혜는 꺄악 비명을 지르며 풀썩 주저앉았다.

"뭘 그렇게 소리를 질러요? 문이 고장 나서 잘 안 열리거든요."

그는 문손잡이를 몇 번 흔들었다. 문은 거짓말처럼 스르륵 열렸다. 지혜는 빠르게 뛰는 가슴을 진정시키며 자리에서 일어났다. 남자는 어서 나가보라며 손짓하곤 책상으로 돌아와 다시 신문을 집어 들었다.

이성을 되찾자, 두려움이 조금 사라졌다. 지혜는 주춤주춤 다가가 어렵게 입을 열었다.

"방을 좀 구하고 있는데요. 저 셰어하우스…… 아직 있나요?"

"아, 그 방요? 마침 딱 한 자리가 남았는데, 원하신다면 바로 계약서를 드리죠. 입주 원하는 사람이 워낙 많아서."

덜컥 계약해도 될까? 가진 건 쥐뿔도 없는데? 그렇지만 이대로 물러나면 답이 없었다. 혹시나 일이 틀어지면 그냥 죽자는 심정으로 계약서를 달라고 했다. 남자는 희미하게 웃더니 말을 돌렸다.

"그런데 손님에게 이 방이 꼭 필요할까 싶기는 합니다."

갑자기 왜 태세 전환이람? 밀당하는 거야? 설마 공짜 월세는 미끼 광고였나? 이러다 한두 달 살고 유료로 바뀌는 거 아니야? 알아듣게 설명해달라고 하자, 그가 더욱 아리송한 말을 남겼다.

"이 방은 특별한 사연이 있는 분들께만 제공되고 있어서요."

무슨 입주 조건이 그래? 기가 차면서도 자신 있었다. 사연이라면 지혜도 뒤지지 않았다.

"제 사정이 어떤지 모르시잖아요."

남자는 신문을 탁 덮으며 지혜를 뚫어져라 보았다. 맛있는 먹이라도 발견한 고양이처럼.

"그 사정 좀 들어볼 수 있을까요?"

"제가 왜 그쪽에게 제 사정을 말해야 하죠? 방 보러 왔는데, 무슨 면접 보는 것도 아니고."

지혜는 당황스럽다 못해 불쾌했다. 하지만 남자는 그럼 그만두라는 식으로, 자긴 급할 것도 없고 아쉬울 것도 없다는 투로 말했다.

"여기 방은 아무나 들어갈 수 있는 게 아니니까요. 나름 까다로운 기준이 있어요."

남자는 책상 위에 다리를 올리며 거만한 자세로 말을 이었다.

"방을 얻는 데는 세 가지 조건이 필요합니다. 첫째, 정말 절실한가. 그걸 알기 위해 어떤 사정인지 물은 겁니다.

그리고 둘째, 독립할 준비가 됐나. 정말로 혼자 살 수 있겠어요? 셋째, 묵혀둔 짐들을 정리할 각오가 되어 있는가. 새로운 시작을 위해서는 과거를 한 번쯤 정리해야겠죠?"

지혜는 황당해서 그를 쏘아보았다.

"철학 수업이라도 들으라는 거예요?"

"뭐, 비슷하죠. 여긴 평범한 방이 아니니까."

"방이 방이지. 평범한 방이 아니면 뭐예요?"

"직접 보면 알 겁니다."

지혜는 코웃음이 나왔다. 무슨 사이비 종교 단체인가? 괜히 따라갔다가 평생 못 나오는 거 아니야? 지혜는 뉴스에서 보았던 광신도들이 떠올랐다. 그러나 아직 남아 있는 술기운 때문인지, 아니면 최근 연쇄적으로 벌어진 일 때문인지, 지혜는 하소연하듯 자기 사정을 털어놓게 됐다. 가만히 듣던 남자가 고개를 끄덕였다.

"그 정도면 방을 내어드릴 충분한 사유가 되네요. 단, 셰어하우스가 여기서 좀 멀어요. 괜찮으시다면 지금 바로 안내해드릴 수 있어요."

남자가 부동산 문을 열었다. 그러자 아까까지만 해도 보이지 않던 노란색 스쿨버스가 부동산 앞에 서 있었다. 그 안에는 다른 사람 몇 명이 타고 있었는데, 모두 지친 기색으로 버스가 출발하기만을 기다리는 것 같았다.

"저분들도 셰어하우스 입주자들인가요?"

남자가 알 수 없는 미소를 지었다.

"그렇다고 할 수 있죠. 어떻게, 버스에 오르시겠어요?"

잠시 고민하던 지혜는 이내 결심했다. 10년을 미루어 온 독립, 더는 미루지 말자!

"네, 좋아요."

그렇게 따라온 곳이 바로 이곳 환생 학교였다.

지혜는 처음엔 너무 기가 차서 당장 집으로 돌려보내 달라고 할 참이었다. 그런데 놀랍게도, 버스에 같이 탄 사람 중 한 사람의 얼굴이 낯이 익었다. 나중에 그 할아버지가 자기 이름을 밝혔을 땐, 귀를 의심했다.

최성식.

분명했다. 엄마가 자기 남자 친구라며 말해준 이름. 한번 보라며, 싫다는데도 억지로 보여준 사진 속 그 할아버지였다.

혹시 몰라 성식에게 그 점을 확인하고 싶었으나 선뜻 다가갈 수 없었다. 막상 마주한들 그에게 무슨 말을 한단 말인가? 나는 순애 여사의 딸 지혜인데, 혹시 그쪽이 우리 엄마랑 결혼을 약속했던 최성식 씨 되시냐고 물을 것인가, 그게 아니라면 도대체 무슨 이유로 이곳에 오게 된 거냐고 물을 것인가? 한편으로는 성식이 이곳에 오게 된 걸 엄마가 알면 얼마나 슬퍼할까 걱정이 뒤따르기도 했다.

여튼 방 한 칸을 준다 하여 따라나선 곳이 환생을 준비하는 학교라니. 지혜는 환생할 아무런 이유가 없었다. 그런데 이곳에서 지내다 보니 어쩌면 환생도 나쁘지 않겠다는 생각이 들었다. 식당에서 사람들이 수런수런하는 얘기를 본의 아니게 주워 듣게 될 때가 있었다. 이곳에 모인 학생들은 현생에서 모진 일이란 일은 다 겪은 사람들이었다. 그들에 비할 바는 안 되지만, 생각해보니 자신의 삶도 그리 순탄하지는 않았다. 자기도 다시 한번 환생하여 멋들어진 삶을 살아볼까 싶다가도 엄마가 명치에 턱 걸렸다.

불쌍한 우리 엄마, 나 없이 어떻게 살라고. 가뜩이나 외로움을 많이 타는데. 게다가 결혼을 약속했던 성식은 환생이라도 하려는 듯 이곳에 와 있고, 엄마는 지금도 홀로 티브이나 우두커니 보고 있는 건 아닌지.

'역시 엄마에게는 내가 필요해.'

그렇게 말을 삼키면서도, 실은 자신이야말로 엄마가 필요한 것일지도 모른다고 생각했다. 어릴 적부터 엄마 겸 딱지란 별명답게 엄마 곁에 딱 붙어 떨어질 줄 몰랐던 지혜였으니까. 그게 41년이 지난 지금까지도 이어져오고 있었다.

셰
어
하
우
스
/

일해는 지혜와 성식의 관계가 궁금했다.

그녀가 성식의 안부를 물어 오다니. 일해는 성식이 조금 아팠고, 지금은 괜찮다는 사실을 전해주었다. 지혜는 "그렇군요" 하고 고개를 두어 번 끄덕거릴 뿐이었다. 이곳에서 누구에게도 관심 주지 않던 지혜였다. 그런 그녀가 성식의 이름을 입에 올리니, 일해로서는 고개를 갸웃할 수밖에. 성식에게 혹시 지혜와 전부터 알고 지냈느냐고 물었지만, 그는 고개를 저었다.

"그런데 왠지 낯이 익어."

지혜는 어쩐지 성식의 곁을 맴도는 것 같았다. 그러면서도 어느 선 이상으로는 다가가지 않았다. 일해가 나서서 두 사람을 붙여주고 싶어도, 쉽지 않았다. 지혜는 일해가 다가오면 어떻게 눈치챘는지 벌써 멀찌감치 멀어졌으니까. 2교시 수업 쉬는 시간에 잠시 카페에서 인사한 것을 빼면, 지혜는 누구와도 접촉이 없었다.

"뭐 하나, 제자?"

누군가 농담처럼 던진 말에 일해는 고개를 돌렸다.

"싸부! 몸은 좀 괜찮으세요?"

그는 싸부라는 말이 듣기 좋은지 씨익 웃으며 팔을 휘휘 돌렸다. 아무래도 자신이 환생 학교 체질인 것 같다며, 여기서 영원히 살아야겠다고 했다.

"진심이세요?"

"아니지. 돌아가야지. 순애 곁으로."

일해가 호기심으로 눈을 반짝이며 순애가 누구냐고 물었다. 성식은 입꼬리를 올리며 휴대폰에 저장된 순애의 사진을 내밀었다.

"와, 엄청 미인이시네요."

성식의 입가에 짙은 그림자가 드리웠다.

"미인이지. 마음도 미인 외모도 미인. 이런 분을 두고 내가 잠시 딴생각을 품었어. 다시 돌아가서 사과하려고. 내 못난 마음도, 상처 준 것도 전부 다. 그리고 다시 시작할 거야. 당당하게!"

"그럼…… 환생은 안 하실 거예요?"

"아직 순애 씨에게 작별 인사도 하지 못했는데 환생할 수는 없잖아. 혹 생의 끝자락에 이곳을 다시 찾더라도, 그때는 순애 씨 손 꼭 붙잡고 입학하고 싶어."

이런저런 얘기를 나누며, 일해는 성식의 생활고를 알게 됐다. 성식은 심한 관절염이 일자리 얻는 데 걸림돌이 된다고 했다. 현생으로 돌아가도 그게 걱정이라며 눈매를 굳혔다. 일해는 성식에게 유튜브를 재차 권했다. 시니어 콘텐츠가 인기이니 해볼 만했다. 성식은 괜한 소리 하지 말라고 했지만, 일해는 유튜브 채널을 만드는 법과 영상 찍는 요령 등을 얼마든지 알려줄 작정이었다.

성식은 열심히 떠드는 일해를 가만히 응시했다. 그 예리한 눈빛에 일해의 말수가 차츰 줄어들었다.

"자네도 환생 포기하려고?"

아차 싶었다. 내가 현생의 일들을 입에 올리다니.

모둠원 중 세 번의 수업을 다 통과한 사람은 일해와 은비, 그리고 영수 세 사람이었다. 영수와 은비는 현생으로 돌아간다고 했다.

이미 졸업을 확정한 학생들은 남은 수업을 여유롭게 즐겼다. 그들은 환생을 할 수 있게 됐다며 밤늦도록 축배를 들기도 했다. 반면 1, 2교시 수업을 실패한 이들은 골방에 틀어박혀 나오지 않았다. 지옥으로 가든 말든 상관없다는 태도였다.

환생을 할지 말지, 여전히 고민하는 이들도 있겠지? 하지만 일해는.

"환생해야죠. 그러려고 남은 건데."

현생으로 돌아가면 암울한 앞날만 기다리고 있을 테다. 잠자코 있던 성식이 물었다.

"여기 오기 전에 음악을 했다고?"

"네. 아무도 알아주지 않는 무명이었지만요."

"무슨 소리. 나 자네 알아. 유튜브에 음악 올리잖아."

놀란 일해에게 그는 말했다. 알레고리인지 알고리즘인지, 일해의 영상을 추천해주었다고. 성식은 일해의 음악을 듣다가 죽을 타이밍을 놓쳤다고 했다. 그 음악이 아니었으면 어떻게든 끝장을 봤을 텐데, 노래를 듣는 바람에 노란 버스를 발견하게 됐다는 것이다.

"그 가사에 이런 구절이 있잖아. '당신을 기다리는 오직 한 사람.' 그 가사를 듣는데, 곤란해하는 강림이 딱 눈에 들어오더라고. 뭔가 운명 같지 않아?"

운명이라. 일해는 그 운명이란 놈이 실은 영 못마땅했다.

"개똥 같은 운명이죠."

"운명은 짓궂어서 누군가의 발걸음을 진흙탕에 빠뜨리기도 한대. 하지만 진실로 도움을 바라는 자에게는 그 길을 열어준다잖아. 자네가 쓴 가사처럼, 혹시 아나? 운명이 오직 자네를 기다리고 있을지."

"모르겠어요. 계속해도 될지."

"뭘 몰라? 그냥 하면 되잖아. 누구 허락받아야 하는 일도 아닌데."

허락, 받아야 하지 않나? 유튜브 조회 수는 10도 안 나오고, 구독자도 백 명이 안 되는데.

일해는 성식의 너그러운 눈을 마주했다. 가슴 밑바닥에서부터 따뜻한 무엇인가가 눈시울까지 밀려왔다.

"그래도 될까요?"

"그럼. 되고말고. 자네가 자네를 허락해줘."

3교시 수업은 전원 통과라며 모두 집 앞으로 모이라고 했다. 지혜는 그게 성식의 활약 덕분이라는 사실을 뒤늦게 알게 되었다. 아침 먹을 때 식당에서 일해라는 남자가 성식이 얼마나 대단한지 한참을 떠들어댔으니까. 3교시 수업을 통해 만들어진 집이 바로 강림이 말했던 셰어하우스였다. 동생이 성식에 대해서 나쁜 말만 해댔기에, 지혜도 성식을 모난 눈으로 봤던 모양이다. 그가 집 짓기 일등 공신이라는 말에 지혜는 내심 많이 놀랐다.

지혜는 성식을 처음 알게 된 날을 떠올렸다. 동생 지한 내외와 아빠 제사를 준비하던 날. 엄마가 폭탄을 던졌다.

"나, 사랑하는 남자 생겼다. 그이와 결혼하려고."

아빠 제삿날 할 말로는 적절치 않은 내용이었다. 지한은 믿기지 않는다는 반응이었다. 왜 갑자기 결혼을 하려는지 꼬치꼬치 캐묻더니, 급기야 엄마의 남자 친구를 만나고 돌아왔다. 그러곤 이 결혼은 절대 허락할 수 없다며 엄마에게 그 남자랑 당장 헤어지라고 했다.

"엄마, 제발 좀 정신 차려. 그 사람이 엄마 좋대? 엄마 돈 보고 결혼하려는 거야!"

"그놈의 돈돈! 니들은 엄마가 돈으로밖에 안 보이니? 엄마가 그 사람이 좋다는데 왜 그래? 엄마는 마음대로 사랑도 못 하니?"

엄마 아빠는 평생 순대국밥집을 하며 악착같이 돈을 벌었다. 다행히 장사가 잘되어 제법 재산을 일구었다. 그래서 지혜와 지한은 학창 시절, 경제적 어려움이 없이 자랐다. 다만, 부모님이 너무 바쁜 탓에 웬만한 일은 스스로 해결해야 했다. 지한은 공부를 곧잘 했고, 이른 나이에 군대를 다녀왔다. 하필 그 무렵 아빠가 돌아가셔서 이후 엄마 홀로 국밥집을 꾸려야 했지만, 엄마는 힘들다는 소리 없이 묵묵히 일을 이어갔다.

엄마의 성격을 닮은 탓인지 지한도 자기 앞가림을 잘했다. 일찌감치 취업을 준비하더니 합격하여 직장에서 지금의 아내를 만났다. 서른 초반의 나이에 결혼을 하고 여섯 살짜리 조카를 낳아 알콩달콩 잘 지내고 있는 동생을 보면, 지혜는 지한이 부럽기도 하고 기특하기도 했다.

지혜는 공부보다는 소설 읽는 데 푹 빠져 학창 시절을 보냈다. 다른 애들은 공부하다 생긴 황금 같은 자유 시간에 영화도 보러 가고 노래방도 가던데, 지혜는 그런 추억이 없었다. 나만의 이야기를 짓고 싶었던 지혜는 도서실 한 귀퉁이나 방 침대 위에서 소설을 읽곤 했다. 성적이 그다지 좋지 않아 지방에 있는 4년제 국문학과를 나왔고, 그 뒤로 소설가를 꿈꿨으나 재능의 한계를 느끼고 잠시 교직 준비를 했었다.

하지만 그마저도 쉽지 않았다. 밥벌이를 고민하던 중 엄마가 출판사는 어떠냐며 넌지시 물었다. 지혜도 그게 좋았다. 좋아하는 책이나 실컷 읽고 싶다는 안일한 마음도 있었다. 활자 읽는 건 자신 있었으니까. 이후 출판사 편집자로 취직하여 몇 번의 이직을 통해 지금의 출판사에 자리 잡게 되었다.

엄마가 결혼을 하고 성식과 한집에서 살겠다고 말했을 때, 지혜는 성식이 부담스러워 독립을 생각했다. 물론 지한이 결사반대를 외치고 있으니 결혼 성사 여부는 알 수 없는 일이다. 지한은 성식이 "가진 건 쥐뿔도 없고 몸도 그리 성해 보이지 않는 사람이 언감생심 엄마를 노린다"고 했다. 그러니 우리가 어떻게든 엄마를 지켜야 한다고. 성식이 엄마 재산 갈취하게 놔둘 수는 없지 않냐고.

그런데 보면 볼수록 성식은 그런 사기꾼과는 거리가 멀게 느껴졌다. 오히려 성실하다면 성실한 사람이었다. 그는 남은 한 번의 수업을 잘 마무리하려는 듯 기운찼다. 사실 그를 걱정할 게 아니다. 지혜는 자기 코가 석 자였다. 여차저차 두 번의 수업을 통과했다. 4교시 수업이 마지막이라고 했으니, 이번 수업을 해내느냐 마느냐가 졸업의 관건이었다.

만약 실패하면 어쩌지? 이대로 죽는 건가? 그건 싫은데……

그렇다고 뭔가를 주도적으로 하기도 힘들었다. 2교

시에 옷을 제대로 못 만든 것도 뭐 하나 끝까지 해내지 못하고 포기하는 성격 때문이었다. 지혜는 늘 그래왔다. 적당히 하다가 힘들면 포기하는. 그때마다 대신 나서준 사람은 주변인들이었다. 가장 먼저는 엄마, 그리고 전 남자 친구 형우. 이제는 아무도 없다. 스스로 해내야 함을 알지만, 마음과 달리 손과 발은 덜컥덜컥 멈춰버렸다.

공터에 도착한 순간, 지혜는 눈을 의심했다. 그곳은 더 이상 공터가 아니었다. 10층짜리 빨간 벽돌 건물이 마치 오래전부터 그 자리를 지켜온 것처럼 당당하게 서 있었다. 사람의 손으로 이렇게 단시간에 집을 완성하는 일은 불가능하다. 하지만 이곳은 환생 학교였다. 현실의 상식을 초월한 일들이 아무렇지 않게 일어나는 곳.

강림이 모인 사람들에게 한번 둘러볼 것을 권했다. 출입문 옆 동판에 새겨진 작은 글자 'Re:birth'. 인테리어는 아직 마무리가 안 됐겠지? 지혜는 긴장 반, 기대 반으로 문을 열었다. 따뜻한 공기가 얼굴을 스쳤다. 안은 그녀의 예상과는 전혀 달랐다. 각 방으로 이어지는 복도는 은은한 나무 향기로 가득했다. 바닥에는 매끈한 목재 마루가 깔려 있었다. 천장에는 따스한 빛을 내는 조명이, 벽에는 사계절을 표현한 액자가 줄느런히 걸려 있었다.

큰 눈을 두리번거리며 복도를 걸었다. 각 방문에 이름표가 붙어 있었다. 입학생들의 이름이었다. 층마다 여섯 개, 총 예순 개의 방이 있다고 했다. 물론 모두가 방을 채우진 않을 테다. 수업이 다 끝날 때까지 빈방도 있겠지.

지혜는 자기 방을 찾기 위해 방문을 살피며 올라갔다. 결국은 꼭대기에 이르렀다. 지혜는 헉헉거리며 불만을 토했다. 엘리베이터도 없이 집을 짓다니! 공짜 집이니 이 정도는 감수하라는 거야, 뭐야? 게다가 나는 왜 10층이지? 속이 부글부글 끓었지만, 지혜는 스스로를 달랬다. 좋게 생각하자. 10층이니까 뷰는 좋겠네. 해도 잘 들 거야.

한 걸음 한 걸음을 옮기다, 10층은 방이 일곱 개라는 것을 알게 됐다. 지혜의 방은 끝에서 두 번째 방이었다. 끝 방 명패는 이름의 종성만 새겨져 있었다.

**해

누구 방일까? 아니, 그보다 입학생은 예순 명인데, 왜 방이 예순한 개일까? 의문이 뒤따랐지만, 알 길은 없었다. 문득 입학식장에서의 일이 떠올랐다. 원래 일해 대신 다른 사람이 입학해야 했다. 혹시 그 사람 방인가? 그렇지만 그는 없는데, 굳이 방을 만들어둘 필요가 있을까?

쓸데없는 짓일지는 모르지만, 입학하지 못한 그 사람을 떠올렸다. 그는 환생의 기회를 얻지 못했다. 그 사람 입장에서는 억울할 수도 있는 일이었다. 혹은 다행이라고 생각할지도 모르고.

또 남 걱정. 내 앞가림이나 하자.

지혜는 떨리는 손으로 문손잡이를 돌렸다. 절로 감탄이 나왔다. 흰 벽지를 바른 단정한 방이 그녀를 기다렸다. 작지만 뭐든 채워 넣을 수 있는 공간이었다. 설렘과 동시에 의문이 뒤따랐다.

내가 이런 방을 가져도 될까?

과연 나는 이 방에서 잘 지낼 수 있을까? 근원을 알 수 없는 불안감이 어깨를 누르는 듯했다.

그때, 다들 거실로 모이라는 강림의 안내 방송이 나왔다. 지혜도 발길을 옮겼다. 거실에는 이미 여러 사람이 모여 있었다. 그녀와 함께 버스를 탔던 얼굴들도 하나둘 눈에 들어왔다. 일해를 비롯해 영수, 은비, 그리고 성식까지.

지혜는 성식의 얼굴이 한결 편해진 걸 보며 안도했다. 어제만 해도 많이 아파 보였으니까. 혹시 무슨 일이 있었냐고 다가가 묻고 싶었다. 너무 과한 참견 같아서 차마 말을 붙이지 못하고 대신 힐끔힐끔 그의 모습을 살피며 '왜 이곳에 온 걸까?' 하는 궁금증을 속으로만 되뇌었다.

잠시 후, 강림이 거실 한가운데로 나섰다. 모인 사람들을 둘러보며 냉소를 띤 채 입을 열었다.

"다들 자기 방 구경은 하셨죠? 사실 구경할 것도 없습니다. 텅 비어 있으니까요."

그는 사람들을 한 바퀴 휘둘러본 뒤, 의미심장한 말을 던졌다.

"그 텅 빈 방을 잘 정리하는 것이 바로 여러분에게 주어진 4교시 과제입니다. 본관 5층 복도에 여러분의 이름이 적힌 다락방이 마련되어 있어요. 그곳에서 필요한 물건들을 찾아 이곳으로 가져오시면 됩니다."

사람들이 웅성거렸다. 강림은 덩치가 큰 가구나 힘이 많이 드는 물건은 따로 표시만 해두라고 했다. 학교 측에서 옮겨줄 거라며 표시용 포스트잇을 나눠주었다. 문제는 그 양이었다. 얇은 메모지 한두 장이 아니라, 수십 장씩 묶어 나눠주니 사람들은 자연히 고개를 갸웃했다. 지혜도 마찬가지였다. 방 크기가 그리 크지도 않은데, 뭘 얼마나 많이 가져오라고 이렇게까지 준비한 걸까? 게다가 다락방에 물건이 많아봤자 얼마나 있다고.

강림은 각자에게 다락방 열쇠를 나누어주었다. 지혜도 강림에게 열쇠를 건네받았다.

"조금 늦었지만, 부동산에서 했던 약속은 지켰습니다. 이제 그 방을 원하는 대로 꾸며보세요. 첫 집을 가진 것만큼은 아니겠지만, 자기 공간을 꾸미는 재미가 있을 겁니다."

지혜는 강림이 남기고 간 금빛 열쇠를 손에 꼭 쥐었다.

사람들은 반신반의한 표정으로 셰어하우스를 나섰다. 지혜네 모둠 사람들도 천천히 걸음을 옮겼다. 지혜는 성식의 뒷모습을 힐끔거렸다. 포스트잇 묶음을 손에 들고 한동안 깊은 생각에 잠긴 듯 가만히 서 있던 성식은 이윽고 결심을 굳힌 표정으로 발걸음을 옮기기 시작했다. 그는 자신의 다락방에서 무얼 가져오려는 걸까? 지혜도 잠시 고민했다. 다락방에 어떤 물건들이 있을지 새삼 궁금하기도 했다.

본관 5층 복도에는 정말로 다락방이 줄지어 있었다. 일해는 다소 긴장한 얼굴이었다. 다른 이들도 마찬가지였다. 각자 강림에게서 받은 열쇠를 쥐고, 다락방 문을 천천히 살폈다. 지혜는 자신의 이름이 적힌 다락방을 발견하고는 심호흡을 하며 그 앞에 섰다. 일해가 바로 옆문을 가리키며 말했다.

"저는 여기네요. 물건 잘 고르시고 이따 봐요."

일해는 열쇠로 문을 열고 그 안으로 사라졌다. 지혜도 열쇠를 꽂아 돌렸다. 문손잡이를 돌리자 끼익 소리와 함께 다락방이 열렸다.

서늘한 공기가 뺨에 닿았다. 다락방 내부는 무척이나 어두워 지척을 분간하기 힘들었다. 벽을 더듬자 스위치가 손끝에 걸렸다. 그것을 누르자 딸깍 소리가 나며 불이 들어왔다. 쿵 하고 낮은 소리가 났다. 지혜는 움찔하며 뒤를 돌아보았다. 바람에 문이 닫힌 것이었다. 그녀는 가슴을 쓸어내리고 고개를 돌렸다. 두리번거리며 다락 안으로 한 걸음 내디뎠다.

먼지 덮인 잡동사니나 쌓여 있을 거라 생각했지만 눈앞에 펼쳐진 광경은 많이 달랐다. 한쪽 선반에 어릴 적 품에 꼭 안고 잤던 여우 인형이 있었다. 다른 쪽에는 중고등학교 시절 밤을 새워 읽었던 낡은 소설들이 빼곡했다. 옛 친구들과 찍은 사진들도 액자 속에서 빛바래고 있었다.

이곳에는 지혜가 이미 버렸거나 잃어버렸다고 여겼던 물건들로 가득했다. 지혜는 떨리는 가슴을 안고 천천히 물건들 사이를 오갔다. 오래된 분실물 보관소 같았다. 손때 묻은 책 한 권을 들어 펼쳤다. 페이지마다 적힌 메모가 그녀를 과거로 끌어당겼다. 그 시절, 나는 무엇을 고민했고 무엇을 꿈꿨던가. 지혜는 쓰린 미소를 지으며 책을 덮었다. 되살아난 추억들은 그리우면서도 한편으로는 지혜를 아프게 찔렀다.

또 하나 놀라운 건 다락방의 크기였다. 밖에서 봤을

때는 작아 보였는데 막상 들어오니 끝이 보이지 않을 정도로 넓었다. 벽면에는 특별한 물건들이 가지런히 걸려 있었다. 초등학교 졸업식 때 입으라고 엄마가 사준 원피스, 고3 때 엄마가 가방에 몰래 넣어준 응원 편지, 첫 월급을 받아 엄마에게 드렸던 용돈 봉투까지. 모든 것이 그녀의 인생에서 중요한 변곡점과 관련된 듯했다. 동시에 지혜는 한 가지 사실을 깨달았다. 여기 있는 물건들 대부분이 엄마와 연결되어 있다는 것을.

지혜는 물건들 앞에서 한동안 멍하니 멈춰 서 있었다. 자신의 삶에 엄마가 이렇게나 깊이 들어와 있었다는 사실을 새삼 깨달았다. 그녀는 손끝으로 물건들을 하나씩 쓰다듬었다. 어떤 질문이 뒤따랐다.

'넌 과연 엄마로부터 독립할 준비가 되어 있어? 독립한다고 해서 엄마로부터 완전히 자유로워질 수 있냐는 말이야.'

'너 스스로 무언가를 결정할 수 있어? 엄마 없이 살 수 있어?'

'나이 사십이 넘도록 넌 마마걸이었잖아. 캥거루족 주제에.'

'금방 포기할 거야. 우유부단해서 결정도 제대로 못 할 거라고.'

누군가에게서 들었거나 스스로에게 했던 질문들. 지혜는 지금도 그 질문에 대답할 수 없었다. 대신 도망치듯 조금 더 안쪽으로 걸음을 내디뎠다.

가져오고 싶은 물건들은 넘쳐났지만, 지혜는 결국 아무것도 고르지 못했다. 다락방 안을 한참 들여다보아도 어떤 걸 선택해야 할지 고민만 길어졌다.

모든 걸 가져온다면 새 방은 꽉 차다 못해 터질 것이다. 선별이 필요했지만, 무엇을 놔두고 무엇을 골라야 할지 막막했다. 엄마가 있었더라면 뭐라고 말해주었을까? 하지만 이곳에 엄마는 없다. 물건을 두고 나오든, 가지고 나오든 내가 결정해야 한다. 지혜는 망설이고 주저하다가 결국 포스트잇을 한 장도 붙이지 못한 채 다락방 문을 닫았다. 조금 더 고민해보기로 하고.

문득 다른 사람들은 어떤 물건들을 골랐을지 궁금해졌다. 일해는 뭘 골랐을까? 그의 다락방은 아직 굳게 닫혀 있었다. 지혜는 문 앞에서 서성이다 발길을 돌렸다.

저 멀리 다락방에서 후련한 얼굴로 걸어 나오는 한 사람이 눈에 들어왔다. 성식이었다. 그는 양손에 꽃 한 다발을 꼭 쥐고 있었다. 지혜는 머뭇대다가 그에게 다가갔다. 낯선 인사를 건네고는 조심스레 물었다.

"그 꽃은 뭐예요?"

꽃다발을 바라보며, 성식은 누군가를 떠올리듯 말했다.

"아, 이거. 내 여자 친구가 준 거예요."

지혜는 자기도 모르게 마른침을 삼켰다.

"여자 친구가…… 있으시군요?"

그렇게 물었다가 화들짝 놀랐다. 혹시나 '그 나이에 여자 친구 있는 게 이상하다'고 말하는 것처럼 들리려나? 지혜는 변명 아닌 변명을 늘어놓았다. 여자 친구가 낭만 있으시다고. 꽃 선물은 쓸데없다는 생각에 잘 안 하게 되는 선물이지 않냐고.

그러고 보니 형우에게 꽃 선물을 받아본 적이 있던가? 나는 형우에게 꽃 선물을 준 적이 있던가? 두 사람은 늘 실용성을 따졌다. 선물을 해도, 데이트를 해도, 어떻게 하면 효율적일 수 있을까를 고민했다. 돈 없는 청춘을 보내면서 자연스레 터득한 데이트 방법이었다. 이제 와 생각하니 씁쓸한 장면도 적지 않았다. 우리는 왜 그렇게 돈에 절절맸을까? 엄마와 성식처럼 돈을 떠나서 낭만을 주고받을 수 있는 사이였다면, 지금쯤 우리는 어떤 사이가 되었을까? 끊어진 형우와의 관계를 생각하면 가슴이 텅 비는 것 같았다. 앞으로 다가올 시간에도 지혜의 옆자리에는 형우가 없겠지. 형우를 떠나보낸 것조차도 지혜가 선택한 일이 아니었다.

이어진 성식의 말이 골똘히 생각에 빠져 있는 지혜에게 찬물을 끼얹었다.

"그런데, 헤어졌어요."

"네? 왜요? 아니, 대체 언제요?"

너무 급하게 물었나? 질문도 너무 이상했다. 성식이 수상하게 여기면 어쩌나 했는데, 다행히 그는 쓴웃음만 지을 뿐이었다.

"내가 헤어지자고 했거든요."

하마터면 미쳤냐고 물을 뻔했다. 엄마는, 성식의 입장에서는 다 잡아놓은 물고기였다. 그것도 황금어장. 결혼만 하면 그는 안락한 노후를 누릴 수 있을 것이다. 엄마가 들어놓은 연금만 해도 몇 개인데. 한편 또 속물적으로 생각하는 자신의 태도에 지혜는 혀를 내둘렀다. 송지혜, 너좀 그만해. 사랑을 왜 자꾸 돈으로 치환하는 거야?

그는 꾸벅 인사를 하고 걸음을 돌렸다. 멀어지는 성식을 지혜가 얼른 붙잡았다.

"그러니까…… 왜 헤어지셨느냐고요."

그는 당황한 듯 말을 잇지 못했다. 지혜는 너무 사적인 걸 물었다는 생각이 들었다.

"죄송해요. 제가 괜한 걸 여쭸어요."

그의 손에 든 꽃이 눈에 들어왔다.

"그분과의 추억을 간직하시게요? 그래서 꽃을 고르신 거예요?"

지혜의 물음에 성식이 고개를 저었다.

"아니요. 나는 다시 그녀에게 찾아갈 겁니다. 가서 이번에는 내가 꽃을 건넬 거예요. 다시 시작하자고, 헤어지자고 해서 미안하다고 사과할 겁니다."

지혜는 눈을 동그랗게 떴다.

"왜요?"

"내가 그녀를 사랑한다는 사실은 변함없으니까요. 그리고 나는 쓸모없는 사람이 아닙니다. 이 셰어하우스도 내가 지은걸요?"

환한 그의 미소에서 자신감이 느껴졌다. 어째서? 가진 거 쥐뿔도 없으면서 뭐가 그리 당당할까? 분명 지한이 눈에 쌍심지를 켜고 반대할 텐데? 그렇지만 왠지 성식은 꿈을 이룰 것 같았다. 그의 표정에서 강한 기운이 느껴졌다. 이곳에 온 며칠 사이에 그는 몸도 마음도 더욱 건강해진 듯했다.

그 변화가 부러웠다. 성식뿐만이 아니었다. 영수도, 은비도, 그리고 일해도 조금씩 표정에 온기가 돌았다. 이곳에서도 나는 이도 저도 아닌 낙제생일 뿐일까? 환생의 순간조차 제대로 선택하지 못하고 머물러 있게 될까?

문득 형우가 종종 하던 말이 떠올랐다.

종이배 /

"넌 나 없으면 안 돼? 스스로 좀 결정해."

형우가 지겹도록 하던 말. 데이트 코스를 정할 때도, 저녁 메뉴를 고를 때도, 지혜는 늘 형우에게 선택을 미뤘다. "난 아무거나 괜찮아." "네가 정하는 게 너도 좋잖아." 그녀는 그것을 배려라고 믿었다. 하지만 형우는 그것이 배려가 아니라 문제를 회피하는 것이라고 말했다.

"이제는 회사 그만둘지 말지까지 나한테 물어봐? 지혜야, 네 인생이야. 내 인생 아니라고."

그날, 형우의 날 선 목소리에 지혜는 차가운 물이라도 맞은 듯 얼어붙었다. 형우는 평소와 달랐다. 늘 부드럽고 무던하던 표정은 싸늘하고 단호했다. 지혜는 말없이 입술을 당겨 물었다. 차마 형우에게 사실대로 다 말할 수는 없었다.

그날은 김 대표, 그 인간에게 된통 까인 날이었다. 유튜브에서 100만 구독자를 보유한 유명 북튜버 '책과장'의 원고에 지혜가 대차게 빨간 줄을 그어 피드백한 후였다. 마침 지혜의 출판사와 비슷한 느낌의 책들을 펴내는 출판사에서 책과장에게 파격적인 조건으로 접근한 듯했다. 조금 더 높은 인세를 주겠다고, 마케팅도 확실히 밀어줄 테니 우리랑 같이 일하면 어떻겠냐고.

하필 구두계약만 이루어져 있던 상태라 책과장은 지혜의 사수인 진 팀장에게 문자를 보냈다. 죄송하지만, 함께하지 못하겠다고. 진 팀장 선에서 해결할 수 없었기에, 결국 그 일은 김 대표의 귀에 들어갔다.

그는 당장 진 팀장과 지혜를 호출했다.

"뭐야, 이게? 어떻게 따낸 계약인데!"

그가 심한 욕설을 입에 담으며 언성을 높였다. 이렇게 무산시킬 수는 없다며, 김 대표는 책과장에게 곧장 전화를 걸었다. 그 통화에서 함께하지 못하는 또 다른 이유가 담당 편집자인 지혜 때문이라는 걸 알게 됐다. 책과장이 지혜와 케미가 맞지 않는다고 한 것이다.

한마디로 지혜가 책과장의 원고에 칼질을 한 게 그 사달의 원인이었다.

"겁도 없이 네가 뭔데 감히 책과장을 까? 야, 누가 너더러 전문 편집자 하래? 그냥 좋은 원고 주서서 감사합니다, 하고 시키는 대로 교정이나 잘 볼 것이지! 너 어떻게 책임질 거야?"

김 대표는 지혜를 거칠게 몰아붙였다. 폭력적인 언사도 서슴지 않았다. 또한 계약 파기에 대한 손해를 지혜에게 전가했다. 가뜩이나 석 달 치 월급이 밀렸는데, 그중 한 달 치 월급을 못 주겠다는 것이었다.

"대, 대표님, 그래도 월급은……."

진 팀장이 만류했으나 소용없었다.

"야, 진효주 너도 월급 삭감되고 싶어서 그래? 네가 책임질 거야? 책과장 섭외하려고 들인 돈이 얼마인데. 책과장 책 팔면 벌어들일 매출이 얼마인데! 그 돈으로 니네 월급 주는 거야!"

지혜가 몸담은 출판사는 이 바닥에서 고인물급인 메이저 출판사의 임프린트 회사였다. 말이 좋아 대표지, 그는 아버지 잘 만난 사장 아들에 불과했다. 실질 업무나 미팅, 계약 검토 등은 진 팀장과 지혜의 몫이었다. 대표는 한 량처럼 출근해 되도 않는 시비나 걸다 퇴근했다. 또는 며칠씩 결근했는데, 오히려 그편이 출판사에 도움이 되는 인간이었다.

지혜보다 네 살 많은 김 대표는 이혼 경험이 있었다. 전처에게 자녀를 뺏기지 않으려고 아득바득 양육권을 가져왔지만, 정작 제대로 돌보지는 않는 듯했다. 김 대표는 첫 몇 달은 지혜에게 살갑게 굴었다. 그게 도가 지나칠 때가 있었다. 짧은 치마가 잘 어울린다는 둥, 화장이 잘 받았다는 둥 외모 칭찬이 주를 이루었다. 종종 출장을 가자 해놓고는 카페에서 한두 시간 대화만 나누었다. 회식 자리에서는 유독 지혜 옆자리를 고수하며 "나 잔 비었는데?" 벌게진 눈빛을 보낼 때가 잦았다.

태도가 돌변한 것은 지혜가 그의 저녁 식사 요청을 거절하고부터였다. 그는 자신과 밥 먹는 게 왜 싫으냐고 물었다. 그때 그는 브랜드 로고가 크게 박힌 티셔츠에 힙하다는 모자를 쓰고, 10대들이 즐겨 신는 신발을 신고 있었다. 꼭 아빠가 아들 옷을 걸친 느낌이었다. 정작 당사자는 '나 이렇게 세련되고, 젊은 감각인데? 누가 애 딸린 이혼남으로 보겠어?' 하는 표정이었다.

"싫은 건 아니고, 제가 오늘 선약이 있어서요."

남자 친구 형우와의 약속이었다. 김 대표가 눈알을 부라리며 무슨 약속이냐고 물었다. 그 모습이 꼭 독기 오른 두꺼비 같았다. 지혜는 '남자 친구'라는 말을 하려다, 입술을 당겨 물었다. 왠지 그 말을 하면 김 대표 얼굴이 더 빵빵하게 부풀 것 같아서.

그때부터 그의 꼬장 섞인 지랄이 시작됐다.

"내가 나 좋자고 밥 먹재? 작가랑 약속 있다고 했잖아! 업무의 연장선에서 작가 미팅하는데 같이 가자는 거아니야! 무슨 약속인지는 모르겠지만 취소해."

정말일까? 미팅이라고 따라나선 출장에서 커피만 줄기차게 마셨던 경험이 있었다. 지혜는 의심부터 들었다. 대표는 왜 말이 없느냐고 빚쟁이처럼 대답을 독촉했다. 누군가 대표실 문을 똑똑 두드렸다. 진 팀장이었다.

"저, 대표님. 지혜 씨도 웬만하면 그러고 싶을 거예요. 그런데 오늘은 중요한 약속이 있나 봐요."

진 팀장도 보다 못해 지혜 편을 드는 것이었다. 남자친구와 10주년이라는 말에 결혼도 아니고 연애 10주년이라니 대단하다며 자신은 지겨워서 못할 거라 비웃던 진 팀장이었다. 그런 그녀도 대표 앞에서는 형우 얘기를 일절 꺼내지 않았다. 대신 자기가 식사 자리에 참석하겠다며, 웬만한 업무는 공유하니 미팅에 차질이 없을 거라고 했다.

지혜는 이번에도 다른 이의 도움을 받았다. 진 팀장에게 고마우면서도, 그녀에게 불똥이 튈 것 같아 미안했다.

김 대표는 꼴도 보기 싫으니 다 나가라며 소리를 질렀다. 두 사람은 고개를 꾸벅 숙이고 걸음을 돌렸다. 문을 열고 나가려 할 때였다. 김 대표가 중얼거렸다.

"다 늙은 주제에 예쁘다 예쁘다 하니 진짜 예쁜 줄 아나. 누가 너 같은 거 좋아한다고 튕기기는."

지혜는 귀를 의심했다. 숨이 멎을 만큼 심장이 쿵쾅거렸다. 방금 무슨 말을 들은 걸까? 그냥 넘어갈 수 없었다. 지혜가 고개를 돌리려는 찰나, 진 팀장이 지혜의 손을 꼭 잡았다. 그녀의 단호한 표정이 하지 말라고 말리는 듯했다. 하지만 팀장님, 방금 김 대표가 한 말은……. 진 팀장은 지혜의 흔들리는 눈빛을 차분히 받았다. 다 안다고, 일단은 못 들은 척하고 그냥 나가자는 듯이.

진 팀장은 눈시울이 벌게진 지혜를 데리고 대표실을 나왔다.

그 일이 있고 두 시간 후, 지혜는 몸이 아프다는 핑계로 조퇴를 냈다. 진 팀장은 김 대표 눈치가 보인다고 했지만, 긴 한숨을 내쉬며 지혜를 보내주었다.

회사를 나서자마자 지혜는 주저앉아 엉엉 울었다. 지

나가는 사람들이 힐끔거렸다. 한 여자가 그냥 지나치지 못하고 지혜에게 휴지를 건넸다. 그 정도 휴지로는 감당할 수 없을 만큼 눈물이 나왔다.

형우와의 약속 시간은 아직 한참 남아 있었다. 엄마에게는 오늘 늦을 거라고 미리 말해두었기에 집으로 돌아가고 싶진 않았다. 일찍 들어가면 엄마가 무슨 일이냐며 신경 쓸 게 뻔하니까.

10주년이라 꾸미고 나왔는데, 울어서 화장은 다 번지고 눈도 퉁퉁 부었다. 괜히 구두를 신어서는, 걷다 보니 발뒤꿈치가 다 까졌다. 편의점에서 밴드와 양말을 샀다. 밴드를 상처에 붙이고 스타킹 위에 흰 양말을 신었다. 근처 신발 가게에서 삼선 슬리퍼를 사서 질질 끌고 다녔다. 그렇게 얼마나 돌았을까.

어디야?

형우의 메시지였다. 그제야 시간을 확인했다. 약속 시간에서 10분이나 지나 있었다. 얼른 형우에게 전화를 걸었지만 연결되지 않았다. 메시지가 왔다.

식당에 사람 많아. 문자로 해.

사람 많은 데서는 전화받기 싫다는 형우였다. 내가 또 실수한 걸까? 지혜는 얼른 답장을 보냈다.

미안해! 회사 일이 늦어서. 나 금방 가. 잠깐만 기다려줘!

근처 화장실에 들러 화장을 다시 고쳤다. 부은 눈이 좀처럼 돌아오지 않는 게 나이 탓인가 싶어 또 눈물이 날 것 같았지만 이를 악물고 참았다. 파운데이션을 두 번 세 번 더 찍어 바르고, 눈 화장을 짙게 했다. 조금이라도 생기 있어 보이려고 볼 터치도 하고.

양말과 삼선 슬리퍼는 신발 가게에서 받은 검은 봉지에 넣고, 도로 구두를 신었다. 형우에게 줄 선물을 한 손에 꼭 쥐고 약속 장소로 향했다. 저녁 장소로 예약한 미슐랭 식당. 디너는 예약하기가 하늘에 별 따기였는데, 새로 고침과 클릭 신공으로 겨우 한 자리를 얻어냈다. 가격이 사악했지만, 형우랑 같이 미슐랭 식당 가는 게 지혜의 10주년 버킷리스트 중 하나였다. 그래서 막대한 출혈을 무릅쓰고 강행했다. 오늘은 정말이지 형우랑 행복한 시간을 보내고 싶었다.

문을 열고 들어가자 형우가 보였다. 지혜는 가방에서 손거울을 꺼내 화장을 확인하고, 미소 짓는 연습을 했다. 손을 흔들며 형우에게 다가갔지만, 그의 표정은 어쩐지 조금 경직되어 있었다. 이래저래 준비하느라 30분을 더 기다리게 했으니 그럴 만도 했다. 지혜는 양손을 모아 미안하다며 싹싹 빌었다.

형우는 말이 없었다. 기분이 나쁘지만, 그냥 넘어가

겠다는 뜻이었다. 이 정도면 선방이었다. 형우는 금방 풀
릴 테니까. 10년을 사귀며 익힌 패턴이었다. 지혜는 자리
에 앉아 메뉴판을 들었다. 뭘 먹을까 살피다 자기도 모르
게 입을 떡 벌렸다. 예상은 했지만, 가격이……. 그러나 지
혜는 뭘 먹고 싶으냐고 경쾌하게 물었다. 아직 벌이가 시
원찮은 형우가 극구 반대했는데도 억지로 잡은 식당이었
다. 그래서 데이트 비용은 지혜가 감당할 생각이었다.

"이게 누구야?"

뒤통수에 꽂히는 목소리에 지혜는 온몸에 소름이 돋
았다. 지혜는 얼른 의자를 빼고 일어났다. 김 대표가 웬 여
자랑 함께 있었다. 화장이 진한 그 여자는 얼핏 보기에도
20대처럼 보였다.

"오빠, 이분은 누구?"

"아, 우리 회사 직원인데."

김 대표는 말을 끝맺는 대신 형우를 슬쩍 보았다. 누
구냐는 듯한 시선이었다. 지혜는 얼굴이 빨개지면서도 형
우를 남자 친구라고 소개했다. 김 대표가 눈을 크게 떴다.

"남자 친구 있다는 말은 안 했잖아?"

지혜는 할 말을 찾지 못했다. 그사이 김 대표가 형우
에게 명함을 내밀었다. 자신을 케이북스 대표라고 소개하
며 건들건들 인사를 건넸다. 형우는 엉거주춤 일어나 명함

을 받으며 고개를 꾸벅했다. 그가 형우의 위아래를 훑더니 비웃듯 입꼬리를 비스듬히 올렸다. 후줄근한 티셔츠에 무릎 나온 면바지, 때가 탄 흰색 운동화를 신은 형우는 김 대표의 차림과 견주면 초라해 보였다.

"송지혜 사원에게 이렇게 멋진 남자 친구가 있는 줄 몰랐습니다. 오늘 무슨 날인가요?"

"저희 오늘 10주년이라 밥 먹으려고요."

형우는 왠지 기분이 나쁜 듯 퉁명스레 말했다. 김 대표가 아차 하는 얼굴로 말했다.

"그런 줄도 모르고……. 오늘 지혜 사원이랑 작가 미팅을 좀 나가려고 했는데, 안 된다고 해서 제가 좀 다그쳤거든요. 아주 중요한 미팅 자리라서요. 그런데 이유도 말해주지 않으니, 그냥 귀찮은가 했죠. 송 사원, 내가 실수했네요. 미안해요."

그는 오늘 미팅 장소가 이곳이라고 했다. 그런데 하필 작가가 펑크를 내는 바람에, 아는 동생이랑 올 수밖에 없었다고 설명했다. 옆에서 듣던 여자가 피식 웃음을 흘렸다.

"아는 동생은 무슨. 나 오늘 오빠 처음 만났는데?"

시끄럽다며 작게 으르렁거리던 김 대표가 눈웃음을 치며 두 사람에게 고개를 숙였다.

"그럼 식사 맛있게 하십시오. 송 사원은 내일 보자고."

김 대표가 떠나고, 지혜와 형우 사이에는 침묵만 돌았다. 음식이 나오고, 식사가 시작됐지만 대화는 여전히 오가지 않았다. 그러다 식사를 마칠 때쯤, 지혜가 물어본 것이다. "형우야, 나 회사 그만둘까?" 하고.

다 내려놓고 형우에게 기대고 싶었다. 너무 힘들다고, 나 좀 위로해달라고. 그러나 돌아온 형우의 시선은 싸늘하기만 했다. 오랜 연애 기간 동안 형우는 늘 한결같았다. 지혜가 투정하듯 이것저것 결정을 미루면 군소리 없이 답을 내려주던 형우. 지혜는 그런 그가 좋았다. 그런데 그날의 형우는 달랐다.

혹시 잘 풀리지 않는 일 때문일까? 최근에 알게 됐다. 형우가 준비 중이던 웹툰의 핵심 아이디어를 선배 작가에게 빼앗겼다는 사실을. 유명한 작가인 그는 형우의 절친한 선배였다. 지혜도 그 작자를 몇 번 본 적이 있다. 형우는 몇 년 동안 아이디어 스케치를 쌓아왔다. 콘셉트, 톤앤매너, 초반 15화까지의 줄거리, 콘티까지 다 짜놓은 상태였다. 그것을 친한 선배에게 보여주고 피드백을 받는 과정이 있었다. 몇 번의 원고가 빛을 보지 못하고 엎어진 경험이 있었기에, 형우 또한 두려웠으리라. 그래서 조심 또 신중하며 새 작품을 준비해왔던 것인데.

그 핵심 아이디어를 믿었던 이가 홀랑 가져가버렸으

니, 형우의 상심 또한 컸을 것이다. 형우는 그것이 자신의 못난 결단력 때문이라고 믿었다. 그는 스스로 조금만 더 자기 아이디어에 믿음을 가졌더라면 어땠을까 후회했다.

"너나 나나 삶을 주체적으로 살지 못하는 것 같다. 겁이 나서 벌벌 떨면서 이리 기웃 저리 기웃거리기나 하고. 정작 가장 중요한 결정은 미루고 또 미루고."

그 자리에서 형우는 심장을 칼로 베는 듯한 말을 던졌다. 우리가 헤어지지 않고 10년 장기 연애를 할 수 있었던 이유에 대해서. 우유부단함, 선택을 못 하고 미루고 또 미루는 것, 그러한 것들을 이제는 정리할 때가 된 것 같다는 형우. 지혜는 어떤 말로도 반박하지 못했다. 그저 끊임없이 이어지는 형우의 날카로운 말에 베이고 또 베였다.

"지혜야, 난 이제 지긋지긋해. 네가 툭하면 나한테 결정을 미루는 것도. 나 역시 이러지도 못하고 저러지도 못한 채 과거에 머물러 있는 것도. 우린, 서로에게 도움이 안 되나 봐."

형우는 주머니에서 오만 원짜리 지폐 여섯 장을 꺼냈다. 꼬깃꼬깃 구겨진, 아마도 그의 전 재산이겠지. 이걸로 될지는 모르겠지만, 마지막 식사는 자신이 대접하고 싶다는 형우. 계산대로 향하는 그를 붙잡지 못했다. 아직 선물도 건네지 못했는데. 형우에게 주기 위해 아이패드 프로를

준비했다. 형우는 오래된 구형 아이패드가 툭 하면 벽돌이
되어 작업한 걸 다 날린다며 힘들어했으니까.

종이 가방을 들고 급히 따라 나갔지만, 형우는 뒤도
돌아보지 않고 달려갔다. 그 뒷모습을 보고 있자니 처음
형우를 사귀던 날이 생각났다. 가슴 벅차도록 자신에게 달
려오던 형우의 모습이.

지혜는 구두를 슬리퍼로 갈아 신고 정처 없이 걸었
다. 그러다 형우와 자주 다니던 라이브 카페에 다다랐다.
왜 여기일까? 왠지 그때 그 음악이 듣고 싶어졌다. 기타와
목소리 하나만으로 사람들을 울고 웃게 만들던 그 남자의
음악이. 카페 쇼윈도 너머로 그의 모습이 보였다. 그는 오
늘도 같은 자리에서 노래를 부르고 있었다. 창문 사이로
그의 음색이 흘러나오는데…… 눈물이 뺨을 타고 흘렀다.
위로와, 후회와, 원망과, 서러움이 동시에 몰려왔다. 그녀
는 그 앞에서 그의 노래를 들으며 한참을 흐느꼈다.

다음 날부터 형우는 연락이 되지 않았다. 헤어지자고
똑 부러지게 말한 건 아니었다. 형우다운 선택이었다. 그
러고 보니 형우는 종종 잠수를 탔다. 어쩌면 그것이 지혜
를 향한 무언의 이별 선언이었을지도 모른다. 그런데도 지
혜는 형우의 곁을 떠나지 못했다. 그리고 엄마의 곁도. 지

혜에게는 새로운 삶으로 나아갈 용기가 없었다. 언제나 그 자리 그곳에 머물며, 누군가가 오늘 점심 메뉴를 골라주고, 다음 직장을 정해주길 기다렸다.

그런데 삶의 등대 같았던 사람들이 지혜를 밀어내고 있었다. 이제 그만 네 갈 길을 가라고. 지혜는 자신이 거대한 풍랑 앞에서 나침반 하나 없이 작은 키 하나만을 쥔 선장 같았다.

하루가 지나고 이틀이 흐르자 다들 방을 차곡차곡 채워갔다. 은비는 예쁘게 꾸민 방에 손님들을 초대하기도 했다. 영수와 일해도 마찬가지였다. 각자의 방을 만들어가면서 그들은 기숙사에서 자리를 옮겨 와 셰어하우스에서 지내기 시작했다. 성식은 자기 방을 수리된 재활용 제품들로 채웠다. 강림이 방을 둘러보기도 했다. 그는 다른 사람 방을 보고는 흡족한 얼굴로 잘했다며 칭찬했다. 그러나 지혜 방 앞에서는 마뜩잖은 얼굴을 했다.

"아직 텅 비었네요? 얼른 채워야죠."

"그러고 싶은데, 쉽지 않네요."

그녀가 한숨 짓자, 강림이 물었다.

"수영 좀 해요?"

지혜가 고개를 젓자 그는 품에서 작은 종이배를 꺼내 지혜에게 건넸다. 도움이 될 거라는 말만 남기고 걸음을 돌렸다. 지혜는 그 말의 의미를 깨닫지 못한 채 종이배를 접어 주머니에 넣었다.

지혜는 다락방에 들어가 물건들을 살폈다. 무엇을 가지고 나와야 할까? 빼곡히 들어찬 물건들은 그냥 그런 물건들이 아니었다. 과거의 추억들이 고스란히 녹아 있는, 지혜의 인생이나 마찬가지였다. 어느 것 하나 버릴 수 없었다. 엄마가 주었던 사랑과 형우와의 추억이 깃든 그것들을 손에 들었다 놨다 했다. 그러다 어느덧 무한히 확장되는 다락방의 끝자락에 다다랐다.

작은 시냇물이 흘렀다. 다락방 안에 시냇물이라니. 쉽게 이해할 수 없는 풍경이었지만 가까이 다가섰다. 시냇물에서 향긋한 냄새가 났다. 익숙한 향이었다. 카페에서 마신 그 허브티. 분명 그 향이었다. 가만 보니 시냇물의 색깔도 시간 허브티처럼 옅은 갈색을 띠었다. 때마침 물결을 타고 작은 종이배 하나가 동동 떠 왔다. 지혜는 놀란 마음을 추스르고 종이배를 건졌다. 안쪽에 단정한 글씨가 씌어 있었다.

정리의 기본은 비우는 것.

누가 보낸 것일까? 지혜는 시내가 흘러온 쪽을 바라보았다. 그곳은 어둠에 가려져 있었다. 지혜는 어둠 너머 종이배를 보낸 이에게 묻고 싶었다. 마침 품에는 강림이 건네준 종이배가 있었다. 지혜는 그것을 꺼내 종이배 안쪽에 이렇게 썼다.

뭘 비워야 할지, 어떻게 비워야 할지 잘 모르겠어요.

종이배를 시내에 띄우자 놀랍게도 물이 흐르는 방향이 반대쪽으로 바뀌었다. 이윽고 종이배는 어둠 속으로 사라졌다. 얼마 지나지 않아, 지혜가 보낸 것과 똑같이 생긴 종이배가 다시금 흘러왔다. 지혜는 그것을 건져내어 펼쳐보았다.

물건이 너무 많아 무엇을 버리고 무엇을 남길지 모르겠다면, 일단 남김없이 비워보자. 다음으로는 가장 중요한 것부터 하나하나 채우기.

"그러니까 뭘 어떻게 비우라는 건데요……."

답답한 마음에 그렇게 중얼거릴 때였다. 어디선가 우글거리는 소리가 들렸다. 지하철이 지나가는 소리 같기도 했고, 수십 마리의 말이 빠르게 뛰는 소리 같기도 했다. 아니, 귀기울여 들어보니 물소리였다. 많은 물이 빠르게 흐르는 소리. 문득 지혜는 발아래가 축축해지는 것을 느꼈다.

시냇물이 점점 불어나고 있었다. 우글대는 소리가 점

점 커졌다. 빠르게, 가까이, 미처 피할 새도 없이 거대한 물
살이 지혜를 덮쳐왔다. 홍수가, 범람하는 물이 세차게 휘
몰아쳤다. 다락방 안 지혜의 소중한 물건들을 그 거대한
물살이 뒤덮어버렸다.

지혜는 정신을 차릴 수가 없었다. 물속에 머리까지 잠
겨 허우적대다가 겨우 물 위로 고개를 들었다. 그것도 잠
시, 또 물줄기가 머리를 사납게 내리쳤다. 혼미해진 지혜
의 눈에 무엇인가가 들어왔다. 하얗고 거대한 그것은, 어
느새 지혜가 올라타도 충분할 만큼 커다래진 종이배였다.

지혜는 안간힘을 다해 종이배의 끄트머리를 붙잡았
다. 다행히 배는 견고했다. 겨우 몸을 배 위로 올려놓았다.
하늘을 바라보며 대자로 뻗었다. 좁은 종이배 틈새에 끼어
호흡을 골랐다. 어째서 이런 일이 벌어졌는지 아무리 이해
해보려 해도 이해하기 어려웠다. 하지만 넋 놓고 있을 수
만은 없었다. 지혜는 상체를 벌떡 일으켜 넘쳐흐르는 물을
바라보았다. 그 위로 둥둥 떠다니는 것들은, 지혜의 삶이
었다.

물에 흠뻑 젖은 여우 인형이 눈에 들어왔다. 지혜가
잠이 오지 않아 밤새 뒤척일 때면 엄마가 안겨주던 인형.

― 괜찮을 거야, 지혜야.

엄마의 다정한 목소리가 귀에 생생하게 들리는 듯했

다. 지혜는 인형으로 손을 뻗었으나 그것은 지혜의 손을 피해 점점 멀어져 갔다. 이어 시선이 닿은 것은 낡은 공책이었다. 중학생 시절, 그녀가 틈틈이 써 내려갔던 소설의 초고. 공책 귀퉁이는 지혜가 하도 만져 닳아 있었다. 겉면은 그녀가 그린 삽화가 물에 젖어 번져 있었다.

— 나중에 유명한 작가가 되면 이 공책이 내 첫 작품집이 될 거야.

그때의 당찬 목소리와는 달리, 지금의 지혜는 그 꿈을 잊고 지냈다.

또 다른 물건이 배 아래로 스쳐 지나갔다. 분홍색 머리끈이었다. 대학 시절, 꼭 붙어 지냈던 친구 수진과 함께 거울 앞에서 머리를 묶으며 웃던 시간이 떠올랐다.

— 지혜야, 우리 우정 평생 가자.

수진은 결혼과 함께 다른 도시로 떠났고, 연락이 점점 뜸해졌다. 지혜는 자신이 먼저 연락하지 않은 것을 후회했지만, 그럼에도 먼저 전화를 걸지 못했다.

조금 더 가까운 곳에는 한 송이 시든 장미가 떠 있었다. 형우가 첫 데이트 때 건넸던 꽃이었다. 그러고 보니 우리도 꽃을 주고받을 때가 있었구나. 낯설고도 설레던 그날의 감정이 파도처럼 밀려왔다.

— 언젠가는 장미꽃 백 송이를 줄게.

형우는 그렇게 말했지만, 그 일이 현실이 되진 못했다. 지금 돌이켜보면, 내가 먼저 백 송이를 줄 수도 있었을 텐데 왜 기다리기만 했을까 하는 생각도 든다. 그러나 후회한들 무슨 소용이 있을까. 두 사람의 인연은 긴 침묵 속에서 스러져버렸는데.

옆으로 빙글빙글 돌며 떠내려가는 작은 봉투는 첫 월급날 엄마 손에 쥐어드렸던 용돈 봉투였다.

— 엄마 사고 싶은 거 아무거나 사!

— 야, 꼴랑 십만 원 가지고 뭘 산다고. 그래도, 고맙네. 우리 딸이 주는 첫 용돈.

봉투를 소중히 끌어안으며 행복해하던 엄마…… 목이 메었다.

지혜는 종이배 위에 앉아 떠다니는 물건들을 하염없이 바라보았다. 꿈, 관계, 사랑, 가족. 그 모든 것이 자신이 애써 쥐고 있던 것들이었다. 그러나 지금은 물결에 휩쓸려 손에서 빠져나가고 있었다. 손을 뻗어 물건 하나를 붙잡으려 했지만, 물살은 너무도 거셌다. 도대체 어떤 것을 붙잡아야 하고, 무엇을 놓아야 하는지 알 수 없었다. 모두가 다 소중한데…….

하지만 그것들을 죄다 담기에는 종이배가 한없이 작았다. 지금도 종이배는 지혜의 무게를 지탱하느라 애처롭게 흔들렸다.

무엇을 비우고 무엇을 남길 것인가.

문득 그런 생각이 들었다. 단 하나 남겨야 하는 것이 있다면, 그것은 그 어떤 것도 아닌 자기 자신이 아닐까 하는.

망망대해 같은 이곳에서 살아 돌아가려면, 오직 지혜만이 종이배에 남아야 한다. 자신의 힘으로 젓고 또 저어 나아가야 한다. 그래야만 살아나갈 수 있다. 살아낼 수 있다.

지혜는 이를 악물었다. 저 멀리 다락방 문이 보였다. 그곳에서 흘러나오는 희미한 빛만을 의지하며 지혜는 두 팔을 걷어붙였다. 종이배에 납작 엎드려 마치 노를 젓듯 두 팔을 휘저었다. 파도가 몰아치고 비바람이 불어도, 건져내고 싶은 수많은 물건이 옆을 지나쳐도 한눈팔지 않았다. 오직 문을 향하여 조금씩 조금씩, 그러나 결코 흔들리지 않고 멈추지 않은 채. 지혜는 종이배를 저어 나갔다.

마침내 문에 다다라 문손잡이를 잡고 돌렸다. 강렬한 빛이 문에서 쏟아짐과 동시에 쏴아아 그 많은 물이 문을 통해 빠져나갔다. 수면이 빠르게 낮아졌다. 지친 지혜는 몸을 일으킬 힘도 없었다. 종이배도 물에 풀어져 흐물흐물 찢어지기 직전이었다.

"지혜 씨, 괜찮아요?"

목소리가 들렸다. 고개를 들자 희미한 눈앞으로 익숙한 얼굴이 들어왔다. 닭뼈……? 일해가 놀란 눈으로 그녀에게 손을 뻗었다. 지혜는 그 손을 붙잡고 싶었지만, 눈꺼풀 위로 졸음이 쏟아졌다. 도무지 견딜 수 없는 무게로.

정
리

눈을 떴을 때, 지혜는 하얀 이불을 덮고 누워 있었다. 벽에 난 창문으로 해 질 녘 붉은 햇살이 비쳐 들었다. 지혜는 천장을 바라보며 눈을 몇 번 깜빡였다. 설마 꿈이라도 꾼 걸까? 다락방에서 겪은 홍수는 대체 뭐지? 머리가 멍했다. 몸을 일으키고 싶었는데, 이불조차 걷어낼 수 없을 정도로 온몸에 힘이 없었다.

방문이 열렸다. 성식이었다. 지혜의 시선이 그를 향하자, 성식은 눈이 휘둥그레져서 급히 다가왔다.

"정신이 들어요?"

"저 좀…… 일으켜주실 수 있나요?"

그가 지혜의 어깨를 받쳐주었다. 지혜가 몸을 일으키다 끙 하고 신음을 흘렸다. 성식이 괜찮냐며 걱정스러운 눈으로 바라보았다. 힘들면 무리하지 말고 누워 있으라는 그에게 물었다.

"다락방에 홍수가 나서 종이배를 탄 것까지는 기억이 나는데……"

성식도 황당한 표정이었다. 홍수라니. 아무리 환생 학교라지만 말도 안 되는 일이었다. 성식의 말에 따르면, 일해가 쓰러진 지혜를 이리로 업고 왔다. 강림이 그녀의 상태를 살폈는데, 다행히 탈진한 것 말고는 큰 부상은 없었다. 다만, 기력이 다했는지 지혜는 일주일째 잠에서 깨어나지 못했다. 걱정이 된 일해가 그녀의 곁을 지켰다. 일해 혼자만 힘든 일을 감당하게 할 수는 없어, 모둠 사람들끼리 돌아가며 지혜를 보살폈다. 지금은 성식이 그녀의 곁을 지킬 차례였다.

지혜는 일해에게, 그리고 자신을 보살펴준 모둠원들에게 빚을 진 것 같아 감사하다며 고개를 숙였다.

"뭘요. 다 돕고 살아야지. 환생 학교에 왔으면 그만한 이유가 있는 법. 무사히 졸업해서 환생을 하거나 다시 현생으로 돌아가야죠. 설마 지옥에 떨어지려는 건 아니죠? 그러니 힘냅시다. 다락방 수업이 마지막이라고 하더이다. 거의 다 온 것이나 마찬가지이니."

그 말에 지혜 표정이 어두워졌다. 다락방은 물에 휩쓸려 엉망이 되어 있을 것이다. 앞이 캄캄하면서도 후련했다. 미련이 싹 사라졌다고 할까. 지혜는 방을 둘러보았다. 이 공간을 무엇으로 채우면 좋을까?

강림을 데려오겠다고 자리에서 일어나는 성식의 옷소매를 지혜는 자기도 모르게 붙잡고 말았다. 그가 무슨 일이냐는 듯 지혜를 돌아보았다. 지혜는 성식의 환한 얼굴을 가만히 들여다보았다. 그에게 무슨 볼일이 있다고 붙잡았을까? 생각과는 달리, 입술이 할 말을 기억하고 있었다.

"외람된 줄 알지만 정말 궁금해서요. 저희 엄마랑…… 왜 헤어지셨어요? 엄마가 싫으세요?"

고개를 갸웃하는 그에게 자신이 나순애의 딸이라고 밝혔다. 성식의 눈이 부릅 커졌다. 그는 지혜를 골똘히 바라보았다. 아마도 지혜의 얼굴에서 엄마의 흔적을 찾는 모양이었다. 그 흔적은 지혜 얼굴 곳곳에 남아 있었기에, 성식은 금세 알아차리고 놀란 한숨을 내쉬었다.

그는 잠시 생각을 정리하듯 말이 없었다. 이윽고 그

가 입을 열었다. 절대 싫어서가 아니었다고, 오히려 순애를 너무 좋아했다고, 그는 그럴수록 자신이 초라하게 느껴졌다고 했다. 엄마 곁에 있으려면 자신이 더 나은 사람이어야 한다고 생각했다. 그래서 겁이 나서 떠나버렸다고 했다.

"그런데 이제는 아닙니다. 나는 누구보다 순애 씨를 행복하게 해줄 자신이 있다는 것을요."

그의 목소리에서 전과 다른 단호함이 묻어 나왔다.

"염치없게 느껴질지 모르겠지만, 내게는 돈으로 환산할 수 없는 가치가 있답니다. 지혜 씨는 내가 엄마 재산을 노리는 게 아닌가 걱정하겠지만, 그런 염려는 놓으세요. 나, 순애 씨랑 재밌게 알콩달콩 살다가 아무 욕심 없이 떠날 테니까. 돈 그런 거, 하나도 필요 없어요."

법적인 문제라면, 두 사람은 혼인신고는 하지 않고 조촐한 식만 올릴 예정이었다고 했다. 다만 가족의 축복 속에 혼인을 한다면 더욱 좋겠다는 말을 덧붙였다.

"그래도 명색이 결혼식인데, 딸 아들이 축복해주면 엄마가 얼마나 행복하시겠어요."

그의 말을 듣고 있자니 생각이 명확해졌다. 지한이 들으면 펄쩍 뛸 일이지만, 지혜는 성식과 엄마의 사랑을 응원하고 싶어졌다.

"아저씨 덕분에 저는 집에서 쫓겨나게 생겼는걸요."

짐짓 퉁명스레 말하자 그가 그럴 것 없다고 했다.

"같이 살면 되죠. 전 괜찮습니다!"

"제가 안 괜찮아요. 이제 와서 아버지를 한 분 더 모시고 살 생각은 없어요. 엄마랑 같이 사는 것도 솔직히 힘들었어요. 엄마 잔소리가 좀 심해야죠."

그건 그렇다며 맞장구를 치며 그가 눈을 찡긋했다. 그 모습에 지혜는 피식 웃음이 새어 나왔다. 성식은 어쩌면 꽤 괜찮은 사람일지도. 엄마가 눈이 낮은 사람이 아니니까. 지혜는 그렇게 믿기로 했다.

"결혼 축하드려요. 동생은 반대해도 저는 아저씨 편 할게요."

성식이 빙그레 웃었다. 지혜도 입가에 미소가 번졌다.

한편, 엄마의 결혼을 축하해줌으로써 지혜는 엄마로부터 한 걸음 떨어져 나온 것 같았다. 이제 엄마는 더는 지혜만의 엄마가 아니었다. 엄마에게 새로운 관계가 생긴 것처럼, 지혜도 새로운 관계와 삶을 모색하고 싶었다. 그 첫 번째 노력은 바로 이 방을 어떻게 채울지 고민하는 것이었다.

그날 저녁, 기운을 차린 지혜는 다락방으로 향했다.

그녀의 이름이 적힌 문을 열자, 처참하게 휩쓸린 그녀의 과거들이 다락방 한가득 널브러져 있었다. 지혜는 물에 젖은 그것들을 하나하나 주워 들었다. 모두가 소중한 기억이었지만, 축축하게 젖어 무거워진 것들을 들고 새 방으로 향할 수는 없었다.

정리가 필요했다.

그날, 그녀는 다락방에 오래 머물며 무엇을 남기고, 무엇을 가져갈지 고민했다. 그리고 빈손으로 방으로 돌아왔다. 창문 너머로 달빛이 은은히 비쳐 들어왔다. 불을 끄고 방 한가운데 가만히 앉았다. 달빛이 방 안을 가득 채우는 게 느껴졌다.

언젠가 엄마가 했던 말이 떠올랐다.

— 너도 독립해서 네 삶을 살아야 하지 않겠니?

형우의 말도.

— 네 일이야. 네가 결정해야지.

두 사람이 말하던 독립과 결정. 그것이 무엇을 뜻하는지 어렴풋이나마 알 것 같았다. 더 이상 누군가의 딸로, 누군가의 연인으로만 머무를 수는 없었다.

그녀는 엄마의 인생을 짐작해보았다. 언제나 가족을 위해 희생했던 엄마가 이제야 자신의 삶을 찾으려 한다는 것이, 어쩌면 자신에게도 새로운 가능성을 열어주는 일일지 모른다는 생각이 들었다. 엄마가 자신의 삶을 살기 위해 내린 결단이 멋져 보였다. 더불어 지혜도 자기 삶을 위한 첫 결단을 내리고 싶었다.

그 결단은 이 방에 아무것도 채우지 않겠다는 것. 젖은 것들은 떠나보내고, 새로운 것들로 독립된 삶을 채워나가고 싶었다. 그 누구의 선택이 아닌, 자신만의 선택으로.

타인의 이야기만 조명하며 편집하던 삶이었다. 그러다 보니 어느새 내 삶의 의미는 희미해졌다. 어쩌면 세상이라는 편집자가 내 삶의 서사를 마음대로 편집해버린 건 아닐까. 편집을 허락한 건 다름 아닌 나 자신이 아닐까.

내 삶의 이야기를 다시 써 내려가고 싶었다.

잘할 수 있을지는 모르겠지만, 지혜는 그렇게 만들어갈 자신의 미래가 사뭇 기대되기 시작했다.

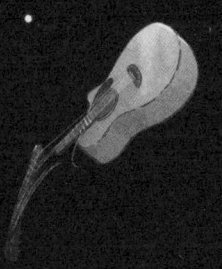

졸
업

현생과 환생

모든 수업이 끝났다. 일해는 강당으로 걸음을 옮기며 가슴이 요동치는 것을 느꼈다. 이제 그들은 환생의 문턱에 섰다.

드디어 졸업이다.

예순 명의 학생들이 강당에 모였다. 일해는 사람들을 둘러보았다. 다들 어떤 선택을 할까? 좀 더 나은 인생을 찾아 환생을 할까, 아니면 다시 현생으로 돌아가 삶을 이어 갈까. 일해는 그들의 선택이 궁금했다.

염라가 그들 앞으로 모습을 나타냈다. 염라의 옆에는 그들을 지도한 할락궁이와 직녀, 도깨비들을 비롯한 열두 사자들이 도열했다. 그중에는 강림도 있었다. 학생들은 다양한 얼굴이었다. 여전히 어두운 사람도 있었고, 환희에 찬 사람도, 무표정한 이도 있었다. 그렇다고 완전히 똑같은 건 아니었다. 입학식 때 웃던 사람들이 지금은 울고, 그때 눈시울을 붉혔던 사람들이 지금은 기대에 찬 눈빛이었으니까.

염라는 단상 위로 올라와 마이크를 손에 들었다.

"모든 수업을 끝낸 학생 여러분, 진심으로 축하드립니다. 이제 여러분은 어엿한 환생 학교 졸업생으로서 가장 중요한 선택을 남겨두고 있습니다. 다들 아시는 바와 같이, 여러분 앞에는 두 갈래 길이 있습니다."

강당 앞에 못 보던 두 개의 문이 있었다. 하나는 회색빛을 띠는 오래된 목문이고, 또 하나는 갈색의 깨끗한 새 목문이었다. 회색 문은 현생으로 돌아가는 길, 갈색 문은 새로운 인생으로 통하는 길.

"아쉽지만, 졸업 조건을 충족하지 못한 사람들은……."

염라가 손가락을 튀겼다. 그러자 쿠구구구 소리가 나더니 불합격생들이 서 있던 자리에 어두운 구멍이 생겼다. 그들은 섬뜩한 비명과 함께 구멍 아래로 떨어졌다.

"지옥으로 안녕히 가십시오."

일해는 마른침을 삼켰다. 사라진 이들이 안타까웠다. 한편, 만약 합격하지 못했다면 자신도 저 구멍 아래로, 지옥으로 떨어졌을 거라는 생각에 등줄기가 서늘했다.

곧 모둠별로 선택에 나섰다. 누군가는 환생의 문을 향해 걸었고, 누군가는 현생으로 돌아갔다. 현생을 택하든, 환생을 택하든, 그들 눈동자에 미련은 남아 있지 않았다. 이곳에서 보낸 시간이 후회의 흔적을 지운 듯했다. 물론 다시 돌아가도, 새로 시작해도, 또 다른 후회가 쌓일 것이다. 그렇다고 후회가 두려워 제자리에 머물 수만은 없었다.

그들이 품에 안은 졸업증서에는 다음과 같은 문구가 씌어 있었다.

다시는 환생 학교로 돌아오지 마세요. 재입학은 어렵습니다.

웃음이 나는 말이었지만, 한편으로는 각오를 다지게 했다. 보란 듯이 잘 살아보리라. 물론 그 '잘 산다'는 것의 정의는 전과는 다르겠지만.

일해네 모둠원 중 가장 먼저 선택에 나선 사람은 영수였다. 영수는 고민할 것도 없다는 듯 나아갔다. 문 앞에 서서 문손잡이를 돌려 열었다. 문 안에서 환한 빛이 쏟아져 나왔다. 그의 선택은, 회색 문이었다.

강림은 문을 통과하면 이곳에서의 기억은 점차 희미해질 거라며, 마지막 인사를 나누라고 했다. 다들 그것을 아쉬워했다. 영수는 일해를 꼬옥 안아주었다.

"일해야, 네 목소리를 다시 들을 수 있어서 얼마나 좋았는지 몰라."

영수는 낡은 학급일지를 손에 꼭 쥔 채 빙긋이 미소 지었다. 이곳에 처음 도착했을 때의 어둡고 무거운 표정은 자취를 감추었다. 그는 몇 번이고 뒤돌아 고개를 숙인 뒤, 문 안으로 사라졌다.

다음은 은비였다. 은비는 수업 시간에 손수 지은 옷을 입고 어깨에는 자기 몸만 한 기타를 메고 있었다. 은비는 가방끈이 자꾸만 흘러내리는지 여러 번 추켜올렸다. 한쪽 손으로는 옷 끝자락을 꼭 쥐었다. 조금은 긴장한 얼굴로 한 걸음씩 문을 향해 걸어 나갔다. 그리고 마침내 선 곳은, 현생으로 향하는 문이었다.

은비는 잠시 걸음을 멈추고 고개를 돌렸다. 마치 이곳에서 만난 아빠를 찾기라도 하듯 두리번거렸다. 일순 눈이 슬픔으로 가득해지기도 했지만, 은비는 곧 단단한 눈빛을 되찾았다. 아빠가 없어도, 새로운 인연을 만들며 자기 삶을 가꾸어나가겠다는 의지가 느껴졌다. 일해는 은비를 향해 손을 흔들었다. 은비가 빙그레 미소 지었다.

"아저씨, 또 볼 수 있었으면 좋겠어요."

은비는 한결 가벼운 발걸음으로 걸어 들어갔다. 밝은 빛이 은비를 감쌌고, 곧 사라졌다.

성식은 한 손에 공구통을 꼭 쥔 채 지혜에게 다가갔다. 그러곤 지혜에게 손을 내밀었다. 지혜가 웃음을 보이며 그의 팔에 팔짱을 꼈다. 두 사람은 누가 친부녀라고 해도 될 만큼 미소가 닮아 있었다. 성식은 마지막으로 일해를 돌아보며 말했다.

"자네 말이야. 혹시 먹고살 일이 막막하거든 재활용센터라도 취직해봐. 내 보기에 자네 손재주라면 입에 풀칠은 하고 살 것 같으니까. 굶어 죽기야 하겠어? 나도 그 일 하면서 잘 살았으니 믿어도 돼. 그래도…… 자네는 노래하는 게 가장 잘 어울려."

일해는 웃음을 터뜨렸다. 참견 속에 담긴 성식의 따뜻한 진심이 진하게 느껴졌기 때문이다. 지혜도 한마디 거들었다.

"혹시 라이브 카페에서 계속 일하신다면, 꼭 다시 찾아갈게요."

알고 보니 지혜는 전 남자 친구와 일해가 일하던 라이브 카페에 종종 놀러 왔다고 했다. 그녀는 카페의 이름

모를 가수가 일해라는 것을 기억해냈다. 사실상 그녀의 말은, 현생에서 다시 보자는 말이었다. 일해는 말없이 입꼬리를 추어올리는 것으로 대답을 대신했다. 성식과 지혜는 문 앞에서 잠시 멈춰 일해에게 작별 인사를 건넸다. 그리고 이내 환한 빛 속으로 함께 사라졌다.

이로써 일해를 제외한 모든 학생이 문을 택했다. 마지막으로 남은 일해 또한 염라와 강림, 할락궁이, 직녀, 도깨비들에게 허리 숙여 인사했다. 걸음을 돌려 한 걸음 한 걸음 문을 향해 다가갔다. 마침내 문 앞에 선 일해는 숨을 골랐다. 어떤 선택을 해야 할까? 천천히 손을 뻗었다. 회색 문이 아닌, 갈색 문의 문손잡이를 쥐었다. 문손잡이가 따뜻하게 빛나며 부르르 떨렸다.

그때였다.

"일해야!"

누군가의 목소리가 강당 가득 울려 퍼졌다. 너무나도 익숙한 목소리에 일해는 잠시 귀를 의심했다. 그럴 리가 없잖은가. 설마, 설마 그럴 리가……. 일해는 천천히 고개를 돌려 소리가 난 곳을 바라보았다. 강당 입구에서 한 사람이 걸어 들어왔다. 쏟아지는 빛 속에서 실루엣이 어렴풋이 드러났다. 한 걸음 한 걸음 다가올수록 그 얼굴은 또렷해졌다. 일해는 숨이 멎는 듯했다. 강당의 적막을 깨고 그 목소리가 다시 울렸다.

"그 문이 환생으로 이어지는 문이니?"

평소와 달리 넥타이를 풀어 헤친 채 다 구겨진 정장 차림의, 한해였다. 그의 시선이 일해가 쥐고 있는 갈색 문 문손잡이로 향했다. 형이 여길 어떻게 왔지? 생각할 틈도 없이 문손잡이에서 찌릿 전기가 느껴졌다. 마치 감전되듯 몸을 떤 일해는 문득 강림의 태블릿에서 보았던 명부가 떠올랐다. 강림의 펀치 때문에 잊혔던 기억이 왜 지금 선명해지는 걸까. 일해 대신 환생 학교에 입학하기로 되어 있던 사람의 이름.

'유한해.'

한해는 성큼성큼 다가왔다. 환생 학교의 교사들이 그를 말릴 새도 없이 갈색 문 문손잡이를 잡았다.

"나 다 들어. 이 문을 통과하면 새로운 인생을 살 수 있는 거야?"

"형, 뭐 하는 거야! 안 돼!"

일해는 서둘러 한해의 손목을 붙잡았다.

"놔. 나는 이 문을 열어야겠어!"

"형, 무슨 소리야! 어떻게 된 일인지 설명도 하지 않고, 갑자기 환생이라니!"

"설명이 뭐가 중요해. 난 기필코 새로운 기회를 잡을

거야!"

한해는 일해의 손아귀를 뿌리치려 했지만, 일해도 물러서지 않았다. 두 사람은 문 앞에서 실랑이를 벌였다. 한해는 문손잡이를 놓지 않았고, 일해는 형의 손을 붙잡고 버텼다. 그는 도움을 바라는 눈으로 교사들을 바라보았다. 하지만 염라도, 강림도, 나머지 교사들도 그저 안타까운 눈으로 바라볼 뿐 미동도 하지 않았다. 그때 강림이 염라에게 작은 목소리로 말하는 게 들렸다.

"거 봐요. 명부의 운명을 거스를 수 없다고 했잖아요. 제가 픽업을 안 나갔더니 자기 차를 몰고 왔나 보네. 벤츠가 좋긴 좋아요. 황천강을 건너 이곳 서천까지 한참을 달려야 했을 텐데. 하긴 죽음을 목전에 둔 이가 뭔들 못 하겠어요. 어쩌면 운명이 아니라 인간의 강렬한 욕망을 거스르지 못한 걸지도 모르겠네요."

염라가 고개를 가로저었다.

"거스르지 못했다기보다는 저자에게도 기회를 준 것이지. 어쨌든 저자 또한 명부에 이름을 올리지 않았나. 뒤늦게 입학했지만, 졸업 조건만 갖추면⋯⋯."

"못 갖춘 게 문제죠. 저대로 문을 통과하면 큰일 나는데. 말릴까요?"

"됐어. 그것도 다 업보지."

그 말이 꼭 무서운 경고처럼 들렸다. 일해는 정신을 바짝 차리고 한해를 말리려 했다.

"도대체 어떻게 온 거야? 빨리 왔던 길로 되돌아가! 형은 아직 졸업할 수 없어!"

"졸업이고 뭐고 어차피 끝난 인생, 이렇게라도 다시 살아야겠어!"

격렬히 실랑이를 벌이던 두 사람의 중심이 일순 기울었다. 벌컥 열린 갈색 문 안에서 빛이 폭발하듯 쏟아졌다. 일해는 형을 붙잡으려 몸을 숙였지만, 강력한 기운이 두 사람을 빨아들였다. 이윽고 강당은 언제 그런 일이 있었냐는 듯 정적에 휩싸였다.

지옥

번쩍 눈을 떴다.

심장이 빠르게 뛰었다. 일해는 바닥에 쓰러져 있었
다. 잠시 정신을 잃었던 모양이다. 문 안으로 빨려든 뒤의
기억이 없었다. 일해는 지끈거리는 관자놀이를 누르며 상
체를 일으켰다. 주위를 둘러보는데, 눈앞에 펼쳐진 광경에
숨이 턱 막혔다.

이곳은 대체 어디일까? 말 그대로 꿈속의 악몽이 현
실로 펼쳐진 듯한 공간이었다. 하늘이라고 부를 수 있는

머리 위는 검붉었다. 짙은 먹구름이 번개를 동반하며 우지 끈 소리를 냈다. 땅은 검은 잿더미 위로 불길이 일렁이는 황무지였다. 바닥 여기저기 금이 간 틈새로 뜨거운 용암이 부글부글 끓어올랐다. 끈적이는 공기가 무겁게 가라앉아 숨 쉬는 것조차 어려웠다.

그보다 더 일해를 공포로 몰아넣은 것은 따로 있었 다. 저만치 떨어진 곳에 한해가 피투성이가 되어 쓰러져 있었다. 일해는 한해를 향해 달려갔다. 쓰러진 한해를 위 해 무얼 할 수 있을지는 알 수 없었다. 감히 손조차 대기 힘 들었다. 뛰는 가슴을 진정시키며 한해의 가슴에 가만히 귀 를 갖다 댔다. 천둥이 우르르 울리고 재 섞인 바람이 세차 게 몰아쳤다. 그래도 일해는 들었다. 한해의 가슴에서 미 약하게나마 뛰는 심장 소리를.

일해는 풀썩 주저앉아 손을 모았다. 감사합니다, 감 사합니다. 신에게 감사 기도를 드리며 일해는 정신 좀 차 려보라며 형을 애타게 불렀다. 한해는 겨우 숨만 쉴 뿐 움 직임이 없었다. 일해는 막막한 눈을 들어 도움 구할 곳을 찾았다. 아무리 둘러보아도 이곳에 사람이 있을 것 같지 않았다. 바로 그때, 등 뒤에서 발소리가 들렸다. 검은 곤룡 포 차림의 염라와 새까만 정장을 입은 강림이 다가왔다. 일해는 반가운 마음에 한달음에 그들을 향해 달려가려 했다. 그러나 어떻게 된 일인지 몸이 움직이지 않았다. 입마개를 한 듯 입술이 떨어지지 않았다.

"읍, 읍……!"

괴로워하는 일해 앞으로 염라와 강림이 다가왔다. 강림이야 원체 표정 없는 얼굴이라지만, 염라는 강당에서 보았을 때와는 사뭇 다른 분위기였다. 굳은 눈매 사이로 날이 선 안광이 흘렀다. 툭 불거진 턱 근육 때문인지 단단한 바위를 연상케 했다.

두 사람을 노려보던 염라가 이윽고 철창 같은 입을 열었다.

"죄인은 듣거라. 명계의 법도가 지엄하거늘. 자격도 없는 자가 감히 환생 학교의 질서를 어지럽혔다. 그 죄 결코 가볍지 않으니. 죄인이여, 네 죄를 네가 알렷다!"

염라의 벼락같은 목소리가 일해를 짓눌렀다. 그제야 한해를 칭칭 감은 무엇인가가 눈에 들어왔다. 칠흑 같은 검은 사슬이었다. 반면, 일해는 희고 빛나는 옷에 둘러싸여 있었다. 그것은 일해가 2교시 수업에서 만든 옷이었다. 그 옷에서 뿜어져 나오는 빛이 이곳의 불길로부터 일해를 보호해주었다. 하지만 그 때문에 움직일 수도, 말을 할 수도 없었다.

한해의 앞쪽으로 땅이 지글지글 끓었다. 이윽고 반으

로 갈라지더니 틈새에서 젤리 같은 검은 덩어리들이 스멀스멀 흘러나왔다. 꿀렁거리며 형체를 갖추어 인간 형태로 바뀌더니 한해를 데려가려는 듯 질퍽거리며 다가왔다. 일해는 자신을 보호 또는 구속하고 있는 옷을 벗어 던지고 싶었다. 하지만 아무리 발버둥을 쳐도 딱딱하게 굳은 밀랍 인형처럼 움직일 수 없었다. 강림이 말했다.

"생각 같아서는 너도 옥으로 처넣고 싶다만, 너는 교장 선생님과 약속한 임무를 충실히 수행했어. 그러니 이번 실수는 넘어가도록 하지. 다시 강당으로 돌려보내주겠다. 그곳에서 네가 원하는 대로 환생을 택해."

일해는 세차게 고개를 저었다. 강림의 눈썹이 꿈틀했다.

"뭐라는 거야? 어쩌라고?"

강림은 일해에게 향한 못마땅한 시선을 거두며 염라에게 물었다.

"교장 선생님, 어떻게 할까요? 저 인간이 할 말이 있는 모양인데."

피투성이 한해를 응시하던 염라의 눈길이 일해에게 향했다. 그가 손가락을 까딱하자 붙어 있던 일해의 입이 떨어졌다. 염라는 할 말이 있으면 해보라는 듯 일해를 뚫어져라 보았다. 숨이 터지자마자 일해는 참고 있던 말들을 쏟아냈다.

"제발 한해 형을 살려주세요. 제가 할 수 있는 일이 있다면 뭐든 하겠습니다! 형을 한 번만, 딱 한 번만 용서해주세요!"

고민하던 염라가 입을 열었다.

"그는 이미 스스로 목숨을 버리고 이곳으로 온 자. 환생 학교의 법도를 어기고 지옥불에 자기 몸을 던진 것이나 마찬가지이다. 하나 너의 지극정성을 못 본 체할 수도 없구나. 너에게 주어진 권리를 바쳐 환생을 포기한다면, 네형을 위한 중재를 허락하겠다. 그러나 네가 감당해야 할 무게 또한 결코 가볍지 않을 것이다."

염라의 목소리가 무겁게 울렸다. 일해는 한해의 고통스러운 표정을 외면할 수 없었다. 그렇다고 환생을 포기하라고? 선뜻 대답이 나오지 않았다. 일해는 애절한 눈으로 염라와 강림을 보았다. 하지만 그들은 일해의 결정을 기다릴 뿐이었다.

'어떤 선택을 하겠나? 환생인가, 현생인가.'

다시 현생으로 돌아가라고? 일해는 눈앞이 아득해지는 듯했다. 내가 환생하려고 이곳에서 어떤 고생을 했는데……. 현생에서 아무리 발버둥 쳐도 벗어날 수 없었던 수렁이 떠올랐다. 다시 그 진흙탕 속에 몸을 처박으라고?

생각만으로도 끔찍했다. 그래서 새로운 인생을 환생이라는 이름으로 얻고자 했던 것 아닌가. 재벌 2세로, 혹은 더 나은 환경의 자신으로 다시 태어나길 원하지 않았나. 손끝이 떨리던 그때.

　— 나는 네 음악이 좋아, 일해야.

　— 아저씨 음악이 저를 위로했어요.

　— 제자 목소리 덕분에 죽을 생각을 멈췄지.

　— 라이브 카페에서 계속 일하실 거죠?

　왜 그들의 목소리가 귓가에 선명한지.

　영수는 일해 목소리에 가슴을 흔드는 힘이 있다고 했다. 은비는 그가 길거리에서 부르는 노래를 우연히 들었던 일을 떠올리며 웃어주었다. 성식은 일해 유튜브를 구독하겠다고 했고, 지혜는 전 남자 친구와 자신도 일해의 음악을 좋아했다고 말해주었다.

　내 음악이 좋았다니.

　전에는 몰랐던 사실들이었다. 벗어나고 싶었던 삶이었지만, 그 안에도 의미가 자라고 있었을까? 그리 나쁘지만은 않은 삶이었다고, 그런 말도 안 되는 생각이 피어올랐다. 물론 누군가의 커다란 성공은 여전히 부러웠다. 하지만 마냥 실패로 점철된 줄 알았던 내 삶에, 실은 작은 성공들이 점점이 찍혀 있었다는 사실도 뜻밖의 벅찬 기쁨이었다.

질세라 한해 형의 목소리가 심장을 찔렀다. 언제까지 세상 탓만 할 거냐고, 이제 세상 탓은 그만하고, 돈을 모아 투자를 해나가라는 한해의 충고. 고개를 끄덕이면서도 소화하지 못할 조언처럼 거북했다.

세상 탓만 하겠다는 게 아니었다. 그렇다고 자신이 선택한 길을 부정하고 싶지도 않을 뿐이었다. 그저 좋아하는 음악을 꾸준히 할 수만 있다면, 10년 뒤에 집을 살 수 있다면 좋겠지만 안 되면 이대로 셋방살이를 이어가도 좋을 것 같았다. 수중에 돈이 없어 저녁에 뭘 먹을지를 고민하면서도, 내일 버스킹할 생각에 가슴 뛰면 좋을 것 같았다. 알바를 전전해도 좋으니 그렇게 살 수만 있다면 얼마나 좋을까.

어떤 목소리가 물었다.

'나이가 들어도, 몸이 아파도 그럴 수 있겠어? 정말 아무런 대비 없이 이 험난한 세상을 살아갈 수 있겠어? 아직 젊다고 생각해? 너 내년이면 서른이야. 이제라도 기회가 있을 때 다시 시작해. 새 인생은 헛된 꿈을 좇지 말고 안정적이고 편안한 삶을 추구해!'

편안한 삶? 솔직히 그 삶이 부러웠지만, 편안한 삶을 음악이 없는 삶과 바꾸라고 한다면 고개를 젓고 싶었다.

이곳에 와서 그것을 더욱 느꼈다. 모두가 안고 사는 고통. 일해라고 없을 수는 없었다. 그럼에도 꾸역꾸역 버티는 인생은 그 자체로 아름다워 보였다. 영수와 재회하고, 은비와 성식을 만나고서, 지혜를 알게 되고, 일해는 뼈저리게 느꼈다.

이걸 용기라고 부를 수 있을까? 오히려 세상을 모른다고, 무모하다며 욕먹지 않을까? 그래, 그럴지도 모른다. 한해는 자신을 위해 이렇게까지 애쓰는 일해에게 뭐라고 할까. 아마 '쓸데없는 짓'이라고 혀를 찼을 것이다.

그럼에도 전혀 예상치 못했던 대답이 툭 튀어나왔다.

"포기하겠습니다. 형을 구할 수만 있다면."

염라가 슬며시 한쪽 입술을 끌어올렸다. 그리고 금세 입매를 단단히 채우더니.

"좋다. 네 결정을 받아들이겠다. 이제부터 너는 형의 지옥 속으로 들어가게 될 것이다. 그곳에서 네 형의 죄와 고통을 직접 목도하고, 그 죄를 대신 짊어질지 판단하라. 형의 짐을 너의 것으로 받아들일 각오가 되어 있다면, 그의 구원을 위한 열쇠를 손에 쥘 수 있을 것이다."

염라의 손짓에 따라 일해 주위로 검은 안개가 피어올랐다. 차갑고 빽빽한 공기가 폐 속 깊숙이 스며들었다. 발밑이 무너지듯 흔들리더니, 어느새 일해는 눈을 뜰 수 없을 정도로 어두운 공간에 서 있었다.

눈앞이 암전되며 일해는 어디론가 빨려 들어갔다. 방향감각을 잃은 듯했다. 정처 없이 빙글빙글 돌던 일해는 마침내 딱딱한 땅을 딛고 섰다는 사실을 알아차렸다. 곧 주변이 환해졌다. 너무 익숙한 풍경이 눈앞에 펼쳐졌다.

한해가 그토록 아끼고 자랑하는 벤츠의 운전석이었다.

일해는 눈을 들어 주변을 살피다가 룸미러에 시선을 멈췄다. 거울에 비친 그의 모습이 어딘가 낯설었다. 아니, 낯익다고 해야 할까? 그 사람은 다름 아닌 한해였으니까. 일해는 눈을 의심하며 손을 들어 얼굴을 더듬었다. 그때, 염라가 했던 말이 떠올랐다. 한해의 지옥 속으로 들어가게 될 거라는 말. 설마 그 지옥이 한해의 삶을 뜻하는 걸까?

콘솔 박스에 한해의 휴대폰이 있었다. 메시지 하나가 도착해 있었다.

고마워, 형. 치킨 잘 먹을게.

이 문자는 형과 헤어진 직후, 자신이 한해에게 보낸 문자였다. 그렇다면 지금 시각은? 눈길이 손목으로 향했다. 형이 그토록 자랑하던 롤렉스 시계가 보였다. 시계는 9시 30분을 가리키고 있었다.

꿈을 꾸는 걸까, 아니면 정말로 한해가 된 걸까, 그도 아니면 지옥에 떨어진 걸까? 알 수 없는 상황 속에서 다만

한 가지 해야 할 일이 떠올랐다. 형이 환생 학교에 오게 된 이유를 찾는 것. 왜 그토록 환생을 하고 싶어 했는지를 알아내야 했다. 남부럽지 않게 살아가던 형이 왜 갑자기 환생을 한단 말인가? 그것이 일해가 알아내야 할 형의 짐일 것이다.

눈길이 대시보드로 향했다. 거치된 차량용 투명 액자에 가족사진이 꽂혀 있었다. 형이 사랑하는 형수님, 금이야 옥이야 키우는 두 아이와 찍은 사진이었다. 유명 스튜디오에서 수백을 들여 찍었다는 그 사진 속 한해의 가족은 누가 봐도 행복해 보였다. 일해는 모습을 물끄러미 보았다. 일해의 입가도 그들의 기쁨이 스며들듯 부풀었다. 그러다 숨을 잘못 들이쉰 것처럼 옆구리가 빽빽하게 아파왔다. 악을 쓰던 형의 모습이 사진 속 미소 위에 겹쳐 떠올라서였다.

일해는 사진에서 눈을 떼지 못한 채 고민했다. 완벽해 보이던 형의 삶에 도대체 무슨 일이 벌어졌던 걸까. 그것을 알기 위해서 나는 무엇을 할 수 있을까? 가장 먼저 해야 할 일은 아무래도 형의 가족을 만나보는 것 아닐까? 일해는 차에 시동을 걸었다. 산뜻한 웰컴 메시지와 함께 차가 가볍게 진동했다.

일해는 내비게이션을 켰다. 장롱면허라지만 몇 번

렌터카를 몰아본 경험이 있었기에 운전에는 자신 있었다……고 생각하면서도 손이 벌벌 떨렸다. 좀 비싼 차여야지. 혹여나 형의 차를 긁어 막대한 보험비를 지불해야 하는 일이 생길 것을 겁내며, 일해는 한해의 집을 향해 차를 몰았다.

검은
연기

　형의 집은 서울 요지에 위치해 있었다. 경비가 삼엄
해서 외부인 출입 시에는 신분증 검사까지 하는 곳이었다.
경비원들은 입주자들의 얼굴을 전부 꿰고 있어서 한해의
얼굴을 한 일해가 출입하는 데는 어려움이 없었다. 그와
별개로 일해는 가슴이 두근거렸다. 경비가 자신을 향해 묵
례를 하는데도 눈도 마주치지 못했다.
　주차장에 도착해서야 보조석에 검은 봉지가 있다는
걸 알아챘다. 번개탄이었다. 뜬금없이 웬 걸까? 용도를 알

수 없는 그것을 손에 들었다가 도로 내려놓았다. 그나저나 막상 집 앞에 도착하니 걱정이 앞섰다. 형수에게는, 조카들에게는 뭐라고 설명해야 좋을까? 한해의 지옥을 보기 위해 왔다고, 난데없이 한해가 될 줄은 몰랐다고 말해야 하나? 형의 가족들이 믿어줄까? 만약 자신이 형수나 조카들의 입장이라면 절대 믿어주지 않을 것이다.

그래도 어쩌나. 그게 사실인데. 일단은 부딪쳐봐야 일이 어찌 돌아가는지 알 수 있는 법. 일해는 숨을 길게 내쉰 후 차에서 내렸다. 또각또각 소리가 나는 번쩍이는 구둣발로 엘리베이터에 올랐다.

고속 엘리베이터는 순식간에 49층으로 데려다주었다. 일전에 딱 한 번 와본 적 있던 형의 집 현관문 앞. 일해는 목소리를 가다듬었다. 자신의 목소리가 아닌지라 어색하긴 했지만, 이 목소리로 그들에게 인사를 건네야 한다. "안녕하세요!"라고 해보았다. 이건 아무래도 아닌 것 같아 한쪽 손을 들며 "안녕!"이라고 말해보았다. 너무 머쓱해서 민망한 손만 바지에 스윽 닦았다.

일해는 다시 한번 긴 숨을 내뱉고는 초인종으로 손을 가져가다가 멈칫했다. 자기 집 들어가는데 누가 초인종을 누르겠는가. 그렇지만 집 비밀번호를 모르는데?

다시 보니 형의 집 현관문은 지문 인식 시스템이었

다. 엄지를 가져다 대자 철컥 소리가 나며 현관문이 열렸다. 반가운 마음도 잠시, 일해는 땀이 흥건한 손으로 현관문을 열었다. 금방이라도 조카들이 뛰어나와 품에 안길 것 같았다.

"나 왔어."

가장 무난한 대답이라고 생각하며, 일해는 현관으로 발을 내디뎠다. 단단히 긴장했던 것과는 달리, 불이 꺼진 거실은 인기척이 느껴지지 않았다.

아무도 없나? 고개를 갸웃하며 일해는 구두를 벗었다. 거실로 들어서다가 뾰족한 무언가를 밟고 말았다. 비명이 터져 나오려는 걸 겨우 참았다. 어두워서 주변이 잘 보이지 않았다. 그리고 보니 현관 등이 켜지질 않았다. 급한 대로 휴대폰을 꺼내 플래시를 켰다. 그제야 바닥에 널려 있는 것들이 눈에 들어왔다. 일해가 밟은 것은 레고 조각이었다.

거실은 장난감뿐만 아니라 옷가지며, 식기구며, 온갖 것들이 널브러져 있었다. 누군가 마구 헤집어놓은 듯한 풍경에 일해는 미간을 찌푸렸다. 마침 눈에 들어온 것은 거실 벽면에 걸린 거대한 티브이에 붙은 압류 딱지였다. 뿐만 아니었다. 주위를 둘러보니 소파에도 냉장고에도 고급 마호가니 식탁에도 딱지가 붙어 있었다.

일해는 자신이 한해의 모습을 하고 있는 줄도 잊고 형수와 조카들의 이름을 소리 높여 불렀다. 돌아오는 소리는 없었다. 실례인 줄 알면서도 안방과 작은방, 조카 방까지 둘러보았다. 거실과 마찬가지로 아무렇게나 들쑤셔진 방. 가족의 흔적은 찾을 수가 없었다.

일해는 휴대폰으로 형수의 전화번호를 찾았다. 신호는 서너 번 울리더니 뚝 끊겼다. 연결이 되지 않는다는 안내음에 일해는 다시 한번 전화를 걸었다. 이번에도 마찬가지였다. 세 번째 다시 전화를 걸려는데, 휴대폰이 우웅 진동했다.

연락하지 말랬잖아. 변명 듣고 싶지 않으니까 그만 전화해.

일해는 급히 답장을 보내려다가 형과 형수가 나눈 대화창을 보고 말았다. 보지 말았어야 했는데, 한번 읽게 된 메시지의 흐름을 도무지 놓을 수가 없었다. 스크롤을 올리며 그간 두 사람에게 벌어진 일을 알게 됐다.

형이 사기를 당한 모양이었다.

한해가 시도했던 사업은 헬스케어 기기 유통 사업이었다. 형은 몇 년 전부터 유망하다는 말을 듣고 심박수와 혈압, 수면 상태 등을 모니터링할 수 있는 AI 밴드의 유통에 뛰어들었다. 그러고 보니 형이 언젠가 이런 말을 했었다.

"앞으로는 건강 데이터 시대야. 두고 봐. 집집마다 헬

스케어 기기가 필수품이 될 거야."

그때는 그 말이 무슨 뜻인지 몰랐다. 한해는 워낙 투자에 관심이 많으니 '또 어디 유망한 회사 주식을 샀나 보다'라고만 생각했다. 설마 직접 사업에 뛰어들었을 줄이야. 게다가 겉만 번지르르하고 알맹이는 없는 사업일 줄은 정말로 몰랐다. 수심이 깊어가던 바로 그때, 눈앞으로 그간 형이 겪은 일들이 마치 영상처럼 빠르게 흘러갔다.

한해는 전 재산을 끌어모아 사업을 벌였다. 아내와 가족들을 설득하기 위해 그는 몇 년간의 산업 보고서를 제시하기도 했다. 이건 리스크가 없는 확실한 투자라며, 이 시장을 선점하면 대박을 터뜨릴 수 있다고 호언장담했다.

심지어 대출까지 받아 투자금을 늘렸다. 중견 회사와 계약을 맺어 제품 공급을 일임하고 자신은 아내 명의로 회사를 꾸려 홍보와 마케팅 및 판매를 맡기로 했다. 기기만 잘 팔리면 이후엔 정기 구독 서비스로 수익이 쭉쭉 늘어날 거라고, 한해는 자신이 모은 정보를 바탕으로 확신에 차 부푼 꿈을 꾸었다.

그러나 사업은 초반부터 난항을 겪었다. 꼼꼼히 살피지 못한 탓에 계약서에 독소 조항이 있는 걸 뒤늦게 발견했다. 한해는 비싼 가격으로 제품을 공급받아야 했다. 기기의 품질도 문제가 되었다. 초기 계약 때만 해도 최신 기술을 자랑하던 제품들은 막상 시장에 출시되자 불량률이 높았다. 자연스레 소비자들의 불만은 폭주했다.

한해는 소비자 항의를 처리하느라 정신이 없었다. 이미지 회복을 위해 막대한 추가 비용을 들여야 했다. 정작 본사가 약속했던 지원은 지연되거나 이행되지 않았다. 고객 지원 시스템도 부실했다. 이 모든 문제로 판매량은 크게 떨어졌다.

한해는 초기 손해를 메우고 사업을 확장하기 위해 새로운 투자자를 끌어들이려 했다. 이때 접근한 사람이 S라는 컨설턴트였다. 그는 글로벌 헬스케어 기업과의 파트너십을 주선하겠다며, 한해를 해외 투자 설명회에 데려갔다. 유명 인사들과 찍은 사진을 보여주며 신뢰를 심어준 것은 물론이었다. 고액의 수수료를 요구했지만, 사업을 정상 궤도로 올릴 수만 있다면 투자는 이어져야 했다. 한해는 남은 재산을 모두 털어 넣어 S와 계약했다.

알고 보니 S는 사기꾼이었다. 투자 설명회는 허울뿐인 행사였고, S가 내민 모든 서류는 조작으로 점철되어 있었다. 뒤늦게 투자금을 회수하려 했지만, 그땐 이미 S와 공범들이 모든 자본을 챙겨 잠적한 후였다.

한해의 사업은 완전히 무너졌다. 유통망 문제, 제품

품질 논란, 투자 사기까지 겹치며 회사는 부도가 났다. 사업 실패로 인해 쌓인 채무는 한해의 가족에게까지 영향을 미쳤다. 결국 형수와 조카들은 집을 나가게 되었다. 남겨진 한해는 모든 책임을 혼자 짊어져야 했다.

　　두 눈으로 보고도 믿기지 않아 잠시 넋을 놓은 사이, 일해의 몸 주변으로 거무스름한 연기가 피어올랐다. 어느새 연기가 눈앞을 새까맣게 뒤덮었다. 일해는 연기를 물리려고 손을 여러 번 저었다. 그러나 연기는 거머리처럼 온몸에 스멀스멀 달라붙었다. 연기가 몸에 완전히 흡수되고 나서야 서서히 눈앞이 밝아졌다.

　　어느덧 풍경이 달라졌다. 곁에는 형수가, 맞은편에는 의사 가운을 입은 여자가 있었다. 그녀는 정신의학과 교수였다.

　　교수의 차분한 목소리가 차갑게 공기를 갈랐다. 교수가 내린 진단에 형수는 반박이라도 하려는 듯 입술을 뗐지만, 아무 말도 하지 못한 채 고개를 숙였다. 일해는 이 상황이 마치 자기가 겪은 것처럼 생생하게 이해할 수 있었다. 첫째 희준이 자주 흥분하거나 감정을 억제하지 못하는 모습을 보였다. 주의 집중이 잘 되지 않고 잦은 문제를 일으킨다고 학교에서 여러 번 전화가 왔다.

일해, 아니 한해의 입에서 말이 흘러나왔다.

"치료가 가능합니까? 약물 치료를 하면 몇 년 안에⋯⋯."

한해의 목소리에서 절박함이 묻어났다. 교수는 너무 걱정하지 않아도 된다면서도 약물 치료만으로 끝나는 일은 아니라고 했다. 부모의 적극적인 협조는 필수였다. 치료의 목표는 아이가 자신을 긍정적으로 바라보고, 친밀한 교우 관계, 행복한 학교생활을 영위해나가는 것. 부모의 태도는 아이에게 큰 영향을 미칠 것이라는 코멘트가 잇따랐다. 잠자코 있던 형수는 자신들이 무얼 해야 하느냐고 물었다.

교수는 부모로서 아이를 도울 수 있는 방법들을 설명했다. 예를 들어 아이가 일정한 생활 리듬을 갖게 돕는 것, 부정적인 말보다 긍정적인 강화 방법을 사용하는 것, 그리고 전문 의료인의 도움을 꾸준히 받는 것 등이었다.

한해는 그 모든 말들이 들리지 않았다. 대신 자신이 매스컴에서 보고 들은 온갖 부정적 뉴스들만 떠올렸다. 아이가 받은 진단이 재앙으로만 보였다. 그는 하얗게 질린 얼굴로 교수에게 이것저것을 물었다. 평생 안고 가야 하는 짐인지, 혹시 잘못 판정한 것은 아닌지. 급기야 교수의 손을 붙잡고 제발 자신과 아들을 살려달라고 매달렸다. 한해의 과한 반응에 그녀는 난처해했다.

"아버님, 다시 말씀드리지만 그리 염려하지 않으셔도 됩니다. 그보다는 아이의 특성을 있는 그대로 받아들이시면 어떨까요? 아버님이 여유를 가지시면, 아이는 분명 건강히 자랄 겁니다. 장담해요."

그러면서 교수는 한해가 가진 편견을 꼬집었다. 어쩌면 그 선입견 때문에 아이가 더 힘들어질지 모른다고. 그러니 아버님이 먼저 생각을 바꾸시는 게 좋겠다고.

한해는 교수를 노려보았다. 그녀는 자기 일이 아니라고 함부로 말하고 있었다. 한해의 머릿속엔 집에서 자주 반복되던 광경으로 가득했다. 거실 한가운데에서 울부짖는 아들. 아이는 분노에 가득 찬 표정으로 레고 조각들을 사방으로 던지며 고함을 질렀다.

한해는 속수무책으로 서 있었다. 그가 할 수 있는 일이라곤 아이가 소리치는 것을 몸서리치며 노려보는 것뿐이었다. 형수는 아이를 안아 달래려 했지만, 아이는 그녀의 품을 밀어내며 더 크게 울었다.

'아무것도 모르는 주제에 뭘 안다고 떠들어!'

한해는 머리를 감싸 쥐었다. 어째서 아들에게 이런 일이 벌어졌지? 완벽하길 바랐던 결혼 생활이 아이 때문에 산산조각 나는 듯했다. 그런 한편 불현듯 어린 시절 아버지의 모습이 떠올랐다.

어린 한해는 좁은 방 한구석에 웅크리고 앉아 아버지가 들어오기만을 기다리던 아이였다. 아버지는 고단한 일상에 찌든 막노동꾼이었다. 손톱 밑은 늘 거뭇했고, 온몸에서 희미한 기름 냄새가 풍겼다. 아버지는 집으로 돌아오면 낡은 작업복을 벗어 던지며 중얼거리듯 푸념을 늘어놓았다.

"세상에 공짜는 없다. 정신 똑바로 차려야 해. 남들한테 무시당하기 싫으면, 이 악물고 공부하란 말이다."

한해는 그 말을 가슴에 새겼다. 그는 아버지가 일을 끝내고 돌아오면 학교에서 받은 상장을 내밀곤 했다. 그때마다 아버지는 미소를 지었다.

"이렇게만 해. 그래야 네가 나처럼 살지 않아."

물론 그 미소는 길지 않았다. 아버지는 잔뜩 찌푸린 얼굴로 술잔을 기울였다. 한해는 아버지의 미소가 더 오래 이어지길 바랐다. 그래서 더 많이, 더 열심히 공부했다. 다른 아이들 위에 서야 한다고, 그래야 여기서 벗어날 수 있다고 믿었다. 자신도, 아버지도.

그러나 가난은 끈질겼다. 반 아이들의 비웃음 섞인 시선을 참을 수 없었다. 사람들이 아버지의 구멍 난 신발을 힐끔 볼 때면, 땅속으로 숨고 싶었다. 그럴 때마다 그는 더욱 필사적으로 노력했다. 남들보다 잘해서 인정받아야 한다고 생각했다.

　병원 진료실에서 교수가 하는 말을 듣자, 어린 시절 아버지의 목소리가 되살아났다. 그 목소리는 오랜 시간 한해를 지배해왔다. 한해는 남들에게 무시당하지 않기 위해 성공과 명예를 최우선으로 삼았다. 자신은 누가 봐도 늘 찬란하고 우월한 사람이어야 했으니까.

　문득 의심이 들었다. 나는 정말로 아들을 사랑하는가? 지금 이 순간에도 아들이 비정상일까 봐 두려워하는 나는 아빠로서 자격이 있는가? 오직 내 체면만 생각하는 게 아닐까? 아들의 어려움이 자신의 실패로만 느껴지는 이때. 한해는 아이가 세상의 기준에서 벗어나는 것만큼이나 어린 시절 자신을 바라보던 그 눈빛들을 다시 마주하게 될까 봐 두려웠다. 그러자 어떻게든 아이를 정상으로 만들고 싶었다.

　그는 아이에게 더욱 윽박지르고, 혐오의 말을 쏟아냈다. 그러면 안 되는 줄 알면서도 도무지 멈출 수가 없었다.

　투자도 실패, 아들을 정상으로 만들려던 시도도 실패. 아내는 이혼을 요구했다. 한해는 인생이 완전히 망가진 것 같았다. 그가 할 수 있는 남은 일이라고는, 새롭게 삶을 시작하는 것이었다. 아니면 아예 끝내버리든가.

　그래서 한해는 일해를 만나고 돌아오는 길에 죽음을

생각했다. 일해를 내려다 주고 인근 마트에 들러 번개탄을
구입했다.

　일해는 그제야 왜 보조석에 번개탄이 있었는지 깨달
았다. 한해의 모습을 한 일해는 어느새 차 안으로 돌아와
있었다. 절로 손이 움직였다. 한해는 봉지에서 번개탄을
꺼냈다. 토치로 번개탄에 불을 붙였다. 한해의 생각이 마
치 자기 것인 양 일해의 머릿속을 어지럽혔다.
　'다시 기회를 얻는다면, 그때는 정말로 성공할 수 있
어. 이번 생이 안 되면 다음 생에서라도…….'
　점점 연기가 차오르며 정신이 몽롱해졌다. 한해에게
끈질기게 따라붙던 그 검은 연기의 정체를 일해는 이젠 알
것 같았다. 한해의 모습을 하고 있는 일해도 점점 의식이
가물가물해졌다. 그때, 누군가가 차창을 똑똑 두드렸다. 무
거운 눈꺼풀을 들어 올리자, 익숙한 얼굴이 눈에 들어왔다.
　"그만 일어나!"
　그 사람은…….

정답을 알아갈 날

다시 눈을 떴을 때, 일해는 환생 학교로 돌아와 있었다.

정확히는 환생 학교 5층의 다락방이었다. 그러나 일전에 리버스의 방을 채우기 위해 들렀던 자신의 다락방이 아니었다. 다른 누군가의 다락방이었다.

방 안쪽에서 일해의 자작곡이 흘러나왔다. 그러고 보니 환생 학교에 오고 얼마 안 있어 이곳을 지날 때도 이 노래를 들었다. 설마 그 방일까? 일해는 주위를 둘러보고는 믿기 어려운 광경에 탄식을 흘렸다.

방 안은 일해의 흔적들로 가득했다. 일해가 처음으로 구입했던 기타, 밤새워 곡을 쓰다 그 위에 엎어져 잠이 든 바람에 침 자국이 번진 공책, 배달 일을 하면서 입었던 유니폼, 일해의 노래를 녹음하여 틀어놓은 카세트테이프, 오래 신어 굽이 닳아 없어진 신발 등 모든 것이 어릴 적부터 지금까지의 일해를 고스란히 담고 있었다. 누군가가 그의 인생을 기록하고 모아둔 듯했다.

방 한쪽에 걸린 낡은 사진 한 장이 눈에 들어왔다. 어린 일해가 아버지의 무릎에 앉아 환하게 웃는 사진이었다. 그는 사진 앞으로 다가갔다. 여긴 대체 누구의 방일까?

"누구겠어?"

언제 왔는지 강림이 그를 빤히 보고 있었다. 강림의 물음이 일해의 가슴을 강하게 두드렸다.

"이곳에 세상 모두의 방이 있지."

"설마…… 아버지의 방인가요?"

아버지가 이렇게나 내가 좋아하는 일에 관심이 있었다니. 몰랐던 진심을 알게 되자 가슴이 뻐근하고 눈시울이 뜨거워졌다.

강림의 등 뒤로 염라를 비롯한 환생 학교의 교직원들이 나타났다. 염라는 여전히 서늘한 미소를 띠고 있었다.

"일해, 네게 기회를 주겠다. 환생할 기회는 네가 포기했기에 더는 불가능하다. 하지만 현생으로 돌아갈 수는 있다. 대신 네 형의 죄를 대신 갚는 조건으로."

"어떻게 갚아야 하는데요?"

"살아보면 알게 되겠지."

결국 모든 것의 정답은 인생을 끝내보아야 알 수 있다는 말 같았다. 아직 다 살아보기 전에는 온전히 알 수 없는 것. 그렇다면 벌써부터 삶을 접고 포기하고 싶진 않았다. 아직 살날이 창창한데. 정답을 알아갈 날이 너무나도 많은데.

"좋아요. 할게요."

"그럼 뭐 하느냐. 어서 가지 않고."

염라가 다락방 문을 가리켰다. 그곳은 환한 빛으로 빛나고 있었다. 일해는 사람들에게 인사했다. 강림과도 진한 포옹을 나누었다.

"닭뼈 또 목에 걸리기만 해봐. 이번에는 곧장 지옥행인 줄 알아."

일해는 작게 웃음을 터뜨리며 자기 목을 매만졌다. 강림이 굳었던 표정을 풀며 덧붙였다.

"후회는 청구서와 같은 거야. 어떤 선택을 하든 반드시 따라오지."

할락궁이도 다가와 일해의 손을 꼭 잡았다.

"잊지 마세요. 이름 없이 핀 꽃도 꽃이라는 걸."

직녀는 손수 짠 손수건을 그에게 건넸다.

"삶의 모든 매듭이 당신 인생을 아름답게 직조해나갈 거예요."

모두에게 감사 인사를 전한 일해는 문을 향해 걸음을 옮겼다. 현생의 문이 가까워 올수록 가슴속 깊은 곳에서부터 다시 해낼 수 있다는 확신이 차올랐다.

일해는 닭뼈를 먹고 쓰러졌던 장소에 누워 있었다. 눈을 뜨자마자 벌떡 자리에서 일어났다. 입가에 흐른 침을 닦았다. 발밑에 목에 걸렸던 닭뼈가 떨어져 있었다. 한 가지 생각만이 머릿속을 지배했다.

한해를 구해야 한다.

그길로 일해는 형의 집으로 향했다. 경비원이 그를 막아섰지만 힘껏 뿌리치고 달렸다. 뒤에서 경비원들이 소리치며 달려와도 멈추지 않았다. 숨 가빠 도착한 주차장에서 일해는 한해의 차를 발견했다.

그 안에 형이 웅크리고 앉아 있었다. 고통스러운지 미간을 찌푸린 채 눈을 감고 있었다. 차 안에서 흘러나오는 번개탄 냄새가 주변에 진동했다. 일해는 한 치의 망설임도 없이 달려가 잠긴 문을 세차게 두드렸다.

"그만 일어나! 형, 나야 나! 일해라고!"

일해의 목소리가 전해졌는지 형이 힘겹게 눈을 떴다. 하지만 그것도 잠시 그는 이내 정신을 잃은 듯 고개를 옆으로 떨구었다. 문이 열리지 않자 일해는 경비원들에게 뭐라도 단단한 것을 가져다 달라고 요청했다. 119에 신고해 달라는 말도 잊지 않았다.

한 경비원이 관리실에서 망치를 가져왔다. 일해는 그것으로 창문을 있는 힘껏 두들겼다. 차가 삑삑거리며 요란한 경고음을 토해냈다. 사람들이 무슨 일인가 하고 둘러쌌지만, 일해는 오로지 형을 구하는 데만 정신을 집중했다. 견고하던 창문도 조금씩 금이 나더니 마침내 깨졌다. 차문을 열고 형을 끄집어냈다. 형은 의식을 잃고 눈동자가 돌아가 있었다.

형의 숨소리가 희미했다. 일해는 곧바로 심폐소생술을 시작했다. 한해의 입으로 공기를 불어넣고 심장을 압박하며 빌고 또 빌었다. 형, 우리 살아보자. 아직 끝난 거 아니잖아. 나도 살 거니까, 형도 살아!

곧 구급차 사이렌이 주차장 가득 울려 퍼졌다. 구급대원들이 들것을 들고 뛰어왔다. 일해는 형이 들것에 실리는 그 순간까지도 형을 살리기 위한 시도를 멈추지 않았다.

환생의 자리 /

양옆으로 차량이 빡빡하게 주차된 좁은 골목길. 흰색 포터 한 대가 꾸물꾸물 그 사이로 고개를 들이밀었다. 앞머리를 이리 꺾어보고 저리 꺾어보아도 각이 나오지 않자 후진과 전진을 몇 번 반복했다. 요령 있게 빈틈을 헤집고 골목 사이를 빠져나갔다.

트럭 운전자는 일해였다. 처음 이 녀석의 핸들을 잡을 때만 해도 툭하면 담벼락에 범퍼를 긁어먹었다. 내 차만 망가지면 다행이다. 애먼 남의 차에 흠집이라도 내면 한숨이 절로 나왔다. 아까운 생돈을 날리기를 몇 번. 그래도 운전에 감이 없진 않는 모양이었다. 반년 넘게 트럭을 몰다 보니 이제는 웬만한 골목길은 대로변 달리듯 수월하게 다닐 수 있게 되었다.

일해는 스피커에서 흘러나오는 영국의 오래된 밴드 T-Rex의 음악에 맞춰 흥얼거리며 트럭을 세웠다. 조수석에서 함께 고개를 까딱이던 한해가 목장갑을 끼며 앓는 소리를 냈다.

"아이고, 삭신이 쑤셔도 일해야지, 일해야? 좀 쉽게 이해해줄 수는 없겠지? 넌 이해가 아니라 일해니까."

"헐. 뭐야, 그 재미없는 아재 개그는?"

한해의 농담에 실소도 나오지 않았다. 일해는 어처구니없다는 듯한 눈으로 한해를 흘겨보며 콘솔 박스에서 목장갑을 꺼냈다. 한해는 짐짓 억울한 척하며 과장되게 말했다.

"아재라니? 나 아직 아재 아니다? 팔팔한 마흔이라고."

두 사람은 서로가 생각해도 실없었는지 낄낄거리며 차에서 내렸다.

한해는 어깨를 돌려 몸을 풀며 짐칸에 올랐다. 가지런히 누워 있는 냉장고 위로 고정용 밴드가 여러 겹 둘러져 있었다. 한해는 그것을 풀며 냉장고에게 말했다.

"다 왔다, 녀석아. 좋은 주인 만나 예쁘게 사랑받아라."

일해도 짐칸에 올라 형을 도우며 피식 웃음 지었다. 건강해진 형의 목소리가 듣기 좋았다.

환생 학교에 다녀오고, 해가 바뀌었다. 한해는 더는 벤츠를 몰지도 않았고, 손목에는 값비싼 시계 대신 청 테이프를 끼고 있었으며, 허름한 남방과 카고 바지를 작업복처럼 입고 있었다. 그런데도 일해의 눈에는 그 어느 때보다도 부자 같았다. 돈이 많아서 부자인가? 자기 삶을 책임질 줄 아는 단단한 마음이야말로 부자의 제1 조건이라는 것을, 일해도 한해도 뼈저리게 느끼는 요즘이었다.

어찌 된 일인지 한해는 환생 학교에서의 일을 기억하지 못했다. 응급실로 실려 가던 그때, 한해는 잠시 정신이 돌아왔다. 한해는 미약한 손길로 일해의 손을 붙잡으며 무언가를 말하려 했다. 산소 호흡기를 차고 있어서 내용을 알 수는 없지만, 형의 눈가에서 흐르는 한 줄기 눈물로 알 수 있었다. 형은 일해에게 말하고 있었다. 지옥불에서 건져주어 고맙다고. 그러나 형이 회복되고 환생 학교에 대해 물었을 땐, 이맛살을 찌푸렸다. 꿈 얘기를 하는 거냐고, 비슷한 악몽을 꾼 듯한데 무슨 말인지는 정확히 모르겠다고.

일해는 황당했다. 어떻게 기억하지 못 할 수가 있느

냐는 일해에게 한해는 오히려 웃으며 되물었다.

"혹시 음악 접고 소설 쓰려고?"

일해는 더 이상 아무 말도 할 수 없었다. 형의 신상과 관련해 알게 된 모든 것도 함구하기로 했다. 대신 형에게 같이 일해보자고 제안했다. 형은 머리를 한 대 맞은 듯 멍하니 있더니 빙그레 미소 지으며 말했다.

"고맙다."

일해는 환생 학교에서의 일을 혼자만의 비밀로 간직했다. 내게는 너무나도 또렷한데, 한해는 기억 못 한다니. 그렇다면 그곳에서 만난 다른 이들도 마찬가지일까? 문득 카페 '다시'에서 마셨던 기억 라떼의 맛이 혀끝에 맴돌았다. 그 음료가 일해의 기억을 지켜준 것일까? 알 수 없는 일이었다.

한해는 아내와 이혼 후, 아파트에서 나와 좁은 원룸으로 이사했다. 파산 이후 잃은 것은 돈만이 아니었다.

'대체 나는 무엇을 잃은 걸까?'

고민을 거듭하던 어느 날, 한해는 우연히 일해가 재활용 센터에서 일하는 모습을 보았다. 먼지를 뒤집어쓴 채 낡은 가전제품을 고치는 모습은 이상하게도 한해의 마음을 흔들었다. 땀 흘리는 그 일이 왠지 자신을 살게 해줄 것 같았다.

　이혼은 했지만, 형은 형수와 연락을 하고 지냈다. 종종 아이들을 만나러 가기도 했다. 상처 받은 가족에게 진심으로 사과하고, 다시 합칠 날을 기대하며 한해는 묵묵히 자기 자리를 만들어가고 있었다.

　"일해야, 농땡이 치지 말고 거기 잡아."

　형을 물끄러미 바라보던 일해는 퍼뜩 정신을 차리고 냉장고 모서리 아래로 손을 넣었다.

　"하나 둘 셋 하면 들자."

　하루이틀 맞춰온 사이가 아니었다. 그 정도야 말하지 않아도 알 수 있는 법. 일해는 오늘도 가뿐히 한 건 해치우고 돌아갈 작정이었다. 그런데 형의 구호가 어째 엇박자가 났다. 셋을 외치는 순간, 형이 기우뚱 중심을 잃으며 고꾸라지는 바람에 일해에게 무게가 실렸다. 일해의 허리가 그 무게를 고스란히 감당했다. 뜨끔 하는 느낌과 함께 등줄기에 식은땀이 흘렀다.

　일해는 바닥에 주저앉아 허리에 손을 얹었다. 한해가 괜찮냐며 달려왔지만, 이미 허리를 다친 후였다.

　두 사람은 가구 가전 재활용 센터에서 일하고 있었다. 먼저 취직한 사람은 일해였다. 급여는 적지만, 일자리를 구하기는 수월했다. 재활용 센터 사장은 사람 구하기가 쉽지 않은데 젊은 사람이 일을 하겠다고 적극적으로 나서니 처음엔 반신반의하는 기색이었다. 언제 그만둘지 모른다고 판단했는지 일도 설렁설렁 가르쳐주고, 이따금 일해의 눈치를 보기도 했다. 그러나 일해 솜씨가 생각보다 나쁘지 않다는 걸 알게 된 사장은 고개를 갸웃하며 어디서 일을 좀 배웠느냐고 물었다. 일해는 웃으며 답했다.

"환생 학교요."

사장은 무슨 그런 학교가 다 있냐며 코웃음을 치면서도 만약 진짜 그런 학교가 있다면 자신도 꼭 입학해보고 싶다고 했다. 일해가 그 이유를 묻자 사장은 한 번쯤 다시 살아보고 싶다며 입맛을 다셨다. 그러면서 자신의 왕년에 대하여 한참을 떠들었다.

일해는 그의 말을 라디오 삼아 고장 난 물건들을 고쳤다. 다시 사는 삶. 깊이 생각해보지 않았을 땐, 일해도 그렇게 생각했다. 후회로 얼룩진 지난날을 고칠 수 있다면, 그리하여 남들 보기에 성공한 삶을 산다면 얼마 좋을까.

하지만 새 삶을 산들 후회가 없을까? 후회는 청구서와 같아서 어떤 선택을 하든 반드시 따라온다는 강림의 말이 가슴에 남았다. 환생 학교에서 배운 대로, 내 인생의 청구서에 당당히 값을 치르며 사는 삶. 그렇게 산다면 후회가 남아도 상관없을 것 같았다. 일해는 다른 삶이 아닌, 지금 이 삶에서 그 일을 해보려고 했다.

그 시작으로 일해는 재활용 센터 취직을 택했다. 환생 학교에서 머물렀던 그 짧은 기간 성식에게 배운 연장 다루는 솜씨는 현생으로 돌아와서도 사라지지 않았다. 전에는 손도 대지 못했던 것들을 차근차근 다루어나갈 수 있었다. 고장 난 티브이나 에어컨, 전등 등을 수리하는 일이 점점 쉬워졌다. 이참에 이 기술을 이용하여 일을 해보면 어떨까 하는 생각이 들었다.

그렇게 시작한 일에서 일해는 새로운 재미를 느꼈다. 물론 음악을 만드는 일은 여전히 즐겁다. 하지만 땀 흘려 노동하고 돈 버는 일에도 재미가 있다는 걸 깨달았다. 일해의 손재주는 하루가 다르게 발전했고, 그것은 오랜 기간 이 바닥에서 살아남은 사장도 인정하는 바였다.

일해는 아픈 허리에 파스를 덕지덕지 붙였다. 그 모습을 물끄러미 바라보던 한해가 혀를 찼다.

"그렇게 아프면서 무슨 공연을 한다고. 못 하겠다고 해."

일해는 욱신거리는 아픔에 눈살을 찌푸리면서도 이를 악물었다. 꼭 무대에 서야 한다. 오늘은 특별한 날이니까. 아무도 모르겠지만, 일해만은 똑똑히 기억하는 동창생들. 금일 '환생 학교 동창회'가 있을 예정이었다.

"그럼 좀 쉬든가. 일 마치자마자 컴퓨터 앞에 앉아서 뭐 하는 거야?"

일해도 쉬고 싶었다. 그러나 한 달에 딱 하루, 자작곡을 올리는 날을 허투루 넘기고 싶진 않았다. 구독자가 몇 명 되지 않지만, 내 노래를 사랑해주고 한 달을 기다려주는 사람들이었다. 이번 노래도 잘 소개하고 싶었다. 구독자 중에는 환생 학교 동창들도 있었다. 특히 영수가 일해의 열렬한 팬이 되어주었다.

지난 스승의날, 일해는 스승님 찾기 프로그램을 통해 영수가 근무하는 학교를 알게 됐다. 서천꽃밭에서 키워냈던 꽃들을 기억하실까 싶어 화분 하나를 손에 들고 찾았다. 역시나 영수는 환생 학교에서의 일을 기억하지 못했다. 하지만 자신이 일해라고 소개하자, 얼굴이 환해졌다.

그날, 일해는 영수와 삼겹살집에서 소주를 기울었다. 영수는 술이 몇 잔 들어가자 학교 일의 고단함을 토로했다. 아이들은 말 안 듣지, 학부모들은 툭하면 민원성 전화를 넣기 일쑤지. 게다가 교감은 깐깐하기가 이루 말할 수 없어서 공문을 하나 기안하면 두세 번은 반려해서 반려의 여왕이라고 불린다고 했다. 일해는 선생님이 이토록 투덜이였던가 싶었다. 그 옛날 선생님에게서는 결코 느낄 수 없었던 인간미가 뿜뿜 뿜어져 나왔으니까.

"교감 선생님이 꼼꼼해서 하나 좋은 건 있더라. 내가 말도 안 했는데, 생일이라고 조각 케이크를 선물로 주시더라고. 알고 보니 나 말고도 모든 교직원이 받은 것 같다마는."

영수는 그런 맛에 학교생활 하는 것 아니겠냐고 했다. 요즘은 철없는 아이들도 조금 귀엽게 보인다고 했다.

"실은 철없을 때가 제일 행복한 거야. 철드는 순간, 다른 생을 살고 싶지. 나도 차라리 아이처럼 살고 싶기도 해. 선생님한테 혼나든 말든 개구쟁이처럼 장난도 좀 치고 말이야."

"그것도 나쁘지 않은데요?"

일해가 호응해주자 영수는 씨익 웃으며 잔을 들어 올렸다. 일해도 선생님의 잔에 잔을 맞부딪쳤다. 교권을 침해당한 일은 어떻게 됐느냐고 물어볼까 했지만, 그만두었다. 영수는 잘 지내는 것 같았다. 영수의 눈가에 어린 시절 보았던 환한 미소가 서려 있었으니까.

일해는 자신이 선생님의 응원에 힘입어 음악을 한다

고 말했다. 유튜브에 음악을 올리고 있다 하니, 영수는 그 자리에서 구독과 알림을 눌렀다. 다음 날부터 영수는 자기 반 아이들에게 일해의 음악을 틀어주었다. 그 반 아이들이 '선배님' 신곡이 또 언제 나오느냐고 묻는다고 문자를 보내왔다. 그래서일까. 일해는 곡 올리는 것을 하루라도 미룰 수 없었다.

오늘은 영수가 제자 중 일해의 열렬한 팬 몇 명을 데리고 공연에 오겠다고 했다. 일해는 영상 업로드를 마치고, 기타를 챙겨 집을 나섰다.

대학로에 위치한 작은 소극장. 이곳이 오늘 일해가 공연할 장소였다. 인디에서 활동하는 몇몇 밴드가 연합하여 무대를 꾸밀 예정이었다. 대기실에서 기타 튜닝을 하고 있는데, 한 남자가 다가와 일해의 어깨를 툭 두드렸다. 일해가 고통의 비명을 지르자 그는 깜짝 놀라며 어쩔 줄 몰라 했다.

"왜 그래? 어디 아파?"

그는 포뺀의 리더 석중이었다. 공연 사전 모임에서 만난 석중은 일전에 거리 버스킹을 하던 일해를 본 적 있다며 다가왔다. 그는 털털하고 부드러운 인상으로 일해와 금방 친해졌다. 노래가 너무 좋다며 일해를 치켜세워주었는데, 빈말이라도 그 말이 듣기 좋았다.

"허리를 조금 삐끗해서…… 괜찮아요."

일해가 피식 웃자 석중은 조심하지 그랬느냐며 걱정
해주었다. 그러면서도 연신 손을 비비고 마른 입술을 훑었
다. 일해가 무슨 일이 있느냐고 묻자, 석중은 잠시 주저하
다 입을 열었다.

"실은 오늘 아주 중요한 손님들이 오시거든. 그래서……."

말을 이으려던 찰나, 포뺀 멤버가 공연을 준비하자며
그를 불렀다. 다음 차례가 포뺀이었던 것이다. 석중은 다
음에 다시 얘기하자며 일해의 어깨를 두드리려다가 멈칫
했다. 또 아프게 할 뻔했다며 멋쩍게 웃더니 손을 흔들고
멀어졌다. 일해는 멀어지는 그를 보며 "공연 잘해요!" 하
고 외쳐주었다. 사실, 누가 누굴 걱정하겠는가. 일해는 손
에 밴 땀을 닦으며 다시 한번 기타를 조율했다.

이윽고 일해 차례가 되었다. 일해는 심호흡을 하며
손에 쥔 기타를 향해 읊조렸다.

"잘하자."

일해의 전 재산이나 마찬가지인 고급 기타. 지난겨
울, 보디가 망가져서 수리를 맡기려 했지만, 결국 돈을 마
련하지는 못했다. 고민하던 찰나, 환생 학교에서 성식에게

배운 것들이 떠올랐다.

내가 한번 고쳐봐?

일해는 다이소에서 몇 가지 공구를 구입해 왔다. 그러고는 이리저리 합판을 덧대고 수리했다. 그 과정에서 잘 안 되는 부분이 생겼다. 그대로 두면 오히려 낭패였다. 혹시나 싶어 유튜브에 들어가 수리법을 검색하던 중, 눈이 휘둥그레지는 영상을 발견했다.

성식이 수리법을 올려놓았다. 뿐만이 아니었다. 성식이 지나온 시간들, 삶을 바라보는 생각들도 '할배 잔소리'라는 카테고리로 업로드해놓았다. 채널은 이름하여.

꼰대 할배의 알아둬도 딱히 쓸모없는 세상 사는 법.

잔소리 채널이라고 보기엔 뭔가 이상한 구석이 있었다. 구독자가 벌써 10만이 넘었으니까. 일해는 곧바로 구독을 눌렀다. 여러 수리법 영상을 시청하며 마침내 기타를 고쳐냈다. 그날, 일해는 처음으로 댓글을 남겼다.

사부님, 혹시 환생 학교를 기억하세요?

내가 왜 당신 사부입니까? 그리고 환생 학교라니, 다 늙은 노인네 놀리는 거요?

성식다운 반응에 웃음이 났다.

그게 아니고요. 제가 이번에 채널을 새로 팠거든요. 한번 놀러 오시라고요.

일해의 새로운 채널명 '일시정지'. 아직은 구독자가 얼마 되지 않지만, 일해는 이 채널을 소중히 키워나가고 싶었다.

얼마 전, 일해는 성식의 채널을 통해 그가 책을 냈다는 소식을 접했다. 책 제목은 유튜브 채널명과 같았다. 그 책은 온오프라인 서점에서 불티나듯 팔려나갔다. 신생 1인 출판사에서 대박을 쳤다며, 그 출판사 대표의 기사가 화제가 되기도 했다.

1인 출판사의 사명은 'Re:birth'.

대표는 이제 막 마흔둘이 된 송지혜였다.

성식이 오늘 공연에 왔을까? 그에게 댓글로 초대장을 보내주었다. 그는 시간이 되면 꼭 가겠다며, 평소에 올리고 있는 음악도 즐겨 듣고 있다고 했다. 일해는 기대 반 떨림 반으로 무대에 올랐다. 어두웠던 무대에 조명이 비추었다. 일해는 부신 눈을 가늘게 떴다. 차츰 빛에 적응이 되더니, 소극장에 앉은 관객들의 모습이 보이기 시작했다. 가장 먼저 눈에 들어온 사람은.

"아, 진짜. 두 사람 그만 좀 해."

새초롬한 얼굴로 팔짱을 단단히 낀 은비였다. 그 옆에 앉은 두 남녀도 눈에 들어왔다. 아마도 은비의 엄마와 남자 친구겠지? 두 분이 알콩달콩하는 모습에 은비는 눈살을 찌푸렸다. 그런데 입꼬리는 어찌 된 일인지 웃고 있었다. 일해는 슬쩍 고개를 돌려 무대 옆을 바라보았다. 모퉁이에서 그런 세 사람을 바라보는 석중. 그는 벌게진 눈을 어떻게 할 줄 모르겠다는 듯 수차례 비비다가도 웃음을 흘렸다. 그 모습이 너무나도 이상해 보였다.

행복해 보였다.

은비는 이제 중3이 됐으려나? 전형적 중3의 모습처럼 조금은 까칠하고 조금은 예민하지만, 가족의 곁을 지키는 아이. 일해는 부푼 마음으로 그 아이를 가만히 응시했다.

"공연 언제 시작하는 거요?"

퉁명스러운 목소리에 일해는 어깨를 움찔 떨었다.

"사부!"

성식이 "나 당신 사부 아니라니까!" 하면서 얼굴을 붉혔다. 옆자리의 고운 여사님이 성식의 어깨를 툭 치며 무어라 소곤거렸다. 그러자 성식은 흠흠 헛기침을 하며 얌전해졌다. 꼼짝 못하는 걸 보니 사부는 저분에게 꽉 붙들려 사는 모양이었다. 고운 여사님은 순애, 성식이 일해에게 사진으로 보여주었던 그 모습 그대로였다.

그리고 지혜.

지혜는 엄마와 새아버지 옆에서 노트북에 고개를 묻고 있었다. 공연을 따라오면서도 자기 일을 놓지 않는 모습이 딱 그녀 같았다. 그녀는 마침내 제대로 된 독립을 해낸 듯 보였다.

"곧 시작하겠지요. 거참 너무 보채시네."

반대편에서 일해를 편드는 목소리가 날아왔다. 영수가 일해를 향해 손을 흔들었다. 영수 옆으로 눈빛을 빛내는 어린 학생들은 야광봉을 반갑게 흔들었다. 뜻밖에도 응원 플래카드까지 만들어 왔다.

우유빛깔 유일해!

사랑해요 유일해!

설탕 목소리 유일해!

노래가 너무 좋다고, 늘 잘 듣고 있다며 환호하는 아이들. 일해는 코끝이 찡했다. 내가 이토록 사랑받아도 되는 걸까? 나에게 그런 자격이 있는 걸까? 눈물 나도록 고마우면서, 음악 하기를 잘했다는 생각이 들었다.

문득 그런 생각이 들었다. 실패한 삶이 어디 있냐고. 잠시 오르막길을 걷는 거겠지. 내리막길도, 편히 걸을 수 있는 평지도 있을 거라고.

혹시 아는가. 그의 인생에 또 다른 기회가 주어질지. 예상치 못한 찬사와 주목을 받는 삶이 찾아올지도 모른다.

하지만 아니라도 괜찮다. 사람들의 관심에서 벗어난 삶이든, 작지만 확실한 행복을 쌓아가는 삶이든. 중요한 건, 지금 이 순간 자신이 하고 싶은 일을 하고 있다는 것. 그리고 그 일을 통해 다시 한번 세상과 연결될 수 있다는 사실이었다.

새롭게 태어난 이상, 어떤 삶이 펼쳐지든 일해는 그 삶을 온전히 받아들일 준비가 되어 있었다. 잠시 삶을 멈추고 환생 학교에서 배운 대로 말이다.

일해는 피크를 쥐고 노래를 시작했다. 제목은 〈환생의 자리〉.

"그곳은 바로 내 삶이었어."

작
가
의
말

'이번 생은 망했다.'

이야기의 모티브가 된 문장이다. 유행처럼 떠돌던 이 문장에 동의하지 않으면서도, 내내 가슴에 남았다. 나는 내 인생이 망했다고 생각하지 않는다. 그럼에도 사람들이 왜 '이생망'을 자조적으로 또는 진심으로 입에 담는지는 잘 알 것 같았다. 인터넷 뉴스를 도배하는 우울한 기사들을 보고 있으면 '아, 정말 이러다 망하는 거 아니야?' 하는 생각과 함께 근원을 알 수 없는 불길한 예감이 스멀스멀

심장을 적셔오니까.

　바야흐로 불안의 시대이다. 불안이 사람들을 움직이는 동력처럼 보인다. 그것을 연료 삼아 뭔가 더 대단한 일을 해내는 사람도 있고, 공포에 잠식되어 끝도 보이지 않는 낭떠러지로 추락하는 사람도 있다. 불안·공포 마케팅은 돈이 되고, 감정 조절에 도움되는 잠언서가 불티나듯 팔린다. 유튜브 알고리즘에 '인생 대충 살 때 더 잘 살 수 있다', '완벽주의 인간 현명하게 사는 법', '성공은 전부 운이다' 따위의 영상이 노출되는 상황을 비단 나만 겪는 것은 아닐 테다.

　잘 사는 게 뭘까? 성공한 삶이 뭘까? 어떡하면 남부럽지 않게 살 수 있을까? 이러한 고민들은, 나는 생존본능으로부터 시작된다고 생각한다. 끊임없이 남과 비교하고, 경쟁에서 우위에 서기 위해 자기를 계발하고, 재테크를 하고, 다른 사람의 시선을 신경 쓰고, SNS를 꾸미고. 이 모든 것이 강퍅한 세상에서 살아남기 위한 몸부림이 아닐까. 놀랍게도, 우리는 어떻게 살아야 하는지 너무나도 잘 알고 있다. 결과보다는 과정을 즐기고, 타인의 시선에서 벗어나 자기만의 길을 찾고, 내가 통제할 수 없는 것을 통제하려 하기보다는 지금 당장 할 수 있는 일을 찾는 것. 그러한 노력이 생존본능으로 인한 두려움을 잠재우고, 하루를 더 의미 있게 살아내도록 할 것이다.

알면서도 실천하지 못한다는 것. 그게 문제다.

이성이 아무리 고삐를 잡으려 해도, 내 감정은 제멋대로 날뛰는 코끼리처럼 군다. 나는 경쟁에서 이기고 싶다고, 보란 듯이 괜찮은 삶을 살고 싶다고.

나는 웹소설을 가끔 읽는다. 웹소설의 주요 설정은 소위 말하는 '회빙환'이다. 회귀, 빙의, 환생은 현대 사회의 불안을 고스란히 반영하는 듯하다. 그때 살걸, 그때 할걸, 그때 쓸걸, 껄껄껄만 말한다 하여 '껄무새'라는 멸칭이 만들어진 것처럼 사람은 후회할 수밖에 없는 동물이다.

'미래를 안 채 회귀를 한다고? 빙의를 하고, 환생을 한다고? 또 한 번의 기회가 주어지면, 이번 생은 망하지 않고 완벽하게 살아낼 수 있을까?'

웹소설의 주인공들은 미래를 알기에 승승장구한다. 그들의 서사가 우리에게 쾌감을 주는 이유일 것이다.

오리지널스에서 이야기를 한 편 써달라는 제안을 받고, 회빙환을 먼저 떠올렸다. 나도 한번 멋지게 성공하는 주인공의 인생을 그려볼까, 하고. 하지만 다시 생각해보니, 나는 지금의 웹소설 작가들처럼 재밌는 이야기를 쓸 자신은 없었다. 대신 내가 잘하는 장르를 차용하여, 나만의 색을 곁들인 이야기를 쓸 수 있겠다 싶었다. 나는 동화와 청소년 소설을 쓴다. 내 나름 정의한 아동청소년 문학의 특징은 '희망을 얘기하는 것'이다. 도무지 장밋빛 미래를 기대할 수 없는 상황에서도, 아동문학은 나아질 수 있음을 얘기한다. 청소년 문학은 조금씩 성장하고 있음을 일깨워준다. 이른바 '동심'이고 '사춘기'이다.

나는 어른들에게도 동심과 사춘기는 존재한다고 믿는다. 왜냐고? 내가 그러하니까. 세상에 나 같은 어른들이 분명 있을 테니까. 동심으로 세상의 희망을 발견하고, 사춘기를 지나며 조금씩 자신을 알아가는 사람들. 어른이지만 아직 어른이 되지 못한 사람들. 그들과 공유하고 싶은 이야기를 쓰려 했다. 〈죽은 건 아니고, 일시정지〉의 등장인물들이 그런 사람들이다. 이들은 환생 학교에 입학하여 더 나은 삶을 꿈꾸기도, 모든 의욕을 잃고 자포자기하기도 한다. 그러나 결국에는 각자 인생의 의미를 발견하는 것으로 졸업을 맞이한다. 어쩌면 너무 진부할지도 모를 기승전결이지만, 나는 이렇게 살아가고 싶다. 뻔하도록 단순한 인생의 진리를 우리는 아주 어릴 때부터 배워오지 않았나.

'그리하여 철수와 영희는 행복하게 잘 살았습니다.'

그렇게도 인물들의 해피엔딩을 바랐던 건, 일해와 영수, 은비, 성식, 지혜 그리고 한해가 새롭게 살길 바랐던 건 우리 또한 그들처럼 살고 싶고, 살 수 있기 때문일 것이다. 때문에 나는 다른 엔딩을 그릴 수가 없었다.

　출간을 앞둘 때마다 가슴이 두근거린다. 새 책이 나온 다는 기쁨도 있겠지만, '과연 이야기가 사랑받을 수 있을까' 하는 두려움 때문이다. 결국 나도 결과지상주의 인간일 뿐인가, 하며 허탈한 웃음을 흘리게 된다. 솔직히 말하면, 책이 잘되면 좋겠다. 어른들을 위한 이야기는 처음 쓰기에 악평을 받으면 어쩌나 하는 걱정도 있다. '제발 칭찬 일색이어라!' 하고 말도 안 되는 바람을 가져보기도 한다.

　그러나 악평은 고사하고 독자들의 눈에 띄지 않고 사라지는 책도 많다는 걸 너무 잘 안다. 그런 현실에 발을 딛고 있기에 초조해지는 걸 테다. 하지만 그것은 작가로 살기로 했다면 감당해야 할 운명이리라. 해서 책이 받게 될 성적표에는 그만 신경 쓰기로 한다. 이렇게 작가의 말을 쓸 수 있다는 것만으로도 실은 굉장한 행운이 찾아왔다는 사실을 상기한다. 그리고 나에게 말해본다.

　'그리하여 재문은 행복하게 잘 살았습니다.'

　책이 어떠한 평가를 받더라도, 어떠한 인생을 살더라도, 행복하게 잘 살아보겠다고 선언해본다. 환생이 없는 이곳에서 말이다.

그리고 독자 여러분도 아래 빈칸에 이름을 올릴 수 있길 기도한다.

'그리하여 ○○은 행복하게 잘 살았습니다.'

우리는 이미 환생 학교에 입학하여 졸업 시험을 치르는 중일지도 모른다.

2025년 겨울,

일시정지가 끝나는 새해를 바라며

죽은 건 아니고 일시정지

초판 1쇄 인쇄 2025년 11월 28일
초판 1쇄 발행 2025년 12월 03일

지은이 이재문

발행인 박현진
본부장 김태형
책임편집 고혜원
책임마케팅 이유림
오리지널사업팀 이지향, 김가연, 박지수, 이민해, 이유진, 한미리
디자인 MALLYBOOK
일러스트 남수현
제작 세걸음

펴낸 곳 ㈜kt 밀리의서재
출판등록 2017년 1월 5일(제2017-000008호)
주소 서울특별시 마포구 양화로45, 18층(서교동 메세나폴리스 세아타워)
메일 contents@millie.town
홈페이지 http://www.millie.co.kr

ISBN 979-11-6908-647-9 (03810)